A EMPREGADA
ESTÁ DE OLHO

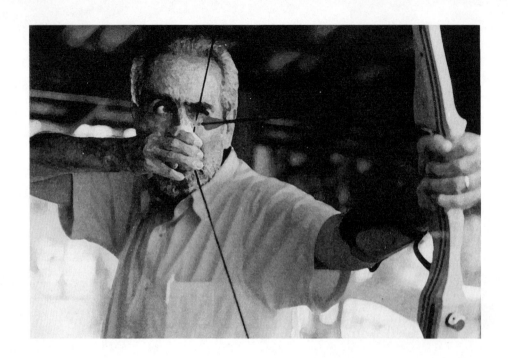

O Arqueiro

GERALDO JORDÃO PEREIRA (1938-2008) começou sua carreira aos 17 anos, quando foi trabalhar com seu pai, o célebre editor José Olympio, publicando obras marcantes como *O menino do dedo verde*, de Maurice Druon, e *Minha vida*, de Charles Chaplin.

Em 1976, fundou a Editora Salamandra com o propósito de formar uma nova geração de leitores e acabou criando um dos catálogos infantis mais premiados do Brasil. Em 1992, fugindo de sua linha editorial, lançou *Muitas vidas, muitos mestres*, de Brian Weiss, livro que deu origem à Editora Sextante.

Fã de histórias de suspense, Geraldo descobriu *O Código Da Vinci* antes mesmo de ele ser lançado nos Estados Unidos. A aposta em ficção, que não era o foco da Sextante, foi certeira: o título se transformou em um dos maiores fenômenos editoriais de todos os tempos.

Mas não foi só aos livros que se dedicou. Com seu desejo de ajudar o próximo, Geraldo desenvolveu diversos projetos sociais que se tornaram sua grande paixão.

Com a missão de publicar histórias empolgantes, tornar os livros cada vez mais acessíveis e despertar o amor pela leitura, a Editora Arqueiro é uma homenagem a esta figura extraordinária, capaz de enxergar mais além, mirar nas coisas verdadeiramente importantes e não perder o idealismo e a esperança diante dos desafios e contratempos da vida.

FREIDA McFADDEN

A EMPREGADA
ESTÁ DE OLHO

Traduzido por Fernanda Abreu

Título original: *The Housemaid is Watching*

Copyright © 2024 por Freida McFadden
Copyright da tradução © 2024 por Editora Arqueiro Ltda.

Todos os direitos reservados. Nenhuma parte deste livro pode ser utilizada ou reproduzida sob quaisquer meios existentes sem autorização por escrito dos editores.

coordenação editorial: Taís Monteiro
produção editorial: Ana Sarah Maciel
preparo de originais: Karen Alvares
revisão: Carolina Rodrigues e Mariana Bard
diagramação: Ana Paula Daudt Brandão
capa: Lisa Horton
adaptação de capa: Natali Nabekura
impressão e acabamento: Lis Gráfica e Editora Ltda.

CIP-BRASIL. CATALOGAÇÃO NA PUBLICAÇÃO
SINDICATO NACIONAL DOS EDITORES DE LIVROS, RJ

M126e
    McFadden, Freida
        A empregada está de olho / Freida McFadden ; tradução Fernanda Abreu. - 1. ed. - São Paulo : Arqueiro, 2024.
        336 p. ; 23 cm.

        Tradução de: The housemaid is watching
        Sequência de: O segredo da empregada
        ISBN 978-65-5565-675-6

        1. Ficção inglesa. I. Abreu, Fernanda. II. Título.

24-91852
        CDD: 823
        CDU: 82-3(410.1)

Meri Gleice Rodrigues de Souza - Bibliotecária - CRB-7/6439

Todos os direitos reservados, no Brasil, por
Editora Arqueiro Ltda.
Rua Artur de Azevedo, 1.767 – Conj. 177 – Pinheiros
5404-014 – São Paulo – SP
Tel.: (11) 2894-4987
E-mail: atendimento@editoraarqueiro.com.br
www.editoraarqueiro.com.br

Para minha família

PRÓLOGO

Tem sangue por toda parte.

Nunca vi tanto sangue assim. Ele encharca o tapete creme, penetra nas tábuas do piso, salpica os pés da mesa de centro de carvalho. Gotículas de um formato oval perfeito alcançaram até o assento do sofá de couro claro, e largos filetes escorrem pela parede cor de alabastro.

É sangue que não tem fim. Se procurar bastante, será que vou encontrar respingos no carro estacionado na garagem? Nas folhas do gramado? No supermercado do outro lado da cidade?

E pior: minhas mãos também estão cobertas de sangue.

Quanta sujeira… Apesar de não ter muito tempo, fico me coçando para limpar tudo. Aprendi que sempre que houver alguma mancha, em especial no carpete, é preciso limpar depressa, antes que seque. Uma vez seca, a mancha se torna permanente.

Infelizmente, por mais forte que eu esfregue, de nada vai adiantar para o cadáver que jaz bem no meio da poça de sangue.

Avalio a situação. Tá, é ruim. Minhas digitais espalhadas pela casa já seriam de se esperar, mas o vermelho entranhado nas minhas unhas e nos vincos das palmas das minhas mãos são mais difíceis de explicar. A mancha cada vez mais escura na frente da minha camiseta não é o tipo de coisa que eu possa ignorar. Estou muito encrencada.

Se alguém me pegar.

Inspeciono minhas mãos, pesando os prós e os contras de lavar o sangue *ou* sair correndo imediatamente. Se lavar as mãos, vou desperdiçar segundos preciosos, que podem me levar a ser pega. Se for embora já, vou sair pela porta com as palmas das mãos todas ensanguentadas, sujando tudo em que tocar.

E é nessa hora que a campainha toca.

O som ecoa pela casa e eu fico totalmente paralisada, com medo até de respirar.

– Oi? – chama uma voz conhecida.

Por favor, vai embora. Por favor.

A casa está silenciosa. A pessoa do outro lado da porta vai perceber que não tem ninguém e decidir voltar outra hora. Ela tem que fazer isso. Se não fizer, vai ser meu fim.

A campainha toca de novo.

Vai embora. Por favor, vai.

Não sou muito de rezar, mas a essa altura estou disposta a cair de joelhos. Bom, eu faria isso se não fosse ficar com os joelhos todos sujos de sangue.

A pessoa deve estar supondo que não tem ninguém em casa. Ninguém toca uma campainha mais de duas vezes. No entanto, bem na hora em que penso que existe uma chance de sair dessa, a maçaneta chacoalha. E então começa a girar.

Ah, não. A porta está destrancada. Em cerca de cinco segundos, a pessoa que está batendo vai estar dentro da casa. Vai entrar na sala. E então vai ver...

Isto.

A decisão está tomada. Preciso sair correndo. Não dá tempo de lavar as mãos. Não dá tempo de me preocupar com as malditas digitais que possa estar deixando. Tenho que ir embora daqui agora.

Só espero que ninguém descubra o que fiz.

PARTE I

UM

MILLIE

Três meses antes

Eu amo esta casa.

Amo tudo nela. Amo o gigantesco gramado da frente e também o gramado dos fundos, mais gigantesco ainda (mesmo que ambos estejam agora meio marrons). Amo o fato de a sala ser tão grande que comporta *vários móveis*, em vez de apenas um sofá pequeno e uma televisão. Amo os janelões com vista para as redondezas da cidade – que, segundo li há pouco tempo numa revista, é uma das melhores para criar os filhos.

E, mais do que tudo, amo o fato de a casa ser minha. O número 14 da Locust Street é todinho meu. Bom, tá: trinta anos de prestações e vai ser todinho meu. Não consigo parar de pensar na sorte que tenho ao correr os dedos pela parede da nossa nova sala, aproximando o rosto para admirar o papel florido tinindo de novo.

– A mãe tá beijando a casa outra vez! – diz uma vozinha atrás de mim.

Eu me afasto depressa da parede, embora meu filho de 9 anos não tenha propriamente me flagrado com um amante secreto. Não sinto vergonha alguma do meu amor por esta casa. Quero gritar isso do terraço. (Nós temos um terraço incrível. *Eu amo esta casa.*)

– Não era para você estar desfazendo as malas? – pergunto.

As caixas e os móveis de Nico foram todos colocados no quarto dele, então ele deveria estar desfazendo as malas, sim, mas em vez disso está lançando repetidamente uma bola de beisebol na parede – na minha linda parede coberta com papel florido. Moramos nesta casa há menos de cinco minutos e ele já está decidido a destruí-la. Posso ver essa intenção em seus olhos castanho-escuros.

Não que eu não ame meu filho mais que tudo no mundo. Se essa fosse uma daquelas situações hipotéticas em que precisasse escolher entre a vida de Nico e a casa, *é lógico* que eu escolheria Nico. Sem sombra de dúvida.

Só que, se ele danificar a casa, vai ficar de castigo até ter idade suficiente para fazer a barba.

– Amanhã eu desfaço – diz Nico.

A filosofia geral de vida do meu filho parece consistir em deixar tudo para o dia seguinte.

– Ou agora, que tal? – sugiro.

Nico lança a bola no ar, e ela encosta muito de leve no teto. Se tivéssemos qualquer coisa de valor dentro desta casa, eu enfartaria neste momento.

– Depois – insiste ele.

Ou seja: nunca.

Olho para cima e espio o vão da escada. Sim, nós temos uma *escada*! Uma escada mesmo, de verdade. Tudo bem que os degraus rangem a cada passo e pode ser que o corrimão caia se alguém segurá-lo com muita força, mas temos uma escada, e ela leva a *um andar totalmente diferente da casa*.

Nota-se que passei tempo demais morando em Nova York. Hesitei em voltar para Long Island depois do que aconteceu na última vez que morei aqui, mas isso já faz quase duas décadas... É um passado distante.

– Ada? – chamo em direção ao alto da escada. – Ada, pode vir aqui?

Segundos depois, minha filha de 11 anos espicha a cabeça para o vão da escada, deixando-me ver seus fartos cabelos pretos ondulados e os olhos muito escuros, que me espiam. Os olhos dela são da mesma cor dos de Nico, uma herança do pai dos dois. Ao contrário do irmão, Ada sem dúvida está desempacotando seus pertences desde que chegamos. Ela é uma aluna nota dez, do tipo que faz o dever de casa sem ninguém precisar mandar, uma semana antes do prazo final.

– Ada – digo. – Você já tá acabando de desempacotar tudo?

– Quase.

Nenhuma surpresa nisso.

– Acha que pode ajudar o Nico a arrumar as caixas dele?

Ada assente sem hesitar.

– Claro. Vem, Nico.

Nico reconhece na mesma hora uma oportunidade para a irmã fazer a maior parte do trabalho.

– Tá! – concorda, todo contente.

Ele finalmente para de me aterrorizar com a bola de beisebol e sobe os degraus pulando de dois em dois para encontrar Ada no quarto dele. Começo a dizer à minha filha que não faça todo o trabalho pelo irmão, mas é uma causa perdida. Neste momento, eu mesma tenho umas sessenta caixas para desempacotar. Contando que o trabalho seja feito, vou ficar feliz.

Somos muito sortudos por termos conseguido esta casa. Perdemos meia dúzia de disputas de propostas em bairros que nem eram tão legais quanto este. Eu achava que não tínhamos a menor chance de conseguir esta antiga sede de fazenda pitoresca numa cidade com escolas públicas tão bem-conceituadas. Quase chorei de alegria quando nossa corretora ligou avisando que a casa seria nossa. E com um abatimento de dez por cento!

O universo deve ter decidido que merecíamos um pouco de sorte.

Olho pela janela para o caminhão de mudança estacionado na rua, em frente à casa. É uma ruazinha sem saída onde há outras duas casas, e na janela de uma delas vejo a silhueta de alguém. Um dos novos vizinhos, suponho. Tomara que sejam simpáticos.

Uma pancada soa dentro do caminhão, e abro a porta da frente depressa para ver o que está acontecendo. Saio bem a tempo de ver meu marido descendo do veículo com um dos amigos que toparam ajudar na mudança. Eu queria contratar uma empresa, mas ele insistiu que daria conta sozinho com a ajuda dos amigos. E tenho que admitir que precisamos mesmo economizar cada centavo se quisermos honrar as prestações do imóvel – mesmo com o abatimento que conseguimos negociar, nossa casa dos sonhos não foi barata.

Meu marido está todo suado, a camiseta grudada no tórax, e segura uma das metades do nosso sofá da sala. Torço o nariz, porque ele tem 40 e poucos anos e a última coisa de que precisa é dar um mau jeito nas costas. Enquanto planejávamos a mudança, falei que estava preocupada com ele, que agiu como se fosse a coisa mais boba que já tivesse escutado, embora eu mesma dê um mau jeito nas costas semana sim, semana não. E não por ter levantado algum sofá. Só por ter *espirrado* mesmo.

– Enzo, você pode tomar cuidado, por favor?

Ele olha para mim e sorri, e eu me desmancho. Será que isso é normal? Será que outras mulheres casadas há mais de onze anos ainda ficam com as pernas bambas às vezes por causa da pessoa?

Não? Sou só eu mesmo?

Enfim, não é que isso aconteça *toda hora*. Mas, caramba, ele ainda mexe comigo. O fato de ficar inexplicavelmente mais sexy a cada ano que passa também não ajuda. (E eu só fico um ano mais velha.)

– Estou tomando – garante ele. – E esse sofá aqui é superleve! Não pesa quase nada.

O comentário suscita um revirar de olhos do cara que está segurando a outra ponta do sofá. Mas, verdade seja dita, o sofá não é exatamente pesado. Nós o compramos na IKEA, e é só um pouquinho melhor que o sofá anterior, que tínhamos achado largado na rua. Enzo já fora adepto da teoria de que todos os melhores móveis provinham do meio-fio em frente ao nosso prédio.

Nós dois amadurecemos um pouco desde então. Espero.

Enquanto Enzo e o amigo carregam o sofá para dentro da nossa linda casa nova, ergo o olhar mais uma vez para observar a casa do outro lado da rua. Locust Street, número 13. Ainda tem alguém me encarando da janela. Está escuro dentro da casa, de modo que não consigo ver grande coisa, mas a mesma silhueta continua lá.

Alguém está nos observando.

Só que isso não tem nada de ameaçador. As pessoas que moram naquela casa são nossas vizinhas, e tenho certeza de que estão curiosas para saber quem somos. Toda vez que eu via um caminhão de mudança em frente ao nosso prédio, ficava olhando pela janela para ver quem estava se mudando, e Enzo ria e me dizia que parasse de espiar e fosse lá me apresentar.

Essa é a diferença entre nós dois.

Bom, não é a *única* diferença.

Num esforço para mudar meu comportamento e ser mais simpática, como meu marido, ergo uma das mãos e aceno para a silhueta. Melhor conhecer logo meu novo vizinho ou vizinha do número 13.

Só que a pessoa não acena de volta. Em vez disso, as persianas se fecham com um estalo e a silhueta desaparece.

Bem-vindos ao bairro.

DOIS

Enzo carrega as últimas caixas para dentro de casa enquanto estou parada no meio do nosso gramado ralo, evitando a tarefa de desempacotar e imaginando como a grama vai ficar depois que meu marido der um trato nela. Enzo é um verdadeiro mago dos gramados – foi mais ou menos assim que nos conhecemos, inclusive. O nosso parece quase uma causa perdida, cheio de buracos e com a terra ressecada, mas sei que daqui a um ano vamos ter a grama mais bonita da rua.

Estou perdida em minhas fantasias quando a porta da casa bem ao lado da nossa, o número 12 da Locust Street, se abre. Uma mulher de cabelo curto e em camadas, cor de caramelo, sai da casa usando uma camisa branca justa, uma saia vermelha e sapatos de salto agulha que poderiam ser usados para arrancar os olhos de alguém. (Por que sempre penso essas coisas?)

Ao contrário do vizinho ou vizinha da frente, ela parece simpática. Ergue a mão num cumprimento entusiasmado e atravessa o caminho curto de paralelepípedos que separa as duas casas.

– Oi! – entoa ela. – Que *bom* enfim conhecer nossos novos vizinhos! Meu nome é Suzette Lowell.

Quando estendo a mão e seguro a dela, de unhas feitas, sou recompensada com um aperto tão doloroso que é impressionante para uma mulher.

– Millie Accardi – digo, me apresentando.

– É um *prazer* te conhecer, Millie – responde ela. – Com toda a certeza vocês vão adorar morar aí.

– Já estou adorando – digo, sincera. – Essa casa é incrível.

– Ah, é mesmo. – Suzette assente. – Ela passou um tempo vazia porque, você sabe, uma casa pequena assim é difícil de vender. Mas eu simplesmente sabia que a família certa iria aparecer.

Pequena? Ela por acaso está *ofendendo* a nossa casa amada?

– Bom, eu adoro.

– Ah, sim. É superaconchegante, né? E também…

O olhar dela abarca nossos degraus da frente, que estão desmoronando um pouquinho, embora Enzo jure que vá consertá-los. Eles fazem parte da longa lista de reparos que precisaremos fazer.

– Rústica. *Bem* rústica.

Sim, ela com certeza está ofendendo a casa.

Mas não estou nem aí. Continuo amando a casa. Não me importa o que uma vizinha esnobe ache.

– Você trabalha fora, Millie? – pergunta Suzette, cravando os olhos azul-esverdeados no meu rosto.

– Sou assistente social – respondo, com um quê de vaidade.

Embora já faça isso há muitos anos, ainda tenho orgulho da minha carreira. Sim, ela pode ser exaustiva e emocionalmente desgastante, e também o salário não é nenhuma fortuna. Mesmo assim, eu adoro.

– E você? – pergunto.

– Sou corretora de imóveis – responde ela com uma dose equivalente de orgulho. Ah, isso explica por que ofendeu nossa casa em "corretês". – O mercado tá pegando fogo no momento.

Bom, é verdade. Então me ocorre que Suzette não teve participação na venda da nossa casa. Se ela é corretora, por que os ex-proprietários não quiseram que a vizinha vendesse a casa deles?

Enzo emerge do caminhão carregando mais caixas, a camiseta ainda grudada no peito e os cabelos pretos molhados de suor. Eu me lembro de ter enchido uma daquelas caixas com livros e ter ficado receosa de que estivesse pesada demais. E agora ele está carregando não só essa, mas uma segunda caixa por cima. Minhas costas doem só de olhar.

Suzette também está olhando para ele. Ela acompanha o percurso do caminhão até nossa porta ao mesmo tempo que um sorriso se espalha por seus lábios.

– Que *gato* esse cara que está fazendo a sua mudança – comenta ela.

– Na verdade, é o meu marido.

O queixo dela cai. Ela parece valorizar mais Enzo do que a casa.

– Sério?

– Aham.

Enzo colocou as caixas na sala e está saindo da casa para buscar mais. Como pode ter tanto pique? Antes de ele chegar ao caminhão, aceno para chamá-lo.

– Enzo, vem conhecer nossa nova vizinha, Suzette.

Suzette ajeita rapidamente a blusa e prende alguns fios de cabelo atrás da orelha. Se pudesse, tenho quase certeza de que ela teria dado uma conferida rápida num espelhinho de bolsa e retocado o batom. Só que não dá tempo.

– Oi! – entoa ela, com uma das mãos estendidas. – Prazer em te conhecer! Enzo, né?

Ele aperta a mão dela e abre um sorriso largo que faz as linhas ao redor dos olhos se vincarem.

– Isso. O prazer é meu, Suzette.

Ela dá uma risadinha e assente, animada. A reação é um tanto exagerada, mas, a bem da verdade, Enzo ligou seu botão de charme. Meu marido mora neste país há vinte anos, e quando conversamos em volta da mesa de jantar seu sotaque é relativamente brando. No entanto, é só ativar o modo *charmoso* que ele exagera no sotaque e parece ter acabado de desembarcar. Ou, como ele mesmo diria, "saltar do navio".

– Vocês com toda a certeza vão adorar morar aqui – garante Suzette. – É uma ruazinha muito tranquila.

– Já estamos adorando – afirmo.

– E essa casa é uma gracinha – diz ela, encontrando mais uma forma criativa de observar que a nossa casa é substancialmente menor que a dela. – Vai ser perfeita pra vocês e seus filhos, principalmente com um terceiro bebezinho a caminho.

Ao dizer isso, ela olha em cheio para minha barriga, que com toda a certeza *não* guarda nenhum bebezinho a caminho. Há nove anos não tem nenhum bebezinho aqui dentro.

A pior parte é que Enzo vira a cabeça e olha para mim, e por um segundo uma centelha de animação surge no seu rosto, embora ele *saiba muito bem* que as minhas trompas foram ligadas durante a cesariana de emergência no parto de Nico. Olho para minha barriga e reparo que a camiseta está mesmo formando uma protuberância pouco atraente. Morro um pouquinho por dentro.

– Eu não estou grávida – digo, tanto para Suzette quanto, pelo visto, para meu próprio marido.

Suzette bate com a mão espalmada na boca, por cima do batom vermelho.

– Ai, puxa, *desculpa*! É que pensei que...

– Tudo bem. – Interrompo-a antes que ela piore as coisas.

Para falar a verdade, amo meu corpo. Aos 20 e poucos anos, eu era um palito, mas agora enfim tenho algumas curvas para ostentar, e ouso dizer que meu marido também parece gostar delas.

Dito isso, vou jogar esta camiseta fora.

– Temos dois filhos. – Alheio à gafe de Suzette, Enzo passa um braço em volta dos meus ombros. – Nico e Ada.

Enzo não poderia ter mais orgulho dos nossos dois filhos. Ele é um ótimo pai, e bem que gostaria de ter mais uns cinco, se eu não tivesse quase morrido dando à luz nosso menino. Teríamos adorado adotar ou ser pais de acolhimento, mas, com o meu histórico, isso estava fora de cogitação.

– Você tem filhos, Suzette? – pergunto.

Ela balança a cabeça com uma expressão de horror.

– De jeito nenhum. Não tenho vocação pra ser mãe. Somos só eu e meu marido, Jonathan. Somos felizes e sem filhos.

Excelente... Ela tem o próprio marido. Assim, pode ficar longe do meu.

– Mas na casa em frente à de vocês mora um menininho – diz ela. – Ele está no terceiro ano.

– Nico também está no terceiro ano – comenta Enzo, animado. – Talvez a gente possa apresentar os dois.

Quando nos mudamos, tivemos que tirar as crianças da escola bem no meio do ano letivo. Acredite, a última coisa que você quer fazer na vida é arrancar duas crianças em idade escolar da turma em que estão em pleno mês de março. Fiquei atormentada de culpa, mas não tínhamos como pagar a prestação da casa e um aluguel até o final do ano letivo, então não tivemos escolha.

Nico, que é extrovertido como o pai, não pareceu se incomodar. Para ele, uma sala inteira cheia de alunos novos para impressionar com suas façanhas seria uma aventura divertida. Ada recebeu a notícia com tranquilidade, mas depois a peguei chorando no quarto diante da perspectiva de abandonar as duas melhores amigas. Torço para que no outono ambos já tenham se adaptado e o trauma de uma mudança no meio do ano seja apenas uma lembrança distante.

– Vocês podem tentar se apresentar. – Suzette dá de ombros. – Mas Janice, a mãe dele, não é lá muito simpática. Ela quase não sai de casa, a não ser para levar o filho até o ponto de ônibus. Eu praticamente só a vejo na janela, de olho no que acontece na rua. Ela é *muito* enxerida.

– Ah! – exclamo, pensando em como Janice pode aparentemente nunca sair de casa e ao mesmo tempo ser muito enxerida.

Olho para o outro lado da rua, em direção ao número 13. Apesar de estarmos no meio do dia e de parecer ter gente em casa, as janelas continuam às escuras.

– Espero que vocês arrumem umas persianas bem boas pras janelas – diz Suzette para mim. – Porque ela tem uma vista excelente.

Enzo e eu viramos a cabeça ao mesmo tempo na direção da nossa casa recém-adquirida, percebendo de repente que nenhuma das janelas tem persiana ou cortina. Como é que não reparamos nisso? Ninguém falou para a gente que precisávamos comprar cortinas! Todas as casas em que moramos até hoje já vieram com cortinas!

– Eu vou comprar as persianas – murmura Enzo no meu ouvido.

– Obrigada.

Suzette parece achar graça da nossa ingenuidade.

– O corretor de vocês não avisou que precisava comprar?

– Acho que não – resmungo.

O que está implícito, suponho, é que Suzette teria nos lembrado se tivesse sido ela a nossa corretora. Só que está um pouco tarde para isso. Por enquanto, estamos sem persianas.

– Posso recomendar uma empresa excelente pra instalar as persianas de vocês – diz ela. – Eles colocaram na nossa casa ano passado. Pusemos aquelas persianas lindas estilo colmeia no térreo e no primeiro andar, e no sótão umas persianas fixas muito fofas.

Nem consigo imaginar quanto custaria uma coisa dessas. Muito mais do que temos para gastar, com certeza.

– Não, obrigado – diz Enzo. – Dou conta disso.

Ela lhe dá uma piscadela.

– Aposto que dá.

É sério isso? Estou ficando meio de saco cheio dessa mulher dando em cima do meu marido bem na minha frente. Não que outras não façam a mesma coisa, mas, pelo amor de Deus, somos vizinhos. Será que ela poderia ser um pouco mais sutil? Parte de mim se sente tentada a dizer alguma coisa, mas eu preferiria não arrumar uma inimiga apenas cinco minutos depois de ter me mudado para cá.

– Além disso, eu queria convidar a família de vocês para jantar – acrescenta ela. – Vocês dois, claro, e… as crianças podem vir também.

Suzette não parece muito animada com a ideia de nossos filhos entrarem na casa dela. E nem sabe sobre a propensão de Nico a quebrar alguma coisa cara cinco minutos depois de adentrar qualquer recinto.

– Claro, seria maravilhoso – diz Enzo.

– Fantástico! – Ela o encara, radiante. – Que tal amanhã à noite? Tenho certeza de que a sua cozinha ainda não vai estar em condições de uso, então vai ser um estresse a menos.

Enzo me olha com as sobrancelhas arqueadas. Ele tem uma energia infindável para eventos sociais, mas eu sou introvertida e valorizo o fato de ele me consultar antes de aceitar. Para dizer a verdade, detesto a ideia de passar uma noite na companhia dessa mulher. Ela parece meio *exagerada*. Mas, se vamos morar aqui, não temos que fazer amizade com os vizinhos? Não é isso que as famílias normais fazem? E talvez, quando eu a conhecer melhor, ela não seja tão ruim.

– Claro – respondo. – Vai ser ótimo. A gente não conhece quase ninguém em Long Island.

Suzette joga a cabeça para trás e ri, revelando uma fileira de dentes brancos feito pérolas.

– Ah, Millie, você é ótima…

Olho para Enzo, que dá de ombros. Nenhum de nós dois parece saber o que tem tanta graça.

– O que foi?

– Ah, você não estava brincando? – diz ela, rindo. – É que ninguém aqui diz "em Long Island".

– Ah… Não diz, é?

– Não! – Ela balança a cabeça como se eu fosse inacreditável. – É "*na* Long Island". Ninguém fala "em"… Parece ignorância. O certo é falar *na ilha*.

Enzo está coçando seu cabelo preto. Ele não tem nem um fio branco, aliás. Já eu, não fossem meus frascos de tinta, estaria praticamente grisalha, e sou assim desde que Nico nasceu. Tudo que Enzo tem são alguns fios grisalhos na barba quando a deixa crescer. Comentei sobre isso com ele uma vez, porém meu marido vasculhou o próprio couro cabeludo até encontrar um único cabelo branco para me mostrar, como se isso melhorasse as coisas.

– Então não estou entendendo – digo. – Nesse caso, as pessoas deveriam dizer que moram *na* Havaí? Ou *na* Staten Island?

O sorriso no rosto dela desaparece.

– Bom, Staten Island é outra coisa.

Tento cruzar olhares com Enzo, mas ele parece estar apenas achando graça de tudo.

– Bom, Suzette, a gente tá feliz por estar aqui *na* Long Island. E animado para ir jantar com vocês amanhã à noite.

– Mal posso esperar – diz ela.

Preciso forçar um sorriso.

– Quer que a gente leve alguma coisa?

– Hum… – Ela tamborila o queixo com o indicador. – Por que não levam uma sobremesa?

Ótimo. Agora vou ter que arrumar uma droga de sobremesa que esteja à altura dos padrões de Suzette. Estou achando que uma caixa de Oreo não vai ser suficiente.

– Ótimo, então!

Enquanto Suzette volta andando para a própria casa, bem maior, fazendo os saltos estalarem na calçada a cada passo, sinto uma fisgada estranha na barriga. Eu estava tão animada quando compramos essa casa… Passamos um tempão espremidos em apartamentos minúsculos, e eu enfim tenho a casa dos meus sonhos.

Mas nesse momento, pela primeira vez, fico pensando se cometi um erro terrível ao me mudar para cá.

TRÊS

Esta noite, estamos os quatro jantando em volta da nossa mesa da cozinha. Sabe o que é uma mesa da cozinha? Uma mesa *que cabe dentro da nossa cozinha*. Sim, a cozinha agora tem espaço para uma mesa inteira. A última mal comportava uma pessoa.

Pedimos comida chinesa num restaurante que tinha nos mandado um cardápio pelo correio. Não sou muito exigente em matéria de comida, nem Enzo. A única coisa que não comemos é comida italiana. Segundo ele, nenhum restaurante sabe fazer direito, e toda vez é uma decepção. Mas ele come pizza de delivery. Porque, na avaliação dele, isso não chega a ser comida italiana.

Ada é igualmente tranquila em relação ao assunto, mas Nico é bem chato para comer. Por isso, enquanto nós três nos servimos de yakisoba e carne com brócolis, preparei para o meu filho um prato de arroz branco temperado com um pouco de manteiga e bastante sal. Tenho quase certeza de que no momento deve haver arroz com manteiga correndo pelas veias dele.

– Nosso primeiro jantar na casa nova – anuncio, orgulhosa. – Finalmente estamos estreando nossa mesa da cozinha.

– Por que você não para de dizer isso, mãe? – pergunta Nico. – Por que não para de dizer que estamos estreando tudo?

Para ser sincera, não sei se ele já tinha me ouvido usar a palavra "estrear", e só nas últimas horas já a usei no mínimo cinco vezes. Quando estávamos sentados no sofá mais cedo, disse que estávamos estreando a sala. Depois, quando ele saiu para o quintal dos fundos com a bola de beisebol, falei que estava estreando nosso quintal. E em algum momento talvez eu tenha mencionado que iria estrear o banheiro.

– Sua mãe só tá animada com a casa. – Enzo estende a mão para segurar a minha por cima da mesa de jantar. – E ela tem razão. É uma casa muito linda.

– É *um pouco* legal – reconhece Nico. – Mas eu queria que ela fosse pintada de vermelho. E tivesse arcos amarelos.

Bom, tenho quase certeza de que meu filho está dizendo que queria morar no McDonald's.

Não me importo. Compramos esta casa para eles dois. Lá no Bronx, vivíamos espremidos num apartamento minúsculo, e havia uns homens começando a espichar os olhos para Ada quando ela voltava a pé para casa. Agora estamos num bairro residencial incrível, e as crianças vão ter espaço para brincar no quintal e passear pelas redondezas sem medo de serem assaltadas. Mesmo que não valorizem isso, é a melhor coisa que poderíamos ter feito por elas.

– Mãe? – Ada empurra um pouco de macarrão pelo prato, e percebo que ela não comeu quase nada. – A gente vai começar a escola amanhã?

Suas sobrancelhas escuras estão unidas. Ambos os meus filhos puxaram ao pai, a ponto de parecerem dois clones dele, e eu apenas a incubadora que deu à luz. Ada é linda: tem cabelo comprido preto e olhos castanhos enormes. Enzo diz que ela é a cara da irmã dele, Antonia. Nossa filha está crescendo, e algum dia vai se tornar uma mulher de parar o trânsito. Quando isso acontecer, tenho quase certeza de que Enzo vai andar para todo lado com um taco de beisebol – ele não admite, mas é muito protetor em relação a ela.

– Tá pronta pra começar a escola? – pergunto a Ada.

– Tô – responde ela ao mesmo tempo que faz que não com a cabeça.

– A gente tá no final do recesso de primavera – comento. – Então todo mundo vai ter ficado uma semana sem se ver. Provavelmente nem vão se lembrar uns dos outros.

Ada não parece achar nem um pouco de graça, mas Nico dá uma risadinha.

– Eu posso te levar amanhã – propõe Enzo. – Podemos ir na caminhonete.

Os olhos dela se iluminam; ela adora andar na caminhonete do pai.

– Posso ir na frente?

Enzo olha para mim com as sobrancelhas arqueadas. Ele adora fazer a vontade dos filhos, mas gosto do fato de ele não concordar com nada sem antes verificar comigo.

– Na verdade, meu amor, você ainda é meio pequena para o banco da frente – digo. – Mas logo, logo vai poder.

– Eu quero ir de ônibus amanhã! – declara Nico.

Ano passado, nós morávamos tão perto da escola de ensino fundamental que não fazia sentido eles pegarem o ônibus. Então, agora Nico alçou a experiência "pegar o ônibus" ao mesmo nível de visitar uma fábrica de chocolate cheia de Oompa-Loompas. Não parece conseguir pensar em mais nada.

– Mãe, por favor? – insiste meu filho.

– Tudo bem – respondo. – E Ada, se você quiser ir com o seu pai…

– Não – diz ela com firmeza. – Eu vou de ônibus com o Nico.

O que quer que se diga da minha filha, ela é incrivelmente protetora em relação ao irmão mais novo. Eu tinha ouvido falar que crianças pequenas podem ser muito ciumentas quando chega um bebê novo, mas Ada se apaixonou por Nico na hora. Abandonou as bonecas e passou a cuidar dele. Tenho algumas fotos fofíssimas dela com Nico no colo, dando a mamadeira para ele.

– E também… – Nico enfia mais arroz na boca, e apenas cerca de oitenta por cento consegue passar por seus lábios. O resto está salpicando seu colo e o chão debaixo dele. – Mãe, posso ter um bichinho de estimação? Por favor?

– Hum – respondo.

– Você falou que quando eu fosse mais velho e mais *responsável* poderia ter um bichinho – lembra Nico.

Bom, ele *está* mais velho. Quanto à parte de ser responsável…

– Um cachorro? – pergunta Ada, esperançosa.

– Ainda precisamos cercar o quintal antes de pensar em ter um cachorro – digo a eles.

Além do mais, eu gostaria de estar mais estável financeiramente antes de acrescentarmos mais um membro à família.

– Então que tal uma tartaruga? – sugere Ada.

Estremeço.

– Não, uma tartaruga não, por favor. Eu *odeio* tartarugas.

– Eu não quero um cachorro *nem* uma tartaruga – diz Nico. – Quero um louva-a-deus.

Quase engasgo com um pedaço de brócolis.

– Um *o quê*?

– Na verdade, é um ótimo bichinho de estimação – intervém Enzo. – Muito fácil de cuidar.

Ai, meu Deus, Enzo *sabe* que Nico quer trazer esse troço horrível para dentro da nossa casa?

– Não. Nós não vamos ter um louva-a-deus.

– Mas por que não, mãe? – insiste Nico. – Eles são superlegais. Vai ficar no meu quarto, você nem precisa ver. A não ser que você queira.

Ele me lança aquele sorriso encantador que é só dele. Nico tem um rosto redondo adorável e um espaço entre os dentes, mas é evidente que daqui a uns seis ou sete anos vai estar partindo corações, como o pai dele costumava fazer antes de ficarmos juntos.

– Não importa se eu não vou ver. Vou saber que ele está lá.

– A gente deixa ele preso – sugere Enzo, exibindo a própria versão do mesmo sorriso.

Que desgraça esse meu marido tão lindo.

– O que ele come? – pergunto.

– Moscas – responde Nico.

– Não. – Balanço a cabeça. – Não vai dar, não.

– Não se preocupa – diz meu filho. – São moscas que *não voam*.

– Moscas *de chão* – brinca Enzo.

– Não vai nem custar nada pra você – acrescenta Nico. – Nós mesmos vamos criar as moscas.

– Não. Não, não, não.

Enzo aperta de leve o meu joelho por baixo da mesa.

– Millie, a gente tirou as crianças da escola e obrigou elas a se mudarem pra cá. Se o Nico quer um louva-a-deus...

Até parece. *Ele* também quer um louva-a-deus. Esse é exatamente o tipo de coisa que Enzo acharia legal.

Olho para Ada em busca de ajuda, mas ela está muito concentrada em fazer pequenas pilhas de macarrão no prato. Está escrevendo o nome dela com macarrão. Ela não é de brincar com a comida, então deve estar realmente ansiosa.

– Se eu topasse, onde é que a gente iria comprar um louva-a-deus?

Enzo e Nico fazem um "toca aqui", o que seria adorável se eu não estivesse tão apavorada com esse inseto que eles vão trazer para casa.

– A gente pode comprar um ovo de louva-a-deus – explica Nico. Meu Deus, há quanto tempo eles estão debatendo esse assunto? Parece que já têm um plano bem sólido em mente. – Aí o ovo estoura e nascem centenas.

– Centenas...

– Mas tudo bem – diz Enzo depressa. – Eles vão todos devorar uns aos outros, e em geral sobram só um ou dois.

– E aí a gente pode estrear eles – acrescenta Nico. – Tudo bem, mãe?

Imagino a cara de horror que Suzette Lowell faria se descobrisse que existe tanto um louva-a-deus quanto uma colônia de moscas que não voam na sua perfeita ruazinha sem saída, o que é a única coisa divertida em relação a essa situação. Tá, tudo bem, acho que vou deixar isso acontecer. Mas juro por Deus: se a minha linda casa nova ficar cheia de moscas, Nico vai ter que se mudar.

QUATRO

Se eu desempacotar mais uma caixa que seja, vou passar mal.

Já desempacotei cinco bilhões de caixas só hoje. No mínimo. E agora estou parada no banheiro da suíte principal, encarando uma caixa de papelão na qual escrevi BANHEIRO com uma caneta permanente, e simplesmente me faltam forças para abri-la. Mesmo que contenha artigos de banheiro cruciais. Talvez eu possa escovar os dentes com o dedo hoje à noite.

Ouço um barulho de passos do outro lado da porta, e o som fica mais alto, até que um segundo depois Enzo espicha a cabeça para dentro do banheiro. Ele sorri ao me ver ali parada com minha caixa.

– Tá fazendo o quê? – pergunta ele.

Meus ombros desabam.

– Desempacotando.

– Você passou a noite inteira desempacotando. Chega. A gente continua amanhã.

– Mas a gente *precisa* dessas coisas. São do banheiro.

Enzo parece prestes a tentar me convencer a parar, mas então muda de ideia. Ele leva a mão ao bolso do jeans gasto e pega o canivete que sempre carrega consigo. Ele ganhou do pai o canivete com as próprias iniciais gravadas quando ainda era menino: EA. Apesar de já ter quase 40 anos, ele o mantém afiado como uma navalha, de modo que o canivete corta com facilidade a fita adesiva.

Juntos, desembalamos todos os itens. Assim que conheci esse homem que me deixou de pernas bambas, jamais imaginei um futuro em que estaríamos num banheiro organizando barras de sabonete e frascos pegajosos de xampu. Por mais estranho que pareça, porém, Enzo se adaptou de bom grado à vida doméstica.

Estávamos morando juntos fazia menos de um ano quando, apesar do meu uso criterioso de um método anticoncepcional, minha menstruação atrasou. Fiquei apavorada diante da perspectiva de contar para ele, mas Enzo se mostrou empolgadíssimo. "Agora vamos ser uma família!", falou. Os pais e a irmã dele já tinham todos morrido, e eu nunca me dera conta do quanto era importante para ele formar a própria família. Nós nos casamos um mês depois.

E agora, passada mais de uma década, estou levando o tipo de vida familiar que jamais sonhei ter. Nem com Enzo, nem com *ninguém*. Muitas pessoas achariam essa vida chata, mas eu adoro. Tudo que sempre quis foi uma existência comum, tranquila. Só levei mais tempo do que a maioria das pessoas para entender isso.

Enzo tira suas giletes da caixa, deixando-a finalmente vazia. Acabamos. Tá, ainda temos mais cinco bilhões de caixas pela casa, mas pelo menos mais uma foi esvaziada, então agora são cinco bilhões menos uma. Calculo que em algum momento nas próximas três ou quatro décadas vamos terminar de desembalar tudo.

– Tá – diz Enzo. – Agora chega por hoje.

– É – concordo.

Ele olha por cima do ombro para a cama queen size coberta por uma colcha limpa, então torna a me olhar com um sorriso no rosto.

– Que foi? – provoco. – Quer estrear a cama?

– Não – responde ele. – Quero *profanar* a cama.

Solto uma gargalhada, que é interrompida quando ele me agarra e me pega no colo, me carregando pela soleira da porta até a cama na nossa linda e nova suíte principal. Eu lhe diria para tomar cuidado com as costas, mas, considerando que ele carregou caixas com o dobro do meu peso (espero), suponho que saiba o que está fazendo. Enzo só para quando chega na cama e me coloca em cima dos lençóis.

Ele arranca a camiseta e sobe em cima de mim já beijando meu pescoço, mas, por mais que eu queira entrar no clima, meus olhos são atraídos pelos dois janelões retangulares bem ao lado da nossa cama. Por que não arrumamos persianas? Que tipo de gente burra se muda para uma casa sem se certificar de que as janelas estejam cobertas?

Da minha posição na cama tenho uma ótima visão da casa do outro lado da rua. Apesar de as janelas dela estarem escuras, detecto um lampejo de movimento num dos cômodos do primeiro andar. Ou pelo menos penso detectar.

Enzo percebe que me retesei e se afasta.

– Que foi?

– As janelas – murmuro. – Dá pra ver tudo.

Ele ergue a cabeça e olha através da nossa própria janela para o número 13 da Locust Street.

– As luzes estão apagadas. Eles estão dormindo.

Ao olhar pela janela outra vez, não vejo mais nenhum sinal de movimento. Mas vi antes. Apenas um segundo atrás. Tenho certeza.

– Acho que não estão, não.

Ele dá uma piscadela para mim.

– Então a gente faz um showzinho pra eles.

Fico encarando Enzo.

– Tá – resmunga ele. – E se a gente apagar a luz?

– Tudo bem.

Enzo engatinha para longe de mim de modo a poder acionar o interruptor, fazendo o quarto mergulhar na escuridão. Eu me remexo sobre os lençóis, sem conseguir desgrudar os olhos da janela exposta.

– Já parou pra pensar por que a gente conseguiu esta casa tão barata?

– Barata?! – exclama Enzo. – A gente teve que usar todas as nossas economias pra dar a entrada! E as prestações são...

– Mas foi abaixo do preço de mercado – observo. – *Nada* estava sendo vendido abaixo do preço de mercado.

– Ela precisa de umas reformas.

– Todas as outras também precisavam. – Eu me apoio nos cotovelos sobre a cama. – E a gente não conseguiu ganhar o leilão de nenhuma delas.

Enzo me lança um olhar exasperado.

– A gente consegue a casa dos seus sonhos e você começa a implicar com ela? A gente teve sorte, ué! Por que é tão difícil acreditar nisso?

Porque, convenhamos, eu nunca tenho sorte.

29

– Millie… – diz Enzo com aquela voz rouca que sabe que eu acho irresistível. – Vamos curtir nossa primeira noite na casa dos nossos sonhos. Tá bom?

Ele sobe de novo na cama ao meu lado, e a esta altura não consigo resistir a seus encantos. Ainda assim, lanço um último olhar pela janela, e, mesmo que a casa esteja lá do outro lado da rua, tenho certeza de que distingo um par de olhos cravados no meu corpo.

Observando.

CINCO

Hoje é o primeiro dia das crianças na escola nova.

Ada põe a roupa que escolhi para seu primeiro dia. É um vestido sem mangas rosa-claro. Se fosse o meu filho usando algo assim, provavelmente ficaria todo manchado de sujeira e gordura antes mesmo de sair de casa, mas Ada ama esse vestido e é quase certo que vai conseguir mantê-lo limpo. Quanto a Nico, estou feliz com o simples fato de ele ter conseguido vestir roupas limpas que não tivessem nenhum buraco.

Como fui informada de que o ônibus escolar parava em frente ao número 13 da nossa rua, conduzo as crianças porta afora, passo pela casa de Suzette, no número 12, e sigo até a casa do vizinho ou vizinha que estou convencida de que ficou nos espionando ontem através das nossas janelas sem persianas. Dito e feito: tem uma mulher e uma criança esperando no ponto, mas eles não são como eu imaginava.

Primeiro de tudo, a mulher é mais velha do que eu esperava. Não sou a mais jovem entre as mães dos amigos dos meus filhos, mas essa mulher parece velha o bastante para ser *minha* mãe. É magérrima, tem cabelos grisalhos crespos e dedos ossudos que quase parecem garras. E, embora Suzette tenha dito que o filho dela tinha a mesma idade que Nico, o menino aparenta ser no mínimo dois anos mais novo. É tão magro quanto a mãe, e, embora seja um dia ameno de primavera, está usando um suéter grosso de lã de gola alta que parece extremamente áspero e desconfortável.

Talvez ela não seja a mãe dele, claro. Talvez seja a avó. Com certeza, parece velha o suficiente para ser avó. Mas eu nunca perguntaria algo assim. Não sou a Suzette. Essa é uma das coisas que não se diz para alguém que acabou de conhecer, algo como "Você está grávida?". (Maldita camiseta troncha.)

Quando me aproximo, a mulher semicerra os olhos por trás dos óculos de armação de tartaruga. Não consigo deixar de reparar na correntinha prateada presa aos óculos, acessório que sempre associei às pessoas idosas, mas que uma das amiguinhas de Ada no Bronx usava, então vai ver voltou à moda.

– Oi! – digo num tom alegre, decidida a fazer amizade com a mulher.

Afinal, eu adoraria fazer alguns amigos em Long Island. Ops, quer dizer: *na* Long Island.

A mulher abre a contragosto um sorriso que mais parece uma careta.

– Oi – responde ela no tom mais inexpressivo que já escutei.

– Meu nome é Millie.

Ela me encara com um olhar vazio. Esse é o momento em que a maioria das pessoas também diria como se chama, mas pelo visto ela não recebeu esse comunicado.

– E estes são Nico e Ada – acrescento.

Ela enfim leva uma das mãos ao ombro do menino.

– Este é Spencer. E eu sou Janice.

O menino muda de posição de repente e revela na parte inferior da mochila algo que parece um gancho, com alguma coisa presa, que a mulher está segurando. Ai, meu Deus… É uma coleira. O coitado do menino está preso numa coleira!

– Prazer em conhecer vocês – digo. Ou será que deveria dizer "Que fofo o seu cachorro"? – Soube que o Spencer está no… terceiro ano?

Isso parece impossível, porque esse menininho mal chega ao ombro de Nico, que tem uma estatura mediana para a idade. Ainda assim, o menino, Spencer, assente.

– É – confirma ele.

– Legal! – Os olhos de Nico se iluminam. – Minha professora é a Sra. Cleary. Qual é a sua?

– *Quem* é a sua – corrige Janice.

Nico ergue a cabeça e a encara, piscando os olhos castanho-escuros.

– Eu falei que é a Sra. Cleary – diz ele com uma voz lenta, como se pensasse que ela é burra.

Reprimo uma risada. Antes de Janice explicar que só estava tentando corrigir a gramática de Nico, Spencer deixa escapar:

– Eu também! A minha também é a Sra. Cleary!

Os meninos começam a conversar animadamente, o que me deixa feliz. Nico é tão extrovertido que consegue ficar amigo até das crianças mais tímidas. Invejo essa habilidade dele.

Lanço um sorriso cúmplice na direção de Janice.

– Bom, pelo visto o Nico já fez seu primeiro amigo aqui.

– É – diz Janice, com um entusiasmo consideravelmente menor.

– Quem sabe eles se encontram um dia pra brincar?

– Pode ser. – Ela franze o cenho, e as linhas de expressão do seu rosto ficam mais pronunciadas. – O seu filho já tomou todas as vacinas?

Todas as escolas públicas exigem um esquema de vacinação completo, e tenho certeza de que ela sabe disso. Mas tudo bem... Vou relevar.

– Já.

– Inclusive a da gripe?

Nem estamos na temporada da gripe, mas enfim...

– Já.

– Todo cuidado é pouco, entende? – diz ela. – Spencer é muito frágil.

De fato, o menino parece um pouco frágil, com a pele quase translúcida e o corpinho minúsculo sendo engolido pelo suéter de lã gigantesco. Mas as bochechas dele até estão meio coradas agora que está conversando com Nico.

– Seria bom se a gente se conhecesse melhor, já que eu sou nova por aqui – sugiro. – Meu marido e eu vamos jantar com a Suzette e o Jonathan hoje à noite.

– Ah. – O desagrado a faz franzir os lábios. – Se eu fosse você, tomaria cuidado com aquela mulher. – Ela me lança um olhar de quem sabe das coisas. – E tomaria cuidado especialmente com aquele seu marido bonitão.

Não me agrada o que ela está sugerindo. Sim, Suzette é muito atraente, e sim, ela é um pouco descarada no flerte. Mas eu confio no meu marido; ele não vai me trair com nossa vizinha de porta. Também não me agrada muito Janice ter se achado no direito de fazer esse comentário.

– Suzette parece... simpática – digo com educação, embora não tenha certeza de que acredito nas minhas palavras.

33

– Bom, mas não é.

Não sei o que responder a isso, mas felizmente nesse instante o ônibus escolar chega, e Janice solta o filho da coleira. (Embora eu tenha certeza de que ele tem um microchip com GPS implantado no cérebro ou coisa assim.) De tão entretido que está com o novo amigo, Nico mal presta atenção na minha despedida chorosa, mas ele deixa que eu lhe dê um beijo na testa e tem a elegância de só limpar quando já está subindo os degraus do ônibus. Ada, por sua vez, me dá um abraço apertado e fica agarrada comigo por tempo suficiente para me fazer querer levá-la pessoalmente até a escola.

– Você vai fazer um milhão de amigos – murmuro no ouvido dela. – É só ser você mesma.

Ada me lança um olhar cético. Ai, não acredito que falei isso. Dizer para uma pessoa ser ela mesma é o pior conselho possível. Eu *detestava* quando me diziam isso. Mas não tenho nenhum ensinamento melhor para lhe passar. Se tivesse, eu teria mais amigos.

Queria que Enzo estivesse aqui, porque ele saberia exatamente o que dizer para fazê-la sorrir. Mas ele tinha um trabalho de paisagismo esta manhã, então estou sozinha.

– Vou ficar esperando vocês em casa hoje à tarde! – grito para eles.

Tirei metade do dia de hoje de folga para garantir que estarei em casa quando eles chegarem, embora nos dias normais eles provavelmente cheguem em casa meia hora, talvez até uma hora antes de mim.

As portas do ônibus se fecham e o veículo se afasta, levando meus dois filhos. Fico com aquela pontada de ansiedade que sempre sinto ao me separar deles. Será que isso vai desaparecer algum dia? Era muito mais fácil quando eles estavam crescendo dentro de mim. Bom, tirando a pré-eclâmpsia com risco de morte que sofri no terceiro trimestre da gravidez de Nico, que foi o que me fez decidir ligar as trompas.

É só depois que o ônibus desaparece da ruazinha sem saída que reparo em Janice me encarando com uma expressão horrorizada no rosto.

– Algum problema? – pergunto, com a maior educação possível.

– Millie – diz ela. – Você não espera mesmo que eles voltem pra casa a pé sozinhos, né?

– Bom, sim. – Aponto para minha casa, a poucos metros dali. – A gente mora *bem ali*.

– E daí? – rebate ela. – Nós moramos bem ali. – Ela aponta para a própria casa, que fica literalmente atrás de nós. – E você nunca vai ver o Spencer sozinho, nem por um segundo, porque eu não deixo ele sozinho. Se alguém mal-intencionado estiver atrás do seu filho ou da sua filha, poderia levá-los embora num piscar de olhos.

Ela então estala os dedos bem na frente do meu rosto, para demonstrar a imediatez do risco.

– Mas este bairro é bem seguro – comento com hesitação, sem querer dizer na cara da mulher que é ridículo ela pôr uma coleira no filho que já cursa o ensino fundamental.

– Falsa segurança – zomba ela. – Sabia que um menino de 8 anos desapareceu na rua três anos atrás?

– *Aqui?*

– Não, em outra cidade.

– Onde?

– Eu já disse *em outra cidade.* – Ela me encara. – A mãe soltou a mão dele por *um segundo,* e ele foi levado embora. Sumiu sem deixar vestígio.

– É mesmo?

– É. Fizeram de tudo para encontrar o menino. Chamaram a polícia, o FBI, a CIA, a Guarda Nacional e um médium. Nem o *médium* conseguiu encontrar o garoto, Millie.

Não conheço os detalhes desse suposto sequestro, mas com certeza nunca ouvi falar em nada disso no noticiário. E sequer aconteceu aqui por perto. Pelo visto, essa outra cidade poderia muito bem ser do outro lado do país. Não tenho certeza se ajudaria compartilhar com ela a estatística de que quase todos os sequestros de crianças são cometidos por familiares. Ela já parece ter formado a própria opinião. Spencer provavelmente vai continuar na coleira até os 30 anos.

– Bom, eles vão ter que voltar pra casa sozinhos alguma hora – digo. – Tanto meu marido quanto eu trabalhamos, e não podemos ir buscar os dois todos os dias.

Ela me olha, espantada.

– Vocês trabalham?

– Ah... Sim.

Ela estala a língua.

– Quando meu marido faleceu, ele me deixou dinheiro suficiente para eu não precisar mais trabalhar.

– Ah, que bom.

– É muito triste que seus filhos não possam ter a mãe em casa – continua ela. – Eles nunca vão conhecer o amor que merecem de uma mãe que nunca sai de perto deles.

Meu queixo cai.

– Meus filhos sabem que são muito amados.

– Mas pense no quanto você está perdendo! – exclama ela. – Isso não te deixa triste?

As palavras "pelo menos meu filho não usa coleira" estão na ponta da língua, mas por algum verdadeiro milagre consigo manter a boca fechada. Meus filhos sabem que eu os amo. Além do mais, eu amo meu trabalho e faço coisas boas pelos outros no hospital. E mesmo que não fizesse, nós vamos precisar de cada centavo da nossa renda enquanto Enzo estiver reconstruindo seu negócio aqui.

– A gente dá um jeito – respondo, simplesmente.

– Bom, tenho certeza de que você faz o melhor que pode no pouco tempo que tem com eles.

Por algum motivo, não acho que Janice e eu vamos ser boas amigas. Estava muito animada de me mudar para cá, mas está começando a parecer que escolhi a ruazinha sem saída menos amistosa da cidade. Uma das vizinhas dá em cima do meu marido e a outra julga minha dedicação como mãe.

Mais uma vez, fico pensando se mudar para cá foi um grande erro.

SEIS

Deu tudo certo na escola hoje.

As crianças saltam do ônibus cheias de histórias sobre o primeiro dia de aula. Nico já fez amizade com todas as crianças da turma do terceiro ano e conseguiu esguichar leite pelo nariz na hora do almoço. (Ele vem treinando essa habilidade há meses.) Ada está menos entusiasmada do que o irmão, mas me garante ter feito alguns amigos novos. Trocar de escola no meio do ano letivo é uma coisa difícil, e fico muito orgulhosa de ambos.

– E os testes para a liga infantil de beisebol são no final da semana – diz Nico. – Que horas o pai vai chegar? Ele prometeu treinar comigo.

Olho para o meu relógio de pulso. Suzette falou para chegarmos à casa dela às seis, daqui a menos de uma hora. Conhecendo Enzo como conheço, ele vai chegar bem em cima.

– Daqui a pouco. Espero.

– Mas que horas? – insiste ele.

– *Daqui a pouco*. – Como ele não parece satisfeito com a resposta, volto a falar. – Tive uma ótima ideia. Por que você não fica arremessando a bola sozinho no quintal?

Os olhos dele se iluminam.

– Eu adoro ter um quintal, mãe.

Eu também.

Nico vai treinar sozinho no quintal dos fundos, um luxo que não tínhamos na cidade grande. Subo até o quarto e aplico mais uma camada de corretivo para disfarçar as olheiras que parecem estar sempre presentes nos últimos tempos. Começo a passar rímel, mas acabo deixando cair um pouco no olho, então sou obrigada a tirar tudo porque não paro de lacrimejar. Passo uma camada de batom nude, pelo visto um que faz parecer que não se está usando batom nenhum. Não consigo imaginar por que alguém fabricaria um produto desses, mas a pergunta mais pertinente seria: por que comprei isso?

Como ainda não compramos um espelho de pé, faço uma acrobacia para conferir meu visual no pequeno espelho acima da pia. Isso exige algum contorcionismo, mas finalmente decido que estou com uma aparência boa o bastante. Além do mais, ainda preciso resolver a situação da sobremesa, porque essa vai ser minha contribuição para o jantar.

No caminho do trabalho para casa, parei no supermercado e comprei uma torta de maçã. Veja bem, não me entenda mal: eu adoro torta de maçã, qualquer que seja. No entanto, quando desço para a cozinha e a tiro da sacola de compras, ela parece exatamente o que é: uma torta barata de um supermercado de bairro.

Fico imaginando o tipo de comentário que vou escutar de Suzette sobre essa torta. Ela provavelmente compra todas as sobremesas dela em alguma confeitaria francesa chique.

Tiro a torta da embalagem plástica, mas a deixo no suporte de metal. Então pego um garfo na gaveta de talheres e, com a precisão digna de um artista, bagunço as bordas da torta e espeto o centro algumas vezes. Decididamente, agora ela está com uma aparência menos perfeita do que algo saído de uma linha de produção. Será que eu conseguiria fazê-la passar por uma torta caseira? Talvez.

Enquanto estou examinando a torta, as dobradiças da porta da frente chiam quando ela se abre. Enzo chegou. Graças a Deus, porque não temos mais muito tempo. Corro até lá para recebê-lo, mas na mesma hora minha expressão se desfaz. Meu marido está literalmente coberto de terra dos pés à cabeça, e precisamos estar na casa dos Lowells daqui a…

Quinze minutos. Que ótimo.

– Millie! – O rosto dele se ilumina quando me vê, mas então reparo que ele está olhando para a torta. – Torta de maçã… Minha sobremesa preferida neste país!

– Eu que fiz – digo, para ver se vai colar.

– Sério? Tem cara de torta de supermercado.

Droga. Acho que não deixei a torta rústica o suficiente.

Ele se aproxima para me dar um beijo, mas recuo e levanto uma das mãos para mantê-lo à distância.

– Você tá imundo!

– Estava cavando um buraco – diz ele, como se fosse uma bobagem eu pensar que estivesse fazendo alguma outra coisa. – Vou tomar banho depois de jogar beisebol com o Nico. Ele quer treinar.

– *Enzo*. – Eu o fuzilo com o olhar. – Suzette convidou a gente pra jantar! Precisamos estar lá daqui a quinze minutos. Lembra?

Ele me olha sem entender. Fico pasma com sua capacidade de esquecer qualquer tipo de compromisso social, embora pareça ser muito bom em manter o controle das próprias obrigações profissionais.

– Ah – diz ele. – Isso tava no calendário da família?

Enzo vive me dizendo para pôr as coisas no calendário da família em nossos celulares, mas, até onde sei, não o consulta... nunca.

– Estava, *sim*.

– Ah. – Ele coça o pescoço com a mão encardida. – Acho... que vou pro banho agora, então.

Sinceramente, às vezes é como ter um terceiro filho. Na verdade, mais parece um segundo filho, porque Ada é bem mais parecida com uma adulta.

Eu me viro de volta para a torta. Tenho um estalo e a levo ao forno. Talvez se estiver quente eu consiga fazê-la passar por feita em casa. Por algum motivo, sinto uma necessidade desesperada de impressionar Suzette Lowell. Trabalhei para muitas mulheres como ela na época em que era empregada, mas nunca estive em condições de ser nada além da empregada de uma mulher dessas.

Não gosto de Suzette, mas, se conseguirmos ficar amigos dos Lowells, teremos galgado um degrau. Isso significa que finalmente terei conquistado a vida normal com a qual sempre sonhei. A vida que eu faria qualquer coisa para conseguir.

SETE

Vinte minutos mais tarde, estamos parados diante da porta da frente do número 12 da Locust Street.

Levou um pouco mais de tempo do que o esperado. Embora tenha tomado uma chuveirada rápida, Enzo desceu usando um jeans e uma camiseta amarrotados, porque é claro que ele faria isso, então mandei que subisse e vestisse algo um pouco mais decente. Agora está vestindo a camisa social preta que comprei para ele seis meses atrás ao perceber que não tinha absolutamente nenhuma camisa social. Conforme o esperado, ela combina perfeitamente com os olhos e o cabelo escuro, e ele fica lindo de morrer. Também conforme o esperado, Enzo parece muito pouco à vontade com a camisa, e sempre existe a chance de ele arrancá-la em algum momento durante o jantar. (Suzette teria um *troço*.)

A torta de maçã agora está morna, o que ajuda a fazê-la parecer caseira. A travessa está quente o suficiente para quase queimar minhas mãos, e mal posso esperar para largá-la.

Nico está puxando a própria camisa social de manga curta, que tem uma chance ainda maior de ser arrancada durante a noite devido ao desconforto dele, maior do que o do pai.

– A gente precisa mesmo ir nesse jantar chato?

– Precisa – respondo.

– Mas eu queria jogar beisebol com o pai.

– A gente não vai ficar muito tempo.

– O que vai ser a comida?

– Não sei.

– Posso ver televisão enquanto estiver lá?

Eu me viro para meu filho com um olhar enfezado.

– *Não*, não pode.

Olho para Enzo em busca de apoio, mas, pela cara que ele faz, está tentando não rir. Provavelmente também gostaria de poder assistir à televisão.

Depois de um minuto com as mãos sendo queimadas pela torta de supermercado, uma mulher desconhecida abre a porta. Tem mais ou menos 60 anos e o físico de um jogador de futebol americano, com cabelos grisalhos presos num coque apertado. A postura é a mais perfeita que já vi: se alguém colocasse um livro em cima da cabeça dela, dois dias depois o livro continuaria intacto ali. Está usando um vestido florido com um avental por cima e me encara com olhos cinzentos e opacos, que se cravam fundo em mim.

– Ah, oi – digo, hesitante. Verifico o número na porta, como se pudesse por algum motivo ter errado a casa ao lado da minha. – Sou a Millie. Nós viemos...

– Millie!

Por trás da mulher que nos recebeu, uma voz chega flutuando das profundezas da casa. Um segundo depois, Suzette desce a escada parecendo ao mesmo tempo ligeiramente ofegante e sem um único fio de cabelo fora do lugar. Está usando um vestido verde que me faz perceber que, na verdade, tem os olhos mais verdes do que azuis, e, seja lá qual for o sutiã milagroso que escolheu, ele empurra os peitos dela para cima, quase até o queixo. Os cabelos cor de caramelo brilham como se tivesse acabado de sair do salão e a pele parece quase reluzir. Ela está lindíssima.

Olho para Enzo a fim de ver se ele está reparando no visual dela, mas meu marido está ocupado mexendo num dos botões da camisa. Ele odeia *mesmo* essa camisa. Tomara que consiga mantê-la no corpo até voltarmos para casa.

– Millie, Enzo! – exclama ela, unindo as mãos com mais deleite do que qualquer pessoa poderia sentir com a visita de vizinhos. – Que *bom* que vocês vieram. E elegantemente atrasados.

Puxa, atrasamos só cinco minutos.

– Oi, Suzette – digo.

– Vi que já conheceram a Martha. – Os olhos de Suzette cintilam ao mesmo tempo que ela leva uma das mãos ao ombro da mulher mais velha. – Martha ajuda aqui em casa dois dias por semana. Jonathan e eu somos *muito* ocupados, e Martha é a nossa salvação.

– Sim – murmuro.

Já fui a Martha de muitas famílias na vida. No entanto, nunca consegui interpretar o papel tão bem quanto essa mulher claramente consegue. Ela parece uma empregada saída direto dos anos 1950, só falta segurar um espanadorzinho de penas e um daqueles aspiradores de pó com motores engraçados de tão grandes.

Mas ela tem algo de perturbador. Talvez seja porque está me encarando como se não conseguisse desgrudar os olhos de mim. Estou acostumada com mulheres encarando Enzo, mas ela não está interessada nem nele, nem nos meus filhos. O olhar dela está cravado no meu rosto feito um facho de laser.

O que eu tenho de tão interessante? Estou com espinafre nos dentes? Sou parecida com alguém famoso e ela quer um autógrafo?

– Martha pode servir alguma coisa pra vocês beberem? – pergunta Suzette a mim e a Enzo, apesar de estar olhando para ele. – Uma água? Uma taça de vinho? Acho que temos um suco de romã delicioso.

Nós dois fazemos que não com a cabeça.

– Não, obrigada.

– Têm certeza? – insiste ela. – Não é incômodo nenhum pra Martha.

Olho para a mulher mais velha, ainda parada, rígida, à espera da ordem para voltar à cozinha e nos trazer uma bebida.

– Não é incômodo nenhum – diz ela com uma voz grave e rascante, como se não estivesse acostumada a usá-la.

– Nós estamos bem – garanto a ela, torcendo para que vá embora, mas ela não vai.

Suzette enfim repara em Nico e Ada, pacientemente encolhidos junto à porta.

– E estes devem ser seus filhos lindos. São uma graça.

– Obrigada.

Sempre me pareceu estranho que, quando uma pessoa elogia o filho de alguém, o pai ou a mãe agradeçam como se fossem os donos da criança. Apesar disso, aqui estou eu, agradecendo.

Suzette volta a focar sua atenção em Enzo.

– Os dois são a *sua cara*.

– Não é bem assim – diz Enzo, o que é uma mentira deslavada. – Ada tem o formato da boca e os lábios da Millie.

– Humm, não estou conseguindo ver a semelhança – diz Suzette.

Ela não está conseguindo ver porque não é verdade. Nenhum dos dois se parece em nada comigo. E, aliás, nenhum dos dois tem a mesma personalidade que eu. Nico é muito parecido com Enzo, e não sei de onde pode ter saído essa minha filha inteligente e reservada.

– Aliás, acabei de receber uma notícia *fantástica*! – exclama Suzette. – Outra família pra quem a Martha trabalha acabou de se mudar. Aposto que ela ficaria feliz em fazer faxina lá na casa de vocês também.

– Ah. – Enzo e eu nos entreolhamos. *É claro* que eu adoro a ideia de alguém me ajudar com a faxina lá em casa, mas não temos como pagar. – É muita gentileza sua, mesmo, mas não acho que...

– Estou livre nas quintas de manhã – diz Martha para mim.

– Na quinta de manhã seria bom pra vocês? – pergunta Suzette, também para mim.

Como explicar para essa mulher cuja casa tem o dobro do tamanho da nossa que não podemos pagar uma faxineira? E, mesmo que pudéssemos, algo em Martha me deixa muito desconfortável.

– Ah, o horário é bom, mas...

Antes de eu conseguir inventar uma desculpa que não envolva admitir que não queremos os serviços de Martha, o olhar de Suzette recai na torta nas minhas mãos. Ela deixa escapar uma gargalhada tilintante.

– Ah, Millie, que chato! Você deixou a torta *cair* no caminho?

Droga, acho que deixei a torta rústica *demais*.

Felizmente, consigo pelo menos largá-la na mesa de centro da sala enquanto Martha desaparece na cozinha. A sala é muito maior que a nossa. Todos os cômodos da casa têm o dobro, ou quem sabe o triplo, do tamanho dos nossos. O lado de fora é tão antigo quanto o da nossa casa – a construção é do final do século XIX e pouco foi alterada –, mas, ao contrário da nossa, a parte interna foi inteiramente reformada. Enzo prometeu reformar nossa casa assim também, mas desconfio que isso vá levar quase uma década.

– Que casa linda – comento. – E quanto espaço...

Suzette apoia a mão num móvel grande que imagino que se deva chamar de armário de pé. Penso se poderíamos comprar um desses para nossa

43

casa. (Quem estou enganando? Temos sorte de conseguir comprar mesas e cadeiras.)

– Todas essas três casas eram originalmente sedes de fazenda – explica ela. – Esta era a casa principal, onde moravam os proprietários. E o número 13 era o pavilhão dos criados.

– E a nossa casa? – pergunto.

– Acho que lá era o curral dos animais.

Como é que é?

– Maneiro! – exclama Nico. – Aposto que o meu quarto era o chiqueiro!

Tá, *só pode* ser brincadeira. Quer dizer, se fosse uma construção para animais, lá não teria escada, certo? Ou talvez a escada tenha sido instalada depois. Reparei *mesmo* numa espécie de cheiro que...

– Jonathan! – chama Suzette.

Os olhos azul-esverdeados dela estão pregados na escadaria sinuosa que conduz ao primeiro andar da casa, de onde um homem está descendo para o térreo. Ele veste uma camisa social branca e uma gravata azul-marinho e, ao contrário do meu marido, parece muito à vontade nessa roupa formal. Também ao contrário do meu marido, sua aparência física é completamente banal. Os traços do rosto são neutros e agradáveis, o cabelo castanho-escuro está bem cortado e ele está recém-barbeado. É só uns centímetros mais alto do que eu e franzino. Parece o tipo de homem que desapareceria em qualquer multidão.

– Olá – diz ele, com um sorriso simpático. – Vocês devem ser Millie e Enzo. – Ele se vira para se dirigir às crianças. – E a trupe.

Depois do comportamento pretensioso de Suzette, o de Jonathan é como uma lufada de ar puro.

– É, sou a Millie. Você deve ser o Jonathan.

– Isso. – Ele estende a mão para apertar a minha, e, diferentemente do aperto mortal de Suzette, sua palma é lisinha, e ele não faz qualquer tentativa de quebrar sequer um osso da minha mão. – Que bom enfim te conhecer.

Jonathan aperta em seguida a mão de Enzo, e, se por acaso estiver se sentindo ameaçado pelo meu marido, como acontece com alguns homens inseguros, com certeza não demonstra.

Simpatizo com Jonathan por instinto. Não sei dizer por quê, mas é só uma sensação que tenho. Já trabalhei para muitas casas na vida e me tornei boa à beça em decifrar pessoas.

Especialmente casais.

É possível deduzir várias coisas a partir da linguagem corporal. Certos gestos que já vi maridos fazerem sugerem que são eles que detêm o poder na relação. Por exemplo: um beijo na testa e não na boca. A mão na base das costas quando o casal caminha. É sutil, mas passei a reparar nesse tipo de coisa. Só que Jonathan não está fazendo nada disso com Suzette. Nada me leva a pensar que eles sejam qualquer outra coisa além do que aparentam ser: um casal feliz.

– Então, estão gostando da casa nova? – pergunta ele.

– Eu tô adorando – deixo escapar, já tendo esquecido a vergonha que senti com o fato de a minha casa talvez ter sido um curral para animais de fazenda. – Sei que é pequena, mas...

– Pequena? – Jonathan ri. – Acho que ela tem um tamanho perfeito. Eu teria pegado aquela casa se estivesse disponível. Esta daqui é muita ostentação, principalmente só pra nós dois.

Pode marcar mais um ponto para Jonathan.

– Então vocês não têm filhos? – pergunta Enzo.

Antes de Jonathan conseguir responder, Suzette diz depressa:

– Ah, *não*. Nós não somos o tipo de pessoas que curtem crianças. Elas fazem muito barulho, muita bagunça, e precisam de atenção o tempo inteiro... Sem querer ofender. As pessoas que se dispõem a fazer esse sacrifício são umas verdadeiras santas. – Ela ri ao dizer as palavras, como se fosse hilário qualquer um querer abrir mão da própria vida para ser pai ou mãe. – Mas isso simplesmente não é para a gente. Nós concordamos cem por cento em relação a esse tema. Não é, Jonathan?

– É, sim – responde ele, afável. – Suzette e eu sempre concordamos em relação a isso.

– Não é pra todo mundo – comento.

Mas não pude evitar notar que, enquanto Suzette falava com entusiasmo sobre a maravilha que é não ter filhos, Jonathan exibiu uma expressão tristonha. Isso me leva a pensar se eles de fato "concordam cem por cento" em relação ao tema de serem ou não pais. Eu não julgaria ninguém por não querer ter filhos, mas é triste quando um dos integrantes de um casal precisa desistir de seu sonho para se adequar ao outro.

– Eu estava dizendo pra Millie que adoro como a casa deles é aconchegante e pitoresca – diz Suzette. – Concordo que essa aqui é muito ampla e extravagante. Pra falar a verdade, a gente não sabe mesmo o que fazer com todo este espaço. Especialmente com o quintal imenso.

Ao ouvir a palavra "quintal", Enzo se empertiga.

– Eu tenho uma empresa de paisagismo, se estiverem procurando alguém pra ajudar com o quintal.

Suzette arqueia uma das sobrancelhas.

– É mesmo?

Ele assente, todo animado.

– Tenho clientes no Bronx, mas estou tentando estabelecer uma clientela aqui. Demora muito pra ir de carro até a cidade.

– A Long Island Expressway é um horror mesmo – concorda Suzette.

Sim, sobretudo para quem dirige como Enzo. Toda vez que ele entra na 495, eu tenho certeza de que vamos morrer carbonizados. A empresa estava indo muito bem lá no Bronx, mas ele está se esforçando para conseguir mais clientes na ilha, assim não vai precisar mais continuar fazendo esse longo trajeto todos os dias. O objetivo é nos próximos anos transferir os serviços dele para os bairros da redondeza. E há famílias ricas o bastante por aqui para proporcionar à empresa um bom potencial de crescimento e expansão.

– Sou um excelente paisagista – acrescenta Enzo. – O que quer que vocês queiram que eu faça com o quintal, eu faço.

– Qualquer coisa? – pergunta Suzette com uma voz profundamente sugestiva.

– Qualquer serviço de paisagismo, sim.

Ela coloca uma das mãos no bíceps dele.

– Pode ser que eu me interesse.

E depois? *Depois ela simplesmente deixa a mão ali.* No bíceps do meu marido. Durante um tempo muito, muito longo. Quer dizer, deve haver um limite para o tempo que é aceitável deixar a mão nos músculos de um homem que não seja seu marido, certo?

Mas isso é inofensivo. Afinal de contas, o marido dela está *bem aqui.* E Jonathan não parece nem um pouco incomodado com o fato. Ele deve saber que Suzette é sedutora e aprendeu a ignorar isso.

Digo a mim mesma que não tenho nada com o que me preocupar.

E quase consigo me convencer disso.

OITO

Nunca tive a experiência de um jantar tão elaborado.

Tá, para começo de conversa, os lugares à mesa têm cartões com nossos nomes. Cartões com nossos nomes! E não consigo não reparar que os cartões indicam que Suzette vai se sentar ao lado de Enzo e eu ao lado de Jonathan. Além disso, nossos filhos sequer estão na mesma mesa! A mesa de mogno maciço comportaria facilmente mais duas pessoas, mas em vez disso outra mesa menor foi arrumada do outro lado do recinto. A gente quase precisa de um binóculo para ver Ada e Nico.

– Imaginei que as crianças fossem querer um pouco de privacidade – diz Suzette.

Na minha experiência, crianças nunca querem privacidade. *Nunca.* Só recentemente ir ao banheiro deixou de ser um evento em família. Além disso, a mesa é pequena demais. Pelo tamanho, ficaria melhor na sala de estar de uma casa de bonecas. Posso ver pela expressão no rosto dos meus filhos que não estão nada contentes.

– Essa mesa é de bebê – resmunga Nico. – Não quero sentar ali!

– *Fai silenzio* – sibila Enzo.

Naturalmente, nossos dois filhos falam um italiano perfeito, porque o pai falou nesse idioma com eles desde que eram pequenos, portanto eles são bilíngues. Enzo diz que os dois têm sotaque norte-americano, horroroso, mas para mim o italiano deles é muito bom.

Enfim, o alerta faz os dois se calarem, e com relutância eles vão ocupar os respectivos lugares na mesa risivelmente pequena. Meio que sinto vontade de tirar uma foto dos dois em volta daquela mesinha com expressões consternadas idênticas, mas desconfio que isso os deixaria furiosos.

Enzo parece igualmente perplexo com a disposição dos lugares na mesa dos adultos. Ele se deixa cair na cadeira que lhe foi designada e pega um dos garfos que foram postos na mesa.

– Por que tem três garfos? – indaga.

– Bom – explica Suzette com paciência –, um é o garfo de mesa, claro, aí tem o garfo de salada e depois o garfo de espaguete.

– Qual a diferença entre um garfo de espaguete e um garfo de mesa? – pergunto.

– Ai, Millie – diz ela, rindo.

E não responde, embora, na minha opinião, tenha sido uma pergunta muito pertinente.

– Então, o que estão achando do bairro até agora? – pergunta Jonathan enquanto se acomoda na própria cadeira de madeira de espaldar alto e estende com todo o cuidado um guardanapo no colo.

Eu me remexo no assento. Apesar de terem um aspecto incrivelmente caro e serem de madeira maciça, as cadeiras são surpreendentemente desconfortáveis.

– Estamos adorando.

Suzette apoia o queixo no punho fechado.

– Já conheceram a *Janice*?

– Eu já.

– Doidinha ela, não é? – retruca Suzette, com uma gargalhada estridente. – Aquela mulher tem medo da própria sombra. E como é enxerida! Não é, Jonathan?

Jonathan dá um gole em seu copo d'água e lança um sorriso vago para a esposa, mas não diz nada. Gosto do fato de ele não começar na mesma hora a falar mal da vizinha, ainda que fosse merecido. Já Suzette, por sua vez...

– O filho dela estava preso a uma *coleira* – recordo. – Estava presa na mochila dele.

Suzette dá uma risadinha.

– Ela é muito superprotetora, chega a ser engraçado. Acha que tem duendes querendo levar o filho dela em cada esquina.

– Ela estava paranoica com um menino que, segundo contou, foi seques-trado em outra cidade.

– Pois é. – Ela meneia a cabeça. – Foi uma disputa de guarda entre os pais, e o pai atravessou a fronteira do Canadá com o garoto. Conse-guiram trazer ele de volta. Saiu no noticiário na época, mas ela se com-porta como se o bicho-papão vivesse rondando! E isso nem é a pior coisa de morar ao lado dela. Vocês deveriam ouvir algumas das bobagens que ela aprontou.

Faço uma careta.

– O que mais ela fez?

– Então, uma vez a gente estava com a churrasqueira ligada no quintal – conta Suzette –, e nem estava grelhando quase nada. Só uns camarões e um bife. Tinha só uns poucos convidados aqui, não é, Jonathan?

– Não me lembro direito, meu bem – responde ele.

– Enfim – continua ela –, bem no meio do nosso churrasco, a polícia apareceu! Janice tinha chamado a polícia e dito que a gente havia acendido uma fogueira no quintal! Dá pra acreditar?

– Vocês têm uma churrasqueira no quintal? – pergunta Enzo, interessado.

– Vocês deveriam comprar uma – diz Jonathan.

– Ou experimentar a nossa – oferece Suzette. – Pode ficar à vontade pra vir usar a nossa se quiser.

– Sério? – indaga Enzo, animado.

Engraçado… Quando o conheci, quase duas décadas atrás, ele parecia muito mais empolgante do que qualquer outro homem que eu já tivesse encontrado. Era praticamente *arrebatador*. Hoje percebo a verdade nua e crua: a maior fantasia desse homem na vida é fazer carne na brasa no quin-tal de casa. Ou é isso que se pensaria ao ouvi-lo interrogar Suzette sobre os prós e contras de fazer um churrasco. Eu poderia contribuir mais para a conversa se, enquanto fala com ele, Suzette não sentisse vontade de tocar o braço de Enzo *o tempo todo*.

Tipo, é possível conversar com uma pessoa sem tocar o braço dela. É possível, juro.

Felizmente, a conversa sobre churrasqueiras é interrompida quando Martha surge da cozinha com pratos de salada para nós quatro. Não sei de que é a salada, mas tem cheiro de framboesa e uns pedacinhos de queijo dentro.

– Obrigada, Martha – digo ao notar que Suzette não se dá ao trabalho de lhe agradecer.

Espero que ela diga "de nada", mas em vez disso ela me encara até que eu desvie o olhar.

Não consigo comer com o olhar de Martha fixo em mim, mas, assim que ela se retira, ataco a salada. Não sou muito chegada em salada, mas uau! Sério, *uau*. Se toda salada tivesse aquele sabor, talvez eu *fosse* chegada em salada. Não fazia ideia de que era possível uma salada ser tão deliciosa assim.

– Millie – diz Suzette, dando uma risadinha. – Você está usando seu garfo de espaguete para comer a salada!

Estou? Olho em volta da mesa e todo mundo pelo visto está comendo com um garfo diferente do meu, embora na verdade todos me pareçam idênticos. E Enzo, que com toda a certeza não entende mais sobre talheres do que eu, aponta para o garfo mais afastado do meu prato. Como ele sabia disso?

Caramba, que constrangimento. Troco de garfo o mais depressa possível.

– E você, Jonathan, faz o quê? – pergunto para desviar a atenção do vexame do garfo.

– Trabalho no mercado financeiro.

Abro um sorriso.

– Parece interessante.

Ele dá de ombros.

– Paga as contas. Com certeza, não é tão empolgante quanto o trabalho da Suzette.

Ao dizer isso, ele estende a mão por cima da mesa para segurar a da esposa. Ela lhe permite fazer isso por uma fração de segundo antes de puxar a mão de volta.

– Eu adoro estar perto das pessoas – comenta ela. – Graças ao meu trabalho, conheço todo mundo na cidade. Na verdade... – Os olhos dela se arregalam quando um pensamento parece lhe ocorrer. – Eu poderia te ajudar, Enzo.

Enzo franze o cenho.

– Me ajudar?

– É!

Ela limpa os lábios com o guardanapo, com delicadeza, e não posso deixar de notar que seu batom fica completamente intacto. Tenho quase certeza de que o meu já foi embora várias folhas de alface atrás, mas acho que tudo bem, já que ele era da mesmíssima cor da minha boca.

– Você está procurando clientes pra sua empresa de paisagismo, não está? Bom, eu conheço todo mundo das redondezas que está comprando casa nova. Posso incluir seu nome no pacote de boas-vindas.

Ele fica boquiaberto.

– Você faria isso?

– É claro, seu bobo! – E ela então volta a tocar o braço dele. Outra vez! Será que está tentando quebrar algum tipo de recorde? – Nós somos vizinhos, não somos?

– Mas você não sabe se eu sou bom.

Enzo é *realmente* bom no que faz. É lógico que uma porcentagem das mulheres que o contratam só faz isso porque ele é gato, mas ele *mantém* clientes porque seu trabalho é incrível, e Enzo sabe disso. Mas também faz questão de provar o próprio valor.

– Nesse caso, talvez você devesse me fazer uma demonstração particular – sugere ela. Não estou gostando do rumo dessa conversa. – Estamos precisando desesperadamente dar um jeito no nosso quintal – explica Suzette. – Eu adoraria me dedicar ao terreno lá atrás, mas infelizmente não tenho uma mão boa para isso. Se você pudesse me mostrar o que sabe fazer e de quebra me desse algumas instruções, eu ficaria feliz em recomendar seu trabalho pra todo mundo que conheço.

Enzo olha para mim. Ele abre a boca, quase com certeza prestes a perguntar se por mim tudo bem aquele arranjo, mas então Suzette diz:

– Sabe o que eu adoro em vocês dois? Vocês confiam um no outro, ao contrário de muitos outros casais. Enzo não precisa pedir sua permissão por qualquer bobagenzinha, Millie.

E então ele fecha a boca.

– E aí, o que me diz? – pergunta ela a Enzo. – Tá combinado assim?

Lanço um olhar desesperado para Jonathan na esperança de que ele intervenha e diga que não se sente à vontade com aquilo, mas ele está simplesmente sentado ali, enfiando na boca garfadas daquela salada estranhamente deliciosa, sem parecer nem um pouco incomodado. Claro, por que *deveria*? Tudo que Enzo faria seria trabalhar um pouco no jardim dos vizinhos. Não há motivo algum para ciúme.

E convenhamos: Suzette não é a primeira mulher a dar em cima do meu marido. Não é a primeira nem vai ser a última.

Só que alguma coisa no flerte de Suzette me enfurece mais do que as donas de casa entediadas que consideram meu marido um colírio para os olhos. Não consigo identificar muito bem o que é.

– Claro – responde Enzo. – Com prazer.

Martha volta da cozinha trazendo mais travessas de comida. Olho para a mesa das crianças a fim de ver se alguma das duas avançou na salada – em geral, algo consumido apenas sob ameaça de algum castigo – e fico chocada ao constatar que até Nico quase raspou o prato. Fico também com um pouco de inveja do fato de meus filhos, pelo visto, só terem recebido um único garfo.

Martha tira nossos pratos de salada e coloca na minha frente um prato que me parece da culinária italiana. Infelizmente, Suzette não fazia ideia de que Enzo é superexigente em relação à comida italiana. Bom, ela está prestes a descobrir.

Enzo olha para o prato e inspira bem fundo.

– Isso é *pasta alla Norma*?

Suzette faz que sim com a cabeça, toda animada.

– É! Nosso chef é italiano, e, como imaginei pelo seu sotaque que você fosse da Sicília, ele pensou que você pudesse gostar desse prato.

Prendo a respiração, à espera do momento em que Enzo vai empurrar o prato para longe, ou quem sabe comer algumas garfadas só por educação. Mas, quando ele leva à boca uma garfada de espaguete, seus olhos quase começam a lacrimejar.

– *Oddio*… Está igualzinha à que a minha *nonna* fazia.

– Que bom que gostou! – exclama ela, extasiada. – A sensação na boca é mesmo maravilhosa, não? É claro que não deve ser tão bom quanto a comida que a Millie cozinha.

– Millie não faz este prato – diz Enzo.

Os longos cílios de Suzette se agitam.

– Ah, não?

Todo mundo em volta da mesa está me encarando agora, como se eu fosse a pior pessoa do universo por não preparar para meu marido *pasta à la Nova*, ou seja lá qual for o nome desse negócio. Em minha defesa, posso dizer que toda vez que tento preparar algum prato italiano, ele age como se eu tivesse acabado de tentar fazê-lo comer veneno. Quem diria que Enzo gostaria tanto desse prato a ponto de *chorar*?

Empunho meu garfo e espeto o que parece ser um pedaço de berinjela. Ponho na boca e...

Uau, está bem bom. Não estou prestes a começar a chorar por causa disso, mas esse macarrão está bom mesmo.

– Ai, Millie – diz Suzette, dando outra risadinha. – Você tá usando o garfo de *sobremesa!*

Quando esse jantar terminar, se eu não tiver apunhalado Suzette com um destes garfos, vai ser pelo simples motivo de não saber qual deles usar.

NOVE

– Você tá brava – observa Enzo.

Não sei qual das pistas o levou a essa conclusão. Talvez o fato de eu ter vindo em silêncio para casa, carregando a travessa de torta de maçã intacta – porque, mesmo tendo me dito para levar a sobremesa, Suzette pedira ao chef que fizesse um suflê de chocolate incrível. Talvez a forma como bati a porta da geladeira após enfiar a torta intacta lá dentro. Ou a forma como subi a escada pisando firme até nosso quarto e bati a porta depois de entrar, saindo apenas para dar boa-noite às crianças.

– Eu como a torta de maçã – diz ele ao se enfiar na cama ao meu lado. – Eu amo torta de maçã. Não ligo se você deixou cair no chão.

– Eu não deixei cair no chão.

– Não?

Dou um grunhido. O fato de Enzo não fazer a menor ideia do que me deixou com raiva está tornando difícil continuar com raiva. Além do mais, ele está sem camisa, o que torna ainda mais difícil ficar com raiva.

– Você precisa mesmo ir trabalhar no quintal da Suzette? – pergunto.

Ele se recosta nos travesseiros e dá um suspiro.

– Ah. É isso.

– Então? É realmente necessário?

– Por que isso incomoda você?

– Porque sim.

– Porque sim não é resposta – rebate ele, o que é irritante, pois é algo que vivo dizendo às crianças.

– Só tenho a sensação de que a Suzette está querendo alguma outra coisa.

– Outra coisa?

Cruzo os braços.

– Você sabe.

– Não sei, não.

– Ai, meu Deus. – Caio deitada na cama. – Enzo, a mulher passou a noite inteira dando em cima de você descaradamente! Não parou de fazer isso nem um segundo sequer!

Ele leva as mãos ao peito, fingindo-se horrorizado.

– Uma mulher dando em cima *de mim*? *Ma va!* Como eu poderia resistir a uma coisa dessas?

Reviro os olhos.

– Tá, tá bom…

– A gente provavelmente vai fugir junto.

– *Tá bom.*

Ele sorri para mim.

– Fico lisonjeado com a sua preocupação. Mas, Millie, você sabe que eu nunca sequer olharia para nenhuma outra mulher.

– Ah, é?

– É, sim. Te trair seria burrice.

– Seria?

– Ah, sim. – Ele se deita de lado e apoia a cabeça na mão. – Você é minha mulher. A mãe dos meus filhos. Eu te amo muito.

– Tá bom…

– Além do mais – acrescenta ele –, sei que seria burrice te trair. Eu prefiro continuar vivo.

Bufo.

– É, tá bom.

– Como você pode dizer que tá preocupada com a Suzette? – retruca ele. – Quem precisa se preocupar *é ela*.

– Ha, ha, muito engraçado.

– Não tô brincando – insiste ele, embora seus lábios estejam tremendo. – Eu tenho medo de você, Millie Accardi.

Faço uma careta para ele.

– Tá. Até parece que *você* é o cara mais certinho do mundo.

Verdade seja dita, nós dois já fizemos coisas bem ruins. Coisas inconfessáveis, embora eu prefira pensar que foram todas feitas em nome da justiça. Seja como for, se fizéssemos as contas, eu ganharia do meu marido. Já fiz coisas bem piores do que ele. Afinal, ele nunca fez nada tão ruim a ponto de lhe tirarem a liberdade.

Mas é claro que essas são só as coisas que eu sei. Tenho a sensação de que Enzo teve uma vida inteira na Itália da qual eu sequer tenho conhecimento. Uma vez, tomei coragem para perguntar se ele já tinha matado alguém, e ele riu como se eu estivesse fazendo uma piada, mas não negou. E depois arrumou bem depressa um jeito de mudar de assunto.

Só perguntei essa única vez. Porque, depois disso, não tive certeza se queria saber.

Enzo contorna a linha do meu maxilar com um dedo, bem devagar.

– Millie... – sussurra ele.

Olho por cima do ombro para a janela por onde o luar banha nosso quarto.

– Quando é que você vai instalar as tais persianas?

– Amanhã. *Prometo.*

Fecho os olhos e tento curtir a sensação do toque do meu marido e dos lábios dele no meu pescoço. Mesmo com os olhos fechados, porém, tomo consciência de outra coisa. Um barulho em algum lugar da casa.

Abro os olhos de repente.

– Ouviu isso? – pergunto a ele.

Ele afasta a cabeça do meu pescoço.

– Isso o quê?

– Esse barulho. Parecia alguma coisa... alguma coisa arranhando.

É um barulho muito perturbador. Quase como se fossem unhas num quadro-negro. E não para de se repetir.

E está vindo de algum lugar dentro da casa.

Ele sorri para mim.

– Vai ver é um homem no telhado com um gancho no lugar da mão?

Dou um tapa de leve no seu cocuruto.

– Tô falando sério! Que barulho é esse?

Ficamos os dois deitados por alguns instantes, à escuta. E é claro que nessa hora o barulho para.

– Não tô ouvindo nada – diz Enzo.

– Bom, agora parou.

– Ah.

– Mas era *o quê?*

– Devia ser a casa se acomodando.

– A casa *se acomodando.* – Faço uma cara feia para ele. – Isso não existe. Você acabou de inventar isso agorinha.

– Existe, sim. Além do mais, você por acaso é uma grande especialista em casas? Casas fazem barulhos. É um barulho da casa. Nada de mais.

Não tenho certeza se concordo, mas ao mesmo tempo não tenho como discutir, agora que o barulho parou.

Ele arqueia as sobrancelhas.

– Então... Posso *continuar?*

Não estou me sentindo muito no clima depois de ouvir esse barulho de arranhão vindo de dentro da casa, e a janela inteiramente exposta piora tudo. Mas Enzo já voltou a beijar meu pescoço, e devo dizer que é muito difícil interrompê-lo.

DEZ

Quinta-feira é minha manhã de folga.

As crianças vão andando sozinhas até o ponto do ônibus, como fizeram ontem. Tenho certeza de que Janice fica chocada quando os dois aparecem lá sozinhos, mas não estou muito preocupada com isso. Fico olhando de uma das janelas da frente da casa (que agora têm persianas – obrigada, Enzo!) e vejo Ada e Nico pegarem o ônibus e irem para a escola.

Eles estão bem. A maternidade é um estado constante de ligeira preocupação, mas me recuso a ser o tipo de mulher que usa uma coleira nos filhos. Em determinado momento, é preciso deixá-los ir, mesmo que isso deixe você maluca.

Depois que eles saem, a casa fica muito silenciosa. Ada em geral é tranquila, mas Nico é sempre um furacão. Quando ele não está em casa, o lugar parece cair num silêncio mortal. Já ficava silencioso quando morávamos num apartamento pequeno, mas agora que estamos numa casa maior (ainda que *aconchegante*), o silêncio é bem maior. Acho que nossa casa tem ecos. *Ecos.*

Não sei o que fazer aqui sozinha. Talvez eu prepare um café da manhã e leia um livro.

Vou até a cozinha e pego uma caixa de ovos. Conforme fico mais velha, venho tentando comer comidas mais saudáveis, e ouvi dizer que ovos são bem saudáveis contanto que não sejam fritos em óleo ou manteiga. (O que parece muito injusto, porque é assim que ficam mais gostosos.) Então já botei a água para ferver e estou prestes a preparar meu ovo sem óleo nem manteiga quando a campainha toca.

Vou depressa até a porta da frente e a abro de uma vez, sem checar quem está lá fora, porque é nesse tipo de bairro que moro agora. Quando morávamos no Bronx, eu nunca abria a porta da frente sem ver quem era do outro lado. Se fosse alguém que eu não reconhecesse, pedia que a pessoa mostrasse a identidade pelo olho mágico. Só que este bairro aqui é bem seguro, e eu não preciso mais me preocupar com nada.

No entanto, fico bastante surpresa ao ver Martha, a empregada de Suzette, do outro lado da porta, usando um de seus vestidos de estampa florida junto com um avental branco imaculado, com um par de luvas de borracha numa das mãos e algum tipo de mop moderno na outra.

– Oi – digo, por não saber ao certo o que mais dizer.

Martha me encara com o mesmo olhar penetrante; seu rosto parece uma máscara.

– Hoje é quinta. Vim fazer a faxina.

O quê? Eu me lembro de ela ter dito que estava livre às quintas-feiras, mas não de ter concordado que ela viesse. Na verdade, eu me lembro bem de ter tentado arrumar um jeito educado de lhe dizer que não estávamos interessados antes de ser distraída por Suzette ofendendo minha torta. Será que ela iria simplesmente *aparecer* aqui sem ter confirmado a combinação?

Será que Suzette a convenceu a fazer isso?

– Ah. Eu… Obrigada mesmo por ter vindo, mas, como eu disse na outra noite, nós realmente não temos…

Martha não se move. Não está entendendo o recado.

– Olha… – insisto. – A gente não… Quer dizer, eu mesma posso fazer a faxina da casa. Você não precisa…

– Seu marido me disse para vir – diz Martha, me interrompendo.

Como é que é?

– Ele… ele disse, mesmo?

Ela assente de maneira quase imperceptível.

– Ele me ligou.

– Ah – repito. – Com licença, um instantinho.

Como Enzo nesse dia começa mais tarde, está dormindo mais um pouco de manhã. Mas subo correndo a escada e, quando o vejo deitado no lado dele da cama, eu o sacudo pelo ombro. Seus cílios estremecem, porém ele não abre os olhos. Sacudo com mais violência dessa vez, e ele finalmente ergue os olhos sonolentos para mim.

– Millie? – murmura.

– Enzo, você chamou aquela faxineira que a Suzette recomendou?

Ele se senta na cama devagar, esfregando os olhos. Houve manhãs em que o vi ficar alerta num instante e pular da cama, imediatamente desperto. Mas há tempos não o vejo fazer isso. Talvez desde que as crianças nasceram. Hoje em dia, fazê-lo ficar coerente o bastante para poder ter uma conversa é um processo que dura cinco minutos.

– Sim – diz ele por fim. – Eu liguei pra ela.

– Por que fez isso? A gente não tem como ter uma faxineira! Eu mesma posso limpar a casa.

Ele boceja.

– Tudo bem. Não é tão caro assim.

– Enzo…

Ele leva mais alguns segundos para acordar por completo. Põe as pernas para fora da cama.

– Millie, você vive fazendo faxina pros outros. Desde que eu te conheço. Então dessa vez alguém vai fazer a faxina pra você.

Torço as mãos uma contra a outra.

– Mas…

– Sem "mas" – insiste ele. – Ela só vai vir duas vezes no mês. Não é tanto dinheiro assim. Além do mais, o Nico agora vai pôr o lixo pra fora e a Ada vai lavar a louça. Eu conversei com eles.

Começo a protestar outra vez, mas na verdade seria *mesmo* agradável não precisar fazer a faxina, para variar um pouco. Ele tem razão: é algo que eu sempre fiz. Passei direto de limpar a casa dos outros para limpar o que meus filhos sujavam. Não que Enzo nunca ajude, mas limpar uma casa onde moram quatro pessoas dá muito trabalho.

– Não é tanto dinheiro assim – repete ele. – Você merece.

Talvez seja verdade. Talvez eu mereça mesmo. E, além do mais, ele parece bem decidido, então não vou discutir.

Mas por que é que precisava ser *Martha*?

Volto para a sala, onde ela já localizou com eficiência o material de limpeza e começou a trabalhar. Tá, ela tem mesmo um problema em relação a ficar me encarando, mas muita gente é antissocial, e pelo menos ela parece ser uma faxineira incrivelmente competente. A maioria das famílias para as quais trabalhei tinha instruções intermináveis sobre como queriam que tudo fosse feito, mas eu jurei que se um dia tivesse como pagar esse tipo de serviço não seria tão chata.

– Enzo falou que tudo bem – informo a ela.

Ela me responde com um meneio de cabeça curto. A mulher quase nunca diz nada. Ela me remete um pouco àqueles guardas do palácio real da Inglaterra, que não podem falar nada nem sorrir.

Tento preparar meu ovo na cozinha, mas é difícil cozinhar com Martha bem ao meu lado, esfregando com eficiência nossa bancada e olhando para mim a cada poucos segundos. Embora nossa cozinha seja bem maior do que a que tínhamos na cidade, é estranho estar aqui enquanto ela faz a faxina. Eu me sinto esquisita, como se fosse uma daquelas pessoas chiques e ricas que têm criados, o que é engraçado, levando em conta que… bom, mal temos condições de pagar esta casa, mesmo que dez por cento abaixo do valor. Esta casa, que talvez um dia tenha sido ocupada por animais de fazenda. (Embora, na verdade, eu não acredite nisso. Quer dizer, tenho quase certeza.)

Afasto-me sem jeito para Martha poder fazer seu trabalho.

– Desculpe – balbucio.

A maioria das pessoas para quem trabalhei tinha o costume de sair de casa quando eu estava trabalhando, e eu achava isso bom. Mesmo se o patrão não estivesse me dizendo efetivamente como eu devia faxinar, o que alguns faziam, eu sempre sentia que me julgavam em silêncio quando estavam em casa. Ou me vigiavam, para terem certeza de que eu não fosse roubar nada. E, mesmo que não fizessem nenhuma dessas coisas, eles simplesmente *atrapalhavam*.

No fim das contas, desisto do ovo. Pego uma banana em vez disso, porque é o único café da manhã em que consigo pensar que não exige cozinhar nada. Levo minha banana meio marrom até a sala e me deixo cair no sofá com o celular na outra mão.

Talvez eu possa folgar na quarta em vez de na quinta.

Consulto meus e-mails e resolvo o que consigo. As crianças estão na escola nova há menos de uma semana e já recebi dezenas de e-mails de lá. A diretora parece decidida a escrever diariamente para todos os pais. É uma diferença gritante entre a escola atual e a antiga escola pública de ensino fundamental no Bronx. Nós podemos até não pagar mensalidade nessa escola, mas os pais têm uma expectativa bem alta. Que pelo visto inclui e-mails diários.

Acabo deletando quase todos os e-mails da escola. Quer dizer, quantas mensagens a pessoa pode ler sobre a futura feira de livros ou algo chamado Almoço com Lego?

A banana não mata muito a minha fome, mas dá para o gasto. Acho que posso sair para resolver algumas coisas na rua enquanto Martha trabalha. Então, quando me levanto do sofá e me viro, quase dou um pulo e bato no teto.

Martha está parada no vão da porta da cozinha, rígida. Está totalmente imóvel. Parece quase um robô ali parada... Ou seria "ciborgue" o termo correto? Enfim, levei um susto. Achei que ela estivesse ocupada com a faxina da cozinha, mas pelo visto está parada ali me encarando há só Deus sabe quanto tempo. E, quando a pego fazendo isso, ela não desvia o olhar. Continua me olhando descaradamente.

– Pois não?

– Não queria incomodar você – diz ela.

– Ah, não faz mal. Do que você precisa?

Ela hesita por alguns segundos, como quem mede com cuidado as palavras. Por fim, dispara:

– Onde está seu limpa forno?

Era por *isso* que ela estava me encarando tanto? Estava apenas confusa em relação ao paradeiro do limpa forno? Seria só isso mesmo?

– Fica no armário bem ao lado do fogão.

E onde mais ficaria?

Martha aquiesce ao ouvir minha resposta e volta para a cozinha, mas continuo meio incomodada. Mesmo que Enzo queira que tenhamos uma faxineira, isso não quer dizer que precise ser Martha. Por um lado, eu preferiria ter uma faxineira que não ficasse me encarando sem parar. Por outro lado, porém, ela já está trabalhando na nossa casa. Se acharmos outra pessoa, vou ter que mandar Martha embora. Nunca mandei ninguém embora na vida e não estou com muita vontade de fazer isso.

Talvez fique tudo bem. Afinal, ela agora sabe onde fica o limpa forno, e, segundo Enzo, as diárias dela são bem razoáveis. A casa de Suzette é um brinco, e está na cara que Martha é boa no que faz.

Além do mais, como disse Enzo, eu mereço.

ONZE

Hoje Nico foi convidado para brincar na casa de Spencer, o menino que mora no número 13 da nossa rua.

Foi um encontro quase impossível de combinar. Já estamos morando aqui há quinze dias, e essa foi a primeira oportunidade que tive de mostrar a Janice uma cópia da caderneta de vacinação de Nico – não estou brincando. Fico espantada por ela não ter pedido amostras de sangue nem de urina.

Mas vale a pena, porque Nico vive quicando dentro de casa nos fins de semana e não tem um monte de amigos por perto como no nosso antigo bairro. O convite foi para as três da tarde de domingo na casa de Spencer, mas a partir da uma Nico fica me perguntando quase de quinze em quinze minutos se já está na hora de ir. Chega ao ponto de, toda vez que ele diz a palavra "mãe", eu ter vontade de gritar.

– Mãe – diz ele às quinze para as três. – Posso levar o Kiwizinho pra casa do Spencer?

Enzo e Nico decidiram não esperar um ovo eclodir e todos os bebês louva-a-deus se devorarem, então em vez disso compraram um filhote, que chegou segunda-feira passada. Nico batizou o louva-a-deus de Kiwizinho, numa estranha homenagem a uma de suas frutas preferidas.

– Não se algum dia quiser ser convidado outra vez – respondo.

Nico pensa a respeito.

– Posso levar minha bola e meu taco de beisebol?

Os testes para a liga infantil foram uma semana atrás, na sexta, e Nico entrou para o time, o que é ótimo porque vai ser mais uma forma de ele fazer amizades e gastar um pouco da energia represada. O resultado, porém, foi que ele ficou mais obcecado ainda por beisebol do que já era. Enzo tem jogado com ele todas as noites. É muito fofo de ver, porque Enzo narra cada jogada como se fosse uma partida de verdade. *Ele se aproxima da placa, lança a bola para o rebatedor... e acerta! Corre até a primeira base, corre até a segunda...*

– Tudo bem – concordo, embora fique ligeiramente preocupada que Nico deixe a bola sair do controle e quebre uma janela, o que faria Janice ter um piripaque. Ele é um bom lançador, mas não é tão bom assim em controle.

Finalmente, *finalmente* o relógio dá três horas, e podemos sair para o encontro. Ada está esparramada no sofá lendo um livro, com o cabelo preto brilhoso espalhado atrás de si. Mais uma vez, fico impressionada com a beleza da minha filha. Acho que ela nem se dá conta disso. Que Deus nos ajude quando isso acontecer.

– Ada, quer vir com a gente? – pergunto.

Ela me olha como se eu tivesse perdido a cabeça de vez.

– Não, obrigada.

– Tem alguma amiga ou algum amigo com quem você queira combinar de se encontrar? – pergunto a ela. – Eu te levo com prazer.

Ela faz que não com a cabeça. Espero que esteja fazendo amigos na escola. Não é tão extrovertida quanto o irmão, mas sempre teve um grupinho mais chegado de amigas no colégio. Deve ser difícil começar tudo outra vez no quinto ano, e Ada não é do tipo que reclama. Talvez eu sugira uma noite só das meninas para nós duas, assim posso dar uma sondada e ver como as coisas estão caminhando.

Cogito convidar Enzo para ir conosco, mas então me dou conta de que passei a tarde inteira sem vê-lo. Deve estar trabalhando. Enzo tinha muitos clientes em Nova York, mas vem tentando transferir sua atividade para a ilha, de modo que tem trabalhado muito. Ele anda muito preocupado em conseguirmos honrar as prestações da casa. Fico grata pelo que está fazendo, mas ao mesmo tempo gostaria que passasse mais tempo em casa.

Enfim, parece que seremos só eu e Nico na ida até a casa vizinha. Sendo assim, pego minha bolsa e atravessamos a rua sem saída até o número 13, a casa que supostamente costumava abrigar a criadagem. Quando passamos pela casa de Suzette no caminho, não posso evitar reparar no barulhão que vem do quintal dos fundos. O que será que estão fazendo lá atrás?

Quando Janice abre a porta e nos vê, a expressão dela desmorona, como se, apesar do convite, estivesse torcendo para não aparecermos.

– Ah – diz ela. – Acho que podem entrar.

– Obrigada.

Assim que pisamos na casa, ela aponta para nossos pés.

– Nada de sapatos.

Tiro minhas sandálias e Nico chuta para longe os tênis, que para meu horror saem voando pelo corredor. Corro para recuperá-los e os coloco com cuidado na sapateira. Como praticamente não saímos de casa hoje, não faço ideia de por que os tênis dele estão cobertos de lama. E, quando olho para suas meias, vejo que estão igualmente sujas. Como foi que isso aconteceu?

– Por que suas meias estão tão sujas? – pergunto a ele.

– Eu tava brincando no quintal, mãe.

– De *meia*?

Nico dá de ombros.

Ele acaba tirando as meias, e por baixo delas os pés *também* estão sujos, mas acho que menos do que os sapatos ou as meias. Vou ter que limpar esse menino com água sanitária hoje à noite.

Spencer e Nico parecem radiantes com o encontro, como amigos que não se veem há tempos, embora tenham estado juntos na escola dois dias atrás. Eles saem correndo para o quintal dos fundos enquanto Janice grita para Spencer:

– Toma cuidado!

Janice está torcendo as mãos, os olhos fixos no quintal. Não sei se deveria me oferecer para ficar, ou se ela sequer me quer aqui. O que parece mesmo é que ela precisa de um drinque bem forte. Ela enfim se vira para mim, e tenho certeza de que vai me oferecer uma limonada ou biscoitos salgados e queijo, mas em vez disso pergunta:

– Com que frequência você olha a cabeça do Nico pra ver se tem piolho?

Meu queixo cai. Quero ficar ofendida, mas na verdade Nico já teve piolho três vezes. Ada também, o que foi bem mais difícil de resolver, porque não dá para simplesmente raspar a cabeça de uma menina de 8 anos. Esse é o tipo de coisa sobre o qual ela falaria na terapia anos depois.

Mas na cabeça do meu filho passei mesmo a gilete. No começo, ele não gostou muito, mas quando Enzo sugeriu raspar a própria cabeça também, a coisa ficou divertida.

– Ele não está com piolho – afirmo.

Ela semicerra os olhos.

– Mas como você *sabe*?

Não sei como responder a isso.

– Não está se coçando, então...

– Você tem um bom pente-fino?

– Ah, tenho...

– De qual marca?

Não sei se consigo aguentar isso. Quer dizer, tenho tanto horror de piolho quanto qualquer um, ou seja, muito. Mas esse não é um dos meus assuntos preferidos.

– Escuta, é melhor eu ir andando...

– Ah. – A expressão de Janice murcha. – Achei que talvez você pudesse ficar um pouquinho. Espremi um suco agorinha.

A expressão dela se enche de uma decepção genuína. Mesmo ela tendo sido tão grosseira em relação à minha decisão de ser uma mãe que trabalha fora, talvez se sinta muito sozinha, já que passa o dia inteiro em casa. E eu também nunca fui muito boa em fazer amigos. Talvez Janice e eu tenhamos começado com o pé esquerdo e ela vá ser minha primeira amiga em Long Island. Digo, *na* Long Island.

– Eu adoraria provar seu suco.

Janice se anima um pouco, e eu a sigo até a cozinha. A cozinha é impecável, o que não é nenhuma surpresa. O chão parece mais limpo do que as minhas bancadas. Ela tem uma mesa de cozinha como eu, e em cima dela há jogos americanos e descansos de copo. Janice abre a geladeira e pega uma gigantesca jarra de algo espesso, granuloso e verde. Serve dois copões da bebida e desliza um deles pela bancada até mim.

– Não esquece de usar o descanso de copo – diz ela enquanto levo meu copo até a mesa.

Enquanto Janice se acomoda diante da mesa na minha frente, examino o líquido. Bom, é quase um líquido. Tem algumas propriedades dos líquidos.

– O que é isso?

– É *suco* – responde ela, como se a pergunta fosse muito burra.

Minha vontade é perguntar o que ela colocou no suco para obter aquele tom de verde tão vivo. Não consigo pensar em nenhuma fruta verde que eu goste de comer. Bom, tem um tipo de melão que é verde, mas não sei se eu iria querer ingerir melão em forma de bebida.

Mas ela está olhando para mim, e percebo que preciso tomar um gole daquele suposto suco. Bom, talvez o gosto seja melhor do que a aparência... Tem que ser. Envolvo o copo com os dedos, levo-o à boca e então o viro. Tomo um gole e...

Ai, meu Deus.

O suco não é melhor do que parece. De alguma forma, é ainda pior. Talvez seja a coisa mais nojenta que já coloquei na boca. Preciso de todo o meu autocontrole para não cuspir tudo de volta no copo. O gosto é de mato, como se ela tivesse pegado a grama do quintal dos fundos, com terra e tudo, e transformado em bebida.

– Uma delícia, né? – Janice toma um bom gole. – E, acredite ou não, também é muito saudável.

Só consigo assentir, porque ainda estou ocupada tentando engolir o suco que está na minha boca.

– Então, o que está achando da sua casa nova? – pergunta ela.

– Estou adorando – respondo, sincera. – A casa precisa de uns reparos, mas estamos muito felizes com ela.

– A maioria das casas precisa de reparos quando é comprada. E tenho certeza de que vocês conseguiram um ótimo preço por ela.

Lambo os lábios e me arrependo na mesma hora, porque eles estão com o gosto da gororoba verde.

– Como assim?

– Porque ninguém mais quis a casa.

As palavras de Janice me fazem esquecer o sabor amargo do suco.

– O que você quer dizer com isso?

Ela dá de ombros.

– Só uma pessoa além de vocês fez proposta. E depois desistiu.

Não foi o que a corretora nos disse. Ela deu a entender que havia outras propostas, mas que eram um pouco baixas. Será que mentiu para nós? Será que fomos mesmo os únicos interessados nessa casa linda e aconchegante num bairro com escolas excelentes?

Como pode?

– Por que ninguém mais fez uma proposta? – pergunto a Janice, tentando não deixar transparecer o quanto estou curiosa.

– Não faço a menor ideia – responde. – É uma boa casa, vista de fora. Bem construída. Telhado bom. – Bem, é um alívio ouvir isso. Mas então ela acrescenta: – Deve ser alguma coisa *por dentro.*

Alguma coisa *por dentro?* O que tem dentro da minha casa capaz de assustar as dezenas de outros casais que devem ter visitado o imóvel?

Não consigo deixar de pensar naquele barulho terrível de alguma coisa sendo arranhada que me manteve acordada durante a noite. Fiquei muito feliz ao receber a ligação avisando que a casa era nossa, mas não houve um só dia desde que nos mudamos em que não tenha pensado se cometi um erro terrível...

– Então – diz Janice, mudando de assunto de repente. – Como foi o jantar com a Suzette e o Jonathan no outro dia?

Levanto a cabeça com um tranco, sentindo uma pontada de irritação. Tá, agora faz sentido ela ter querido que eu ficasse. Ela quer me arrancar alguma fofoca sobre os vizinhos. É *por isso* que estou aqui, não para provar aquela gororoba de suco.

– Foi legal – respondo.

A última coisa que eu quero é falar mal de Suzette e ela ficar sabendo.

– Legal? Difícil de acreditar.

– Eles parecem simpáticos.

Ela franze os lábios.

– Eles *não são* pessoas simpáticas. Acredite, faz cinco anos que eu moro na casa ao lado da deles.

Preciso morder a língua para não contar que Suzette disse a mesmíssima coisa a respeito de Janice. Está na cara que existe muita mágoa entre essas duas. E, bem, a verdade é que Suzette não parece ser uma pessoa muito legal. Por mais que eu tenha tentado conhecê-la melhor durante o jantar, saí do encontro antipatizando *ainda mais* com ela.

– Jonathan pelo menos parece simpático.

– Ela é horrível com ele – comenta Janice.

69

Suzette não pareceu a esposa mais atenciosa do mundo, mas eu não chegaria ao ponto de dizer que ela foi horrível com ele.

– Sério?

– Toda vez que ele tenta tocar nela, ela se afasta – diz Janice. – Sempre que pode, ela critica o Jonathan. Só imagino como deve ser a vida sexual deles.

Na verdade, estou tentando não imaginar isso.

O olhar de Janice se fixa na janela da cozinha, da qual se tem uma visão perfeita da porta de entrada do número 12. Da cozinha, ela pode ver qualquer um que estiver entrando ou saindo da casa.

– Suzette Lowell é a pior pessoa que já conheci.

Uau. Eu também não gostei de Suzette, mas essa é uma afirmação um tanto extrema.

– Ela parece… – Faço o líquido verde girar dentro do meu copo em vez de beber. – Pelo menos, ela é amistosa.

– Sabia que o seu marido está na casa dela agorinha mesmo?

Eu *não* sabia. E Janice consegue ver isso na minha cara, o que parece lhe causar imenso prazer.

– Ela abriu a porta para ele tem mais ou menos uma hora – conta. Faz sentido que saiba disso, considerando a esplêndida vista que tem da frente da casa de Suzette. – Ele está lá até agora.

– Tudo bem. – Forço um sorriso, porque não quero dar a Janice a satisfação de saber que essa informação me incomoda. – Ele me disse que iria trabalhar no quintal dela em breve, então imagino que tenha decidido ir hoje.

– Num domingo? Não me parece um dia de trabalho.

– Enzo trabalha o tempo todo. Ele é muito ocupado.

Janice toma um gole de seu copo, em seguida lambe o bigode verde que a bebida deixou.

– Então tá. Bom, contanto que você confie nele.

– Eu confio.

Ela abre um sorriso irônico.

– Então não tem nada com que se preocupar.

Janice está tentando causar problemas, mas faço o possível para ignorá-la. Confio mesmo em Enzo. Quer dizer, sim, por algum motivo não lhe passou pela cabeça me dizer que estava indo trabalhar no quintal da nossa vizinha bonitona, mas não vou me deixar abalar por isso. Pode ser que existam coisas em relação ao meu marido que eu não saiba, mas de uma coisa tenho certeza: ele é um homem bom. Já me provou isso diversas vezes. E, mesmo que não fosse, ainda assim não acho que fosse me trair.

Ele não se atreveria.

Eu tenho medo de você, Millie Accardi.

E é melhor que tenha mesmo.

DOZE

– Você esteve na casa da Suzette hoje?

Faço a pergunta a Enzo do modo mais casual possível enquanto ele está escovando os dentes. Como meu intuito é não parecer uma esposa ciumenta, esse me parece um bom momento para abordar o assunto. Não existe nada mais casual do que escovar os dentes, certo?

Ele me olha e interrompe o movimento no meio de uma passada de escova. Faz uma pausa, então retoma a escovação.

– Estive. Fui ajudar com o jardim. Mostrar umas dicas de jardinagem. Como falei que iria fazer.

– Você não me contou que estava indo lá.

– É importante eu sempre te dizer aonde estou indo?

Ele cospe a pasta dentro da pia. Penso em todas as vezes que ele me viu cuspir pasta dentro da pia, tantas que é impossível contar. Então penso em todas as vezes que ele viu Suzette fazer isso: nenhuma.

– Seria legal se você me dissesse aonde vai no fim de semana. Não era pra ser um momento em família? Não é isso que você vive dizendo?

Ele me encara com um olhar de exasperação.

– Millie, foi um trabalho. A gente precisa de dinheiro... e muito. O que você quer?

– Ela tá te pagando?

Ele não responde. Ou seja: a resposta é não.

– Então você foi lá num domingo. E ela não te pagou. Como é que isso pode ser trabalho?

Enzo enxagua a boca, então torna a cuspir na pia, dessa vez com mais agressividade. Quando ergue o olhar, não parece nada contente.

– Millie, ela já me arrumou dois clientes novos. Ela tá me ajudando. Ajudando *a gente*. – Ele acena com os braços indicando o espaço em volta. – Como você acha que vamos conseguir pagar esta casa?

É um argumento justíssimo. Construir um negócio depende muito do boca a boca. E Suzette pode ajudar com isso.

Os ombros dele desabam.

– Olha, desculpa por não ter te contado aonde eu ia. Mas você estava levando o Nico pra brincar. E a Ada só quer ficar lendo o tempo todo. Então achei que fosse uma boa hora pra ir lá, porque ninguém precisava de mim.

Mais uma vez, ele tem razão. Tudo que Enzo diz está totalmente certo. E, por mais que trabalhe, ele sempre esteve presente para a nossa família. Quando Ada era pequena, participava de festinhas do chá com ela e os bichos de pelúcia. Nem eu conseguia aguentar aqueles chatíssimos chás de ursinhos, mas ele participou de um milhão deles. Fazia vozes bobas diferentes para cada ursinho, ainda que todas tivessem sotaque italiano.

– Desculpa. Sei que você só tá tentando fazer sua empresa crescer. Eu não queria te chatear com isso.

Ele sorri para mim.

– É meio fofo quando você fica com ciúme. Você nunca fica com ciúme.

Isso é engraçado, porque é verdade. As mulheres vivem dando em cima de Enzo, mas eu sempre confiei nele. Não sei por que Suzette consegue pisar no meu calo desse jeito. Principalmente sendo casada, então não é que eu imagine que os dois vão fugir juntos.

– Desculpa – diz ele. – Você me perdoa?

Como não respondo imediatamente, ele chega mais perto e me dá um beijo com seu hálito fresco de hortelã. Como era de se esperar, os últimos resíduos da minha raiva derretem. É difícil ficar com raiva dele por muito tempo.

– Mãe! Pai! – grita uma voz através da porta. – Kiwizinho tá trocando de casca! Vocês têm que ver! Vem, mãe! Vem, pai!

Não existe nada que acabe com o clima mais depressa do que ser informada de que o louva-a-deus está trocando de casca dentro da sua casa. Enzo e eu nos entreolhamos.

– Daqui a pouco, Nico! – grita ele. – Eu tô… conversando com a sua mãe. A gente tá tendo… uma conversa importante. Depois eu vejo, tá?

Mas Nico não se deixa convencer.

– Quando? – pergunta ele através da porta.

Enzo dá um suspiro, admitindo que o potencial de um momento a dois acabou.

– Só um minuto. – Ele pisca para mim. – Você quer ver a troca da casca?

– Vou passar, obrigada.

– Mas… – Ele olha para a porta do quarto, em seguida para mim de novo. – Tá tudo bem entre a gente?

Hesito apenas por um instante.

– Tá.

– De agora em diante vou te avisar quando for na casa da Suzette. Prometo.

– Não precisa – digo depressa. – Eu confio em você.

E confio mesmo. Confio nele de olhos fechados.

Mas em Suzette, não.

TREZE

Meus olhos se abrem de repente no meio da noite.

É outra vez aquele barulho de algo arranhando.

Faz algumas noites que não o escuto. Estava torcendo para que a casa já tivesse acabado de "se acomodar", ou o que quer que estivesse produzindo um barulho tão horroroso, mas ali está ele, alto como da primeira vez.

Viro a cabeça para olhar o relógio na mesinha de cabeceira ao lado da cama. São duas horas da manhã. Por que tem um barulho de alguma coisa sendo arranhada dentro da nossa casa às duas horas da manhã?

Prendo a respiração e apuro ao máximo os ouvidos.

Não acho que seja um bicho, que haja ratos correndo por trás das paredes. Quer dizer, *tomara* que não. Parece quase...

Parece alguém que está preso e tentando sair.

As palavras de Janice continuam a me assombrar. *Deve ser alguma coisa por dentro.* Tem alguma coisa errada com esta casa. *Dentro* dela. Alguma coisa que assustou todas as outras pessoas que vieram visitá-la.

Não consigo parar de pensar no barulho. Isso está me enlouquecendo.

Enzo dorme pesado ao meu lado. O barulho não foi suficiente para acordá-lo. Mas, a bem da verdade, eu poderia estar tocando tuba bem ao lado dele e, mesmo assim, ele continuaria dormindo.

Se eu o acordar, ele não vai ficar nem um pouco contente. Já me falou que tem um serviço de manhã bem cedo a quarenta minutos de carro daqui. Em contrapartida, ele age como se esse barulho fosse coisa da minha cabeça. Sou a única que parece escutá-lo.

Por fim, saio da cama. Com certeza, não vou conseguir dormir com essa arranhação toda. Sendo assim, melhor investigar o que é.

O corredor do lado de fora do quarto está às escuras. Com os dedos sobre o interruptor, debato comigo mesma se devo acender ou não a luz. Não quero acordar todo mundo, mas tampouco quero cair na escada. Por mais que ame todo o espaço dentro desta casa, sinto uma pontada de saudade do pequeno apartamento no Bronx onde podia praticamente ver tudo que estava acontecendo dando um giro de 360 graus. Esta casa tem um excesso de nichos e cantinhos.

Muitos lugares para alguém se esconder.

Como meus olhos se ajustaram ao escuro, resolvo deixar a luz apagada. Com todo o cuidado, sigo tateando pelo corredor até a escada. O barulho está vindo do térreo, tenho certeza.

– Oi? – digo lá para baixo.

Ninguém responde. Lógico.

Volto a olhar na direção da suíte principal. Beleza, tem um barulho de alguma coisa sendo arranhada no térreo da nossa casa às duas da madrugada que parece produzido por um ser humano, talvez. Vou mesmo investigar isso sozinha? Embora acordar Enzo vá deixá-lo de mau humor, não seria mais inteligente fazer isso e ter a companhia dele?

No entanto, já comentei com ele sobre o barulho de arranhões. Ele falou várias vezes que não escuta nada e me disse que eu estava sendo boba. Vai só falar que a casa está se acomodando outra vez, depois virar para o lado e voltar a dormir. Além do mais, não preciso de um *homem* só para investigar o piso térreo da minha casa. Sei me virar sozinha.

E, bem, Enzo está ao alcance de qualquer grito.

Seguro o corrimão da escada. Por um segundo, os arranhões ficam subitamente mais altos, o bastante para fazer um calafrio subir pelas minhas costas. É como se o que quer que esteja produzindo o barulho se mova na minha direção.

Não, é isso. Vou dar meia-volta. Enzo tem que acordar. Se ele não escutar esse barulho, é porque precisa de um teste de audição.

Só que antes de eu conseguir dar meia-volta e voltar para o quarto...

O barulho para.

Fico parada, esperando recomeçar. Mas não acontece nada. A casa agora está em um silêncio absoluto.

Não tenho certeza se estou aliviada ou decepcionada. Fico feliz que o barulho horroroso tenha parado, mas agora que ele desapareceu vai ser impossível identificá-lo.

Vou lá embaixo mesmo assim. Desço os degraus devagar até chegar ao térreo. O andar parece incrivelmente tranquilo. Semicerro os olhos para enxergar melhor o contorno dos móveis envoltos em sombras. Meu olhar vai depressa de um canto até o outro à procura da origem do barulho.

Por fim, estendo a mão e aciono o interruptor de luz.

Não tem ninguém ali. O térreo está completamente vazio. Acho que eu não deveria estar surpresa. Mesmo assim…

Tinha um barulho. Tinha um barulho vindo do térreo desta casa. Não foi minha *imaginação*. E, assim que comecei a descer a escada, o barulho parou. Será possível que quem quer que estivesse fazendo o barulho tenha me ouvido descendo e parado?

Não, estou sendo ridícula. Como Enzo falou, deve ser só a casa se acomodando. O que quer que isso signifique.

CATORZE

– Mãe.

Estou mexendo uma panela de molho de tomate e coloquei berinjelas para dourar numa frigideira. Adivinhe o que estou fazendo? *Pasta alla Norma*. Pesquisei meia dúzia de receitas na internet e escolhi a que tinha as melhores críticas. Então dei uma saidinha para comprar todos os ingredientes. E fui ao supermercado *bom*, aquele que fica do outro lado da cidade. Estou me esforçando para preparar esse prato. Se ele não fizer Enzo derramar pelo menos uma lágrima que seja, vou ficar seriamente decepcionada.

– Mãe, mãe, mãe, mãe, mãe. Mãe.

Largo a colher que estou usando para mexer o molho e me viro para Nico, que não domina muito bem o conceito de *paciência*.

Ele ainda está usando a calça jeans e a camiseta do treino da liga infantil de beisebol que teve hoje, embora eu tenha lhe pedido que trocasse de roupa ao chegar em casa, porque ela estava bem suja. Mas às vezes é preciso escolher nossas batalhas. Faz duas semanas que Nico entrou no time, e o treinador me disse que até agora ele é uma das estrelas. E gostei especialmente do modo como as outras crianças torceram por ele quando chegou sua vez de rebater.

– Mãe. – O cabelo preto bagunçado de Nico cai na frente dos olhos. – Cadê o pai? Ele disse que ia treinar comigo hoje à noite.

– Vai ver ele quis dizer depois do jantar?

Ele projeta o lábio inferior para a frente.

– Mas eu quero treinar *agora*. O pai disse que ia me mostrar como lançar uma bola com efeito!

Arqueio as sobrancelhas.

– Ele sabe fazer isso?

– Sabe! É incrível. Você acha que a bola vai pra direita, mas aí ela vai pra esquerda, depois pra cima, depois pra baixo, e depois pra direita outra vez!

Não sei se essa bola com efeito que desafia a gravidade é de verdade ou não. Nico tem adoração pelo pai como se ele fosse um herói, a ponto de eu ter certeza de que imagina que a bola com efeito poderia voltar no tempo se fosse o que Enzo quisesse. Ada é igualzinha: ambos acham que Enzo é capaz de caminhar sobre a água. E eu sou só uma mãe normal, que cozinha pratos italianos de segunda categoria. Mas tudo bem. Ser normal sempre foi um sonho impossível para mim, então fico feliz por ter conquistado isso. No que me diz respeito, se meus filhos me acharem um tédio, isso é ótimo.

– Tenho certeza de que ele vai chegar logo. E a gente vai jantar daqui a uma meia hora.

Nico franze o nariz.

– O que você tá fazendo?

– O prato preferido do seu pai: *pasta alla Norma*.

– Posso comer macarrão com queijo derretido em vez disso?

Se pudesse escolher, Nico comeria macarrão com queijo derretido em todas as refeições, inclusive no café da manhã. Ada também.

– Vou separar um pouco de espaguete com manteiga e queijo pra você.

Nico parece feliz com esse meio-termo.

– Posso ir treinar sozinho no quintal até a hora do jantar?

Assinto, achando ótimo ele se contentar em treinar no quintal sem que nem eu nem Enzo precisemos participar. Nico sai correndo lá para fora, todo contente por poder ficar tão sujo quanto humanamente possível antes da hora do jantar.

E agora vamos voltar à *pasta alla Norma*.

A receita diz para refogar a berinjela até dourar, mas as berinjelas não estão dourando. Parecem apenas estar ficando aguadas e desmilinguidas. Não sei o que estou fazendo de errado, porque cozinho muito bem. É como se não conseguisse dominar esse único prato que preciso acertar para Enzo. Quer dizer, precisar, não preciso, mas...

Ele sempre parece gostar da comida que faço para ele. Quando nos sentamos diante da mesa da cozinha e ele vê o prato na frente dele, toda vez se inclina imediatamente e me dá um beijo no rosto. É como uma pequena forma de me agradecer por ter preparado o jantar, mesmo que seja uma coisa simples como frango com arroz. Mas nunca o vi reagir a um prato como àquele que comeu na casa de Suzette quando jantamos lá.

O que estou fazendo de errado? Por que essas porcarias de berinjelas não douram logo?

Vrááá!

Minha cabeça se ergue de repente do fogão ao ouvir o barulho de vidro estilhaçando. Meu filho é especialista mundial em quebrar coisas, então conheço bem esse barulho. E conheço bem a expressão de pânico no rosto dele quando volta correndo para dentro de casa agarrado com seu taco de beisebol.

– Mãe – diz ele. – Aconteceu um acidente.

Mas que surpresa.

Sigo Nico até o quintal, já esperando olhar para cima e ver uma das janelas do nosso quarto estilhaçadas, mas a realidade é bem pior. Tem uma janela quebrada, só que não é da nossa casa. É da casa ao lado.

Ele quebrou uma das janelas de Suzette. Que ótimo.

Nico abaixa a cabeça.

– Desculpa, mãe.

– Não diz isso pra mim – falo pra ele. – Você vai dizer é pra Sra. Lowell.

E eu provavelmente também vou ter que dizer, porque tenho a sensação de que Suzette não é o tipo de pessoa que deixa passar uma janela quebrada.

Isso é ruim. Muito, muito ruim. Não sei como vamos conseguir pagar essa janela.

Enquanto faço Nico marchar até a casa ao lado, ele age como se eu o estivesse levando para a cadeira elétrica. Também não estou muito feliz com isso, mas ele está sendo *realmente* dramático. Pela quantidade de vezes que já quebrou alguma coisa, seria de se pensar que fosse estar acostumado a se desculpar.

No entanto, conforme nos aproximamos da casa ao lado, ouço vozes vindas dos fundos. E não são Suzette e Jonathan. Eu reconheceria aquele sotaque em qualquer lugar: meu marido está no quintal dos fundos de Suzette. *De novo.*

O que Enzo está fazendo na casa de Suzette a esta hora da noite? Sobretudo depois de ter me dito *especificamente* que não iria lá sem me avisar.

Fico tão brava que atravesso o gramado da frente de Suzette pisando firme até a porta. Como Enzo trabalha com jardins, sou bem cuidadosa em relação a nunca pisar no gramado das pessoas e estragar a grama, mas nesse momento não estou nem aí. Estou fula da vida. Cravo o polegar na campainha e, sem esperar alguém responder, toco de novo. Depois ainda toco uma terceira vez, só para garantir.

– Posso tocar também? – pergunta Nico, querendo participar da diversão.

– Vai fundo.

Quando Suzette atende, parecendo um pouco atarantada, já conseguimos tocar a campainha no mínimo sete vezes. Mas, quando a vejo vestida com um short micro e uma camiseta sem mangas amarrada na cintura, com a barriga à mostra, não sinto absolutamente nenhum remorso por tê-la incomodado.

Nem mesmo pela janela quebrada.

– Millie. – Ela me encara com um olhar exasperado, que fica mais irritado ainda quando vê Nico. – Eu ouvi a campainha. Uma vez só já basta.

– Enzo tá aqui?

A irritação desaparece e um sorriso se insinua em seus lábios.

– Está. Ele tá só me ajudando lá no quintal.

Bem nessa hora, Enzo surge dos fundos vestido com uma calça jeans e uma camiseta branca toda encardida, com as mãos cobertas por uma boa camada de terra.

– Posso usar a pia da cozinha? – começa a perguntar, então me vê e congela. – Millie?

Suzette está saboreando o drama, mas, por mais que eu deteste decepcioná-la, não estou aqui para dar um flagra no meu marido. Temos um assunto mais urgente. Ponho a mão no ombro de Nico e dou um leve apertão.

– Eu quebrei sua janela – diz ele. – Desculpa, desculpa mesmo.

– Meu Deus. – Suzette leva uma das mãos ao peito. – Bem que eu *achei* ter escutado um vidro quebrando!

– Nico. – Enzo franze o cenho. – Eu te disse pra tomar cuidado quando estivesse rebatendo a bola no quintal, não foi?

Ergo uma das sobrancelhas para ele.

– Bom, ele *achou* que você fosse jogar com ele.

É a vez de Enzo adotar um ar culpado. Mas ele deveria ter pensado melhor. Quando alguém diz ao filho de 9 anos que vai jogar beisebol com ele, é uma boa ideia cumprir o combinado. Caso contrário, coisas ruins acontecem. Janelas são quebradas.

– Que janela foi? – pergunta Suzette.

– Fica no primeiro andar. – digo. – A do meio, na lateral.

– Ah. – Ela tamborila o queixo com uma unha feita. – A janela de vitral.

Vitral? Ai, meu Deus, isso tem cara de ser extremamente caro. Os olhos de Enzo se arregalam; está na cara que ele está pensando a mesma coisa. Não existe nenhuma chance de termos como pagar uma janela de vitral nova.

– E se... – digo, hesitante. – E se o Nico fizer uns serviços na sua casa até ter pagado a janela?

Suzette claramente não gosta da ideia. Seu corpo inteiro fica rígido.

– Não sei, não.

Eu preciso convencê-la dessa ideia, porque *não temos* como pagar essa janela.

– É o único jeito de ele aprender a assumir responsabilidade pelos próprios atos.

Olho para Enzo em busca de apoio. Ele assente devagar.

– É. Concordo. Suzette, acho que seria muito bom para o meu filho poder fazer uns serviços pra você.

– Eu *tenho* alguém pra fazer os serviços. – Suzette cruza os braços. – Martha vem duas vezes por semana!

– Então sobram cinco dias por semana para o Nico vir – observo.

Tenho quase certeza de que Suzette teria recusado, mas Enzo une as sobrancelhas e semicerra os olhos escuros.

– Tem algum *motivo* pra você não querer meu filho na sua casa?

Por fim, ela ergue as mãos, rendida.

– Tá bom! Ele pode fazer alguns serviços pra mim.

Pela primeira vez desde que Suzette sugeriu que Enzo lhe desse dicas de jardinagem, a tensão se esvai do meu corpo. Suzette não mencionou nada sobre dinheiro. Não vamos precisar pagar pela janela de vitral, e Nico vai aprender a assumir um pouco de responsabilidade por seus atos. Também me ocorre que, com Nico por perto, Suzette talvez evite dar em cima do meu marido.

Resolvi todos os meus problemas. E a expressão azeda no rosto de Suzette é só um bônus.

QUINZE

Fui incumbida da tarefa de levar a Sra. Green em casa.

Foi isso que me disseram. A Sra. Green teve um enfarte brando e passa bem. Ou seja, tão bem quanto antes. Mas eu questiono se ela de fato estava bem antes, porque parecia muito confusa durante a internação, e a família me disse que ela tem caído muito. Uma das coisas que aprendi desde que comecei a trabalhar no hospital é que uma grande quantidade de pessoas idosas que moram sozinhas provavelmente *não* deveria estar morando sozinha. E mais chocante ainda é o dado de quantas dessas mesmas pessoas continuam dirigindo automóveis.

Desde que me formei em serviço social, já trabalhei em vários lugares. Comecei com crianças, mas, quando tive minha filha, passei a ter dificuldade de lidar com algumas das coisas que aconteciam a crianças nas mãos de pessoas em quem elas deveriam confiar. Todas as noites, eu segurava Ada no colo e soluçava pensando nas atrocidades que tinha visto naquele dia. Isso estava acabando comigo.

Foi Enzo quem reconheceu o que o trabalho estava me causando e ouviu falar de uma vaga de assistente social num hospital. Eu me candidatei ao emprego, e foi a melhor coisa que poderia ter me acontecido. Trabalho principalmente com uma população de terceira idade, e essas pessoas precisam tanto da minha ajuda quanto as crianças, só que não passo mais o trajeto inteiro até em casa chorando.

A Sra. Green está deitada em sua cama de hospital. É uma senhorinha minúscula, de 91 anos, com cabelo branco bufante e macio feito pluma. As cobertas estão suspensas até as axilas para cobrir a camisola que a família trouxe de casa para ela.

– Olá, Sra. Green. Está lembrada de mim? Sou a Millie, sua assistente social.

Ela sorri.

– Você veio tirar o lixo? Porque está bem cheio.

– Não, sou sua assistente social.

Chego mais perto dela e aponto para o crachá no meu peito. Então ergo a voz, porque desconfio que possa ser esse o problema. No prontuário dela estava escrito DA, ou seja, deficiência auditiva.

– ASSISTENTE SOCIAL – repito.

Ela assente para dizer que entendeu.

– Pode passar pano no chão também?

– Não. – Balanço a cabeça e aponto com mais ênfase para meu crachá. – EU SOU SUA ASSISTENTE SOCIAL. VIM AJUDAR A ENTENDER COMO A SENHORA VAI VOLTAR PRA CASA!

Ela aponta para uma pilha de roupas sobre a pequena cômoda do hospital.

– E pode dobrar minhás roupas para mim?

Não vim limpar o quarto da Sra. Green nem dobrar as roupas limpas dela, mas ela está claramente muito ansiosa em relação à limpeza do quarto. Talvez, se eu dobrar as roupas, ela passe a confiar em mim. E a verdade é que uma pilha de roupas bagunçadas também me incomoda. Consigo me imaginar um dia com 91 anos, deitada numa cama de hospital e me sentindo incomodada com o chão sujo e as roupas sem dobrar. (Enzo ainda vai estar carregando sofás a essa altura.)

Como não trouxe um esfregão comigo, começo a dobrar as roupas dela. Infelizmente, tudo que ela trouxe foi uma grande pilha de camisolas. A Sra. Green parece uma daquelas mulheres que usa camisola em todas as ocasiões. De novo, consigo me ver assim algum dia. Almejo a época em que vou poder usar pijama 24 horas por dia, sete dias por semana, e não ter que enfrentar nenhum julgamento por causa disso.

– Ei! – exclama ela. – O que está fazendo?

– Estou dobrando as roupas pra senhora! – digo o mais alto que consigo.

– Você está roubando minhas coisas! – acusa ela com um arquejo e crava o polegar no botão vermelho para chamar a enfermagem. – Ladra! Ladra! Chamem a polícia!

Embora eu reconheça que a Sra. Green é uma mulher idosa e confusa, meu coração dá um pinote dentro do peito. Como ela pode me acusar de estar roubando algo dela? Só estou tentando ajudar a dobrar as roupas, como ela me pediu!

Um segundo depois, a supervisora de enfermagem do andar, uma mulher parruda chamada Donna, entra com estardalhaço no quarto. A essa altura, a Sra. Green já está gritando a plenos pulmões que eu sou uma ladra e que precisam chamar a polícia. Larguei as roupas e estou com as mãos erguidas, só para deixar bem claro que não estou roubando nada dela.

– O que está acontecendo aqui, Millie? – pergunta Donna com seu forte sotaque de Long Island (ou seria com seu forte sotaque *da* Long Island?).

– Eu… – Engulo com dificuldade a saliva. – Eu não roubei nada. Só estava ajudando ela com as roupas. Juro.

– MENTIROSA! – grita a Sra. Green. – Ela estava roubando as minhas coisas! Vocês precisam chamar a polícia agora mesmo!

Fico parada no canto do quarto, torcendo as mãos, enquanto Donna se esforça ao máximo para acalmar a Sra. Green. São necessários vários minutos, mas depois de Donna sintonizar a televisão em algum programa sobre canções natalinas (ainda que estejamos longe do Natal), a Sra. Green parece enfim se acalmar.

Já eu estou um caco.

Sigo Donna para fora do quarto, mas minhas pernas continuam bambas. Donna está absolutamente inabalada pela interação. Não há sequer um fio de cabelo fora do lugar no coque alto dela. Já eu, quando chego de novo ao posto da enfermagem, estou com a cabeça latejando.

– Você tá bem, Millie? – pergunta Donna.

– Eu… eu não roubei nada.

– É claro que não. – Ela tira o estetoscópio pendurado no pescoço. – Você sabe que ela tem demência, não sabe? Estava escrito de cabo a rabo no prontuário dela.

Estava *mesmo* escrito de cabo a rabo no prontuário. E qualquer outra pessoa não teria se abalado com o incidente, mas eu não consigo. Não com meu histórico. Passar dez anos na cadeia por assassinato muda o seu jeito de ver as coisas.

O mais provável é que Donna não saiba nada a respeito disso, e não estou com nenhuma vontade de lhe contar a história. A versão curta é que, quando eu era adolescente, um garoto tentou estuprar minha melhor amiga. Eu o peguei no flagra e o acertei na cabeça com um peso de papel. Infelizmente, isso não o deteve. Então bati outra vez. E outra. Depois de algum tempo, ele parou... de respirar.

Os pais dele eram muito ricos e não estavam dispostos a me deixar sair incólume depois de ter matado o menino dos olhos deles, apesar de esse mesmo menino ser um estuprador. Um bom advogado talvez tivesse conseguido me inocentar, mas só pude contar com a defensoria pública, cujo advogado não era muito bom. Fui condenada por homicídio e cumpri dez anos numa penitenciária feminina.

Não é algo que eu saia contando por aí para todo mundo. Embora não me arrependa de ter ajudado minha amiga, meu tempo atrás das grades não é algo de que me orgulhe. Quando este hospital me contratou, porém, uns dois meses antes de eu me mudar para a ilha, revelei meu histórico para eles, porque fui obrigada. Não sabia se iriam me contratar depois disso, mas foi o que fizeram. Assistentes sociais são profissionais escassos.

Mesmo assim, isso me deixa paranoica. No meu último emprego, alguns objetos do hospital sumiram, e eu fui a única a ser chamada pela polícia para ser interrogada. Não que tenham me levado até a delegacia nem nada sério assim, mas ficou muito claro que, por causa do meu histórico, estavam me averiguando mais atentamente do que as outras pessoas.

Será que Donna está me olhando desse jeito? Será que ela acha que eu de fato roubei alguma coisa daquele quarto? Será que ela *sabe*?

– Millie – diz ela.

Um suor frio brota na minha testa.

– Oi?

– Você tá *muito* pálida. É melhor se sentar.

Donna consegue pegar uma cadeira para mim logo antes de minhas pernas perderem as forças. Ela me instrui a pôr a cabeça entre os joelhos, em seguida assume seu lado enfermeira comigo e vai buscar um dos medidores de pressão automáticos.

– Você almoçou? – pergunta ela.

– Aham – consigo dizer.

– Você parece tonta. Deixa eu medir sua pressão.

Donna insiste em colocar o medidor em volta do meu braço, apesar de eu ter certeza de que está tudo bem com a minha pressão. Não se trata disso. Só estou com medo de que ela saiba que sou uma assassina condenada. Só isso, nada de mais.

Fico sentada enquanto Donna me observa. O medidor se infla ao redor do meu bíceps esquerdo, e então a pressão alivia e torna a aumentar, e o ciclo se repete mais duas vezes. Donna pragueja entre os dentes, mas finalmente conseguimos uma leitura da minha pressão arterial.

– Caramba! – exclama ela.

Não é a reação que se quer ouvir de alguém após qualquer tipo de exame médico.

– Que foi?

– Sua pressão está alta. Alta *mesmo*.

– Ah, é?

– É. Quanto estava sua pressão na sua última consulta médica?

Para dizer a verdade, não vou muito ao médico. Costumava ir ao ginecologista com mais frequência antes de ter as trompas ligadas, mas, como meus anos de ter filhos acabaram, não me parece haver muito sentido nisso. A última vez que fui a qualquer tipo de médico tem uns três anos, uma ironia, visto que trabalho num hospital e convivo com médicos o tempo todo.

– Bom, eu ando meio ansiosa – respondo, circunstância que não está nem um pouco melhor agora que sei que a minha pressão está alta. – Deve ser por isso.

– Está bem alta, Millie. Seria melhor você ligar pro seu médico.

Que ótimo. Mais uma coisa para eu administrar.

– É tão grave assim?

– Não – diz ela. Mas, antes de eu ter chance de relaxar, acrescenta: – Quer dizer, a menos que você não esteja nem aí pra ter um enfarte ou um AVC.

Que coisa ridícula. Ela está tendo uma reação completamente exagerada. Eu não tenho idade suficiente para ter um enfarte ou um AVC. E estou em boa forma. Não preciso lidar com essa questão de pressão arterial agora. Obviamente estou só estressada por causa da mudança. E, ontem à noite, fui acordada *outra vez* por aquele barulho de arranhões vindo de algum lugar dentro da casa, embora felizmente tenha parado antes de eu ter a chance de cogitar investigá-lo.

Tenho certeza de que, quando tudo se assentar, minha pressão também vai melhorar.

DEZESSEIS

Depois do jantar de hoje à noite, Enzo me ajuda a tirar a mesa. Ele é muito bom em fazer coisas desse tipo, ou pelo menos ficou após vários comentários sarcásticos ao longo dos anos. Mas agora ele é ótimo. Leva todos os pratos e copos para a cozinha sem precisar sequer que lhe peçam.

– Mais um jantar delicioso – declara ele, pondo alguns pratos no lava-
-louças.

Olho para o prato em minhas mãos. É o de Nico, e está praticamente intocado. Como eu não estava com disposição para receber nenhuma reclamação hoje, apelei para o infalível macarrão com queijo. O prato tem as três coisas preferidas de Nico: massa, manteiga e bastante queijo. E ele em geral come muito bem. Junto com Enzo, tenho sorte de um deles não comer até as paredes da casa.

– Nico tá bem? – pergunto. – Ele não comeu o macarrão com queijo.

– Vai ver ele comeu muito no almoço.

– Pode ser...

– Ou cansou de macarrão com queijo.

– Impossível.

Enzo sorri para mim.

– Vai ver ele está comendo as moscas do Kiwizinho.

Aquele louva-a-deus horrível trocou de casca outra vez. Descobri que, toda vez que isso acontece, fica um pouco maior. E, na minha opinião, já está grande demais. Mas Nico ama aquele inseto. Ontem à noite, depois de chegar da casa dos Lowells, pediu para trazê-lo à mesa do jantar. Eu disse que nem pensar.

Olho de novo para o prato e resisto ao impulso de comer eu mesma o macarrão que sobrou, porque não preciso dessas calorias, especialmente agora que estou tendo problemas de *saúde* – embora ainda não ache que precise consultar um médico. Eu pesquisei, e os medidores de pressão automáticos são famosos pela imprecisão.

– Hoje no trabalho uma enfermeira mediu minha pressão quando eu estava toda estressada por causa de uma coisa que aconteceu – digo –, e pelo visto estava bem alta. Ela fez o maior auê por causa disso.

Enzo em geral demonstra empatia quando lhe conto histórias sobre o meu dia no trabalho. Ao me ouvir, ele franze a testa.

– Por que sua pressão tá alta?

– Não sei. – Raspo o macarrão com queijo para dentro da lixeira e ponho o prato no lava-louças. – Ei, vamos ligar a máquina.

– Mas não está cheia.

– Sim, mas a Martha vem amanhã, então quero lavar essa louça e guardar tudo antes de ela chegar.

Ele coça o queixo.

– Não tô entendendo. Por que a gente precisa lavar a louça como preparação para a vinda da pessoa da limpeza? E antes do jantar você estava passando o aspirador.

– Só quero me certificar de que tudo esteja limpo para ela.

– Mas ela *está vindo limpar*! – Ele balança a cabeça. – Vai ver é por isso que sua pressão tá alta, não?

– Pode ser – resmungo. – Não tava tão alta assim.

– Você disse "superalta".

– Não, eu disse *bem* alta. – Tento passar por ele para chegar ao lava-louças. – Será que a gente poderia por favor lavar essa louça pra amanhã?

Enzo estica a mão para dentro do armário onde fica o detergente do lava-louças. Enche o dosador, então bate a porta com força e pressiona o botão para dar início ao ciclo de lavagem. Ao terminar, ele se vira e olha para mim, com os braços musculosos cruzados.

– Tá, agora a gente não tem mais a desculpa do lava-louça. Vamos poder falar sobre a sua pressão.

– Ai, meu Deus. – Reviro os olhos. – Olha, eu nem teria dito nada se soubesse que você ia dar tanta importância a isso.

– E *por que* eu não daria importância? – retruca ele. – Você é minha esposa, e eu quero que fique saudável e viva pra sempre.

– Que… que fofo você dizer isso – reconheço. – Mas você tá fazendo tempestade num copo d'água. Eu só tava estressada, foi por isso que minha pressão subiu.

– Ótimo. Então vai ao médico dar uma olhada.

– Mas…

– Millie, você *nunca* vai ao médico – observa ele.

– Nem você. E você é ainda mais velho do que eu.

Ele parece prestes a protestar, mas então seus ombros desabam.

– Tá. Vamos os dois ao médico. Tá bom assim?

Tá. *Tá bom assim*. É lógico que Enzo vai ficar me infernizando com isso até eu concordar, então vou ao médico e vou deixar que olhem minha pressão, mas tenho certeza de que vai estar tudo bem.

– Além do mais – diz ele –, a gente deveria fazer um seguro de vida com o outro como beneficiário.

Não gosto do rumo que esta conversa está tomando. Já é ruim o suficiente eu ter que arrumar um novo médico e marcar uma consulta.

– Seguro de vida? Não sei, não. Por que a gente faria isso?

– Por que não? – Ele olha pela janela, de onde temos uma vista espetacular da casa bem maior dos Lowells. – E se acontecesse alguma coisa comigo? Você ficaria sozinha com as crianças. Precisaria de dinheiro.

Fecho os olhos, sem querer imaginar a morte do meu marido. Isso é quase impensável.

– Tá, então faz você um seguro de vida.

– E você também deveria fazer um.

– Pra você receber uma bolada se eu morrer?

Ele pressiona os lábios um no outro.

– Millie, você sabe que não é pra mim. É pros nossos filhos. Para eles terem um teto. Você sabe que a gente já mal consegue pagar as prestações da casa hoje.

Ele não está errado. Muita gente com filhos faz seguro de vida. Vários anos atrás, chegamos a falar nisso, mas ficamos os dois tão perturbados ao pensar na nossa morte que acabamos nunca fazendo.

Não tenho certeza se minha pressão arterial está alta ou baixa neste momento, mas minha *sensação* é de que está alta.

– Eu sei que é uma coisa triste. – Enzo envolve minha mão com as dele. – Eu não quero te perder nunca. Mas é um ato responsável.

– É, isso é verdade.

– Além do mais – acrescenta ele –, Suzette recomendou um corretor de seguros muito bom. Eu poderia ligar pra ele amanhã.

Ah. Quem estava por trás disso era a Suzette. Agora tudo faz sentido.

– Quer dizer que você passa onze anos sem achar que a gente precisa de seguro de vida, mas basta a Suzette dizer uma palavra sobre o assunto pra gente ter que ligar pra esse cara *amanhã*?

– Millie. – O rosto de Enzo enrubesce de leve, embora seja difícil notar por causa do tom escuro da pele. – Estou *tentando* cuidar da minha família, não importa o que me aconteça.

– Ótimo. Então tá!

Meu Deus, por que ele está me fazendo sentir como se fosse *eu* quem estivesse dificultando as coisas? Um seguro de vida é uma coisa importante, sei que é, mas não quero me precipitar na hora de comprar alguma coisa, ainda mais agora que já não temos muito dinheiro sobrando.

Afinal de contas, não é que eu vá morrer *amanhã*.

DEZESSETE

– Mãe, você vai morrer?

Ada me faz a pergunta quando estou lhe dando boa-noite. Está deitada na sua cama de solteiro, com a coberta estampada com desenhos de cachorrinhos puxada até o queixo e o rostinho franzido de preocupação. Ada sempre se preocupou demais. Essa menina carrega o peso do mundo nos ombros. Mesmo quando era pequenininha, costumava ficar aflita com tudo, em especial com Nico. Bastava o irmão fungar para ela ficar toda chorosa.

– Eu não vou morrer! – Afasto alguns fios de cabelos pretos do rosto dela. – Por que você está perguntando isso?

– Ouvi você e o pai conversando.

Ah, que ótimo. No nosso antigo apartamento, nós tínhamos plena consciência de que as crianças podiam nos escutar através das paredes finas feito papel. Por algum motivo, andamos nos enganando ao pensar que nesta casa grande a coisa seria diferente. Pelo visto, eles continuam conseguindo escutar tudo.

– Eu não vou morrer – garanto a ela.

– Então por que vai fazer um seguro de vida?

Sinto que "para caso a gente morra" não é a resposta certa. Embora tecnicamente seja.

– Só para o caso de acontecer algum acidente inesperado. Mas não vai acontecer.

– Mas poderia.

Ada tem o mesmo vinco entre as sobrancelhas que Enzo tem quando está preocupado. Ela se parece muito com ele: mesmos olhos, mesmo nariz, mesmo tom de pele, mesmo cabelo preto farto; só não tem a mesma personalidade. E, para falar a verdade, para o bem ou para o mal, tampouco se parece muito comigo. É uma daquelas crianças que não sabemos muito bem de onde veio. Talvez seja parecida com um dos avós. Minha mãe e eu não nos falamos, mas ela sempre parecia muito ansiosa.

E a inteligência de Ada também é um mistério.

– Ada. – Eu me deito na cama pequena e me aninho junto ao corpinho quente dela. Daqui a alguns anos, ela não vai me deixar fazer isso, então vou aproveitar enquanto posso. – Eu vou viver muito tempo, provavelmente até depois de você ter filhos, e talvez até depois de os seus filhos terem filhos. E o seu pai... Bom, ele provavelmente vai viver pra sempre.

Se existe alguém imortal neste mundo, essa pessoa é Enzo, e isso poderia muito bem ser verdade.

– Então por que você precisa de um seguro de vida?

Essa conversa tem o potencial de durar o resto da noite.

– Ada, você precisa parar de se preocupar e dormir um pouco.

Ela se remexe debaixo das cobertas.

– O pai vai vir aqui no quarto?

Nossos filhos exigem que *os dois* pais venham dar boa-noite antes de pegarem no sono. É uma rotina ao mesmo tempo bonitinha e exaustiva. Depois de me despedir de Ada, minha próxima parada será o quarto de Nico. Provavelmente é lá que Enzo está agora. Vamos poder trocar de lugar.

– Vou falar pra ele vir – digo.

Isso a faz abrir um sorriso. Por mais que eu deteste admitir, Ada é completamente apaixonada pelo pai, e isso desde o instante em que nasceu. Lembro que, quando ela era bebezinha, teve um dia em que passou duas horas seguidas se esgoelando, e, no segundo em que Enzo chegou em casa do trabalho e a pegou no colo, ela se acalmou. Então, se alguém é capaz de fazê-la se sentir melhor, é ele.

Enquanto me encaminho para o quarto de Nico, imagino encontrar Enzo lá, ambos alimentando o louva-a-deus com algumas moscas ou algo horrível do tipo. Só que Enzo não está. Nico está sozinho, com as luzes já apagadas, embora seus olhos ainda estejam abertos.

– Cansado? – pergunto a ele.

– Um pouco.

Semicerro os olhos, analisando o rosto dele na penumbra. Ele também tem traços parecidos com os de Enzo, embora eu suponha que, dos meus dois filhos, Nico seja o mais parecido comigo, o que não quer dizer muita coisa. Nós o batizamos de Nicolas em homenagem ao pai de Enzo.

– Tá tudo bem?

– Aham.

O louva-a-deus está bem ao lado da cabeceira da cama. É meio difícil enxergar dentro do viveiro de tela, mas, quando finalmente consigo distinguir o inseto magro e comprido, posso vê-lo esfregando as duas patas dianteiras. Esse bicho com certeza parece estar tramando alguma coisa. Sei que meninos curtem insetos, mas por que *alguém* iria querer uma coisa dessas dentro do quarto? Será que tem alguma coisa errada com meu filho?

Não. Não tem nada errado com Nico. Ele é o menino mais feliz e mais bem-ajustado que existe. Todo mundo o ama.

Faço uma careta ao me inclinar na frente do viveiro para dar um beijo na testa do meu filho. Amanhã vou ter que conversar com ele sobre mudar o viveiro de lugar. Quem sabe para o outro canto do quarto, ou quem sabe inteiramente para fora da casa.

– Boa noite.

– Boa noite, mãe – diz ele, sonolento.

Quando estou me afastando dele, olho de relance para a janela. É quase lua cheia hoje, e ela ilumina nosso quintal dos fundos perfeitamente aparado. Quando o verão chegar, aposto que vamos ter o melhor quintal da cidade. Enzo vai garantir que seja assim.

Mas meus olhos são atraídos por algo fora do nosso próprio quintal: o quintal dos Lowells.

Achei que Enzo estivesse dentro de casa dando boa-noite para as crianças como eu, mas não. Por algum motivo, ele está no quintal dos vizinhos. Só que não trabalhando: está em pé ao lado de Suzette, os dois conversando.

Passo alguns instantes observando-os de dentro da escuridão do quarto do meu filho. Aquilo poderia ser totalmente inocente, afinal os dois são vizinhos e têm trabalhado juntos no quintal. Mas alguma coisa na cena me incomoda. São dez horas da noite. Por que meu marido estaria num quintal com outra mulher?

Ele não está tocando nela. Com certeza, não a está beijando nem nada do tipo. Os dois parecem estar apenas conversando. Ainda assim, algo na cena me deixa ressabiada.

Não consigo me livrar da sensação de que Enzo está escondendo alguma coisa de mim.

DEZOITO

São seis da manhã, e alguém está arrombando a casa.

Dessa vez, não é o barulho de arranhões, que já escutei mais um tanto de vezes desde que tentei investigar. Acabei me convencendo de que os arranhões devem ser apenas um galho em algum lugar que fica raspando numa das janelas do térreo. Esse som de agora, porém, é bem diferente. São barulhos altos. Passos. Uma porta batendo. É alto o suficiente para fazer eu me sentar na cama, embora meu marido siga roncando de leve ao meu lado. Este é um bairro supostamente seguro. Coisas como essa não deveriam acontecer aqui.

Uma pancada ressonante vinda lá de baixo me faz me erguer na cama de supetão. Será que alguém está invadindo nossa casa? Se for, o que devemos fazer? Nós não temos arma. Enzo tinha uma lá no apartamento, mas depois de Ada nascer nós nos livramos dela. Ele tinha pânico de que ela a encontrasse e se machucasse.

Simplesmente vou ter que ligar para a emergência e torcer para eles virem depressa.

Enzo dorme profundamente ao meu lado, alheio à invasão em curso da nossa casa. Ele foi se deitar tão tarde ontem à noite que nem tive oportunidade de lhe perguntar o que estava fazendo com Suzette no quintal dela. E agora essa é a menor das minhas preocupações.

Sacudo meu marido para acordá-lo, um pouco mais forte do que o necessário.

– Enzo – sibilo. – Alguém arrombou a casa. Vou chamar a polícia.

– *Che?* – Ele esfrega os olhos. Seu sotaque fica mais forte assim que acorda. – Arrombou?

– Você não tá *ouvindo*?

Ele passa alguns segundos escutando, enquanto eu praticamente tenho vontade de gritar.

– É a Martha, não?

– Martha? Como é que a Martha veio parar na nossa casa às seis da manhã? Como é que ela entrou?

– Eu dei a chave pra ela.

Eu o encaro com uma expressão de horror.

– Você deu a *chave* pra ela? Por quê?

– Por quê? Pra ela não te acordar quando vier fazer a faxina! – Ele grunhe e joga a cabeça para trás no travesseiro. – Vai dormir, Millie!

E então escuto o ruído distante de um aspirador no andar de baixo. Tá, tudo bem, acho que ele tem razão. A maioria dos ladrões não se dá ao trabalho de passar aspirador na sala, de modo que deve ser mesmo Martha.

Mas nem agora que sei que minha casa não está sendo invadida eu consigo voltar a dormir. Meu coração continua disparado. Em vez disso, me levanto e vou tomar um banho de chuveiro. Melhor começar meu dia, especialmente já que Nico em geral precisa de um pouco de convencimento para sair da cama.

Desço a escada uma meia hora depois, de banho tomado e vestida. Vou pegar outra banana, para não ficar atrapalhando Martha, que faz uma faxina extremamente completa na cozinha.

Só que Martha não está na cozinha. Está ao lado da escrivaninha que temos no canto da sala. E não está limpando a escrivaninha, mas mexendo em uma das gavetas. Fico observando-a por alguns instantes, e tudo em que consigo pensar é: *O quê que ela está fazendo?* Nunca remexi desse jeito em gaveta nenhuma na época em que fazia faxina para os outros.

– Martha? – digo por fim.

Ela ergue a cabeça. Posso não conhecer Martha muito bem – é raro que me dirija a palavra, a não ser que seja estritamente necessário –, porém conheço uma expressão culpada quando vejo. Mas preciso admitir uma coisa em relação a ela: Martha se recupera bem depressa.

– Eu precisava deixar um recado pra você, então estava procurando caneta e papel – explica ela. – O limpador em spray está quase acabando.

Está mesmo? Poderia ser verdade. Acho.

Mas estou propensa a apostar que ela não estava procurando caneta e papel.

Martha desaparece de novo na cozinha. Não consigo acreditar que a flagrei mexendo nas gavetas da minha escrivaninha. É uma ofensa digna de demissão. É verdade que Suzette a recomendou muito, mas Suzette não está bem no topo da minha lista de pessoas de confiança, afinal. Há algo em Martha que não me agrada. Queria que pudéssemos nos livrar dela.

Não sei o que fazer. Como é que se demite uma pessoa, aliás? Quer dizer, já fizeram isso comigo, então compreendo o conceito geral, mas meu coração fica acelerado só de pensar nisso. Minha pressão arterial sem dúvida deve estar nas alturas.

Começo a me sentar no sofá para pensar no que farei em seguida, mas que bom que estou de pantufas, porque descubro que o chão em frente ao sofá está coberto de cacos de vidro. Levo um segundo para me dar conta de que o vaso que em geral deixo em cima da mesa de centro foi derrubado. Vários lírios e uma quantidade interminável de cacos de vidro estão espalhados por todo o chão.

Tá, agora fiquei brava. E tenho mais um motivo para mandar Martha embora.

Vou marchando até a cozinha, tentando evitar os cacos que parecem estar praticamente por toda parte. Fico surpresa por não ter escutado o vidro se partindo lá de cima, apenas as pancadas habituais associadas a uma faxina. Na cozinha, Martha está borrifando a bancada com um frasco de limpador em spray que me parece bem cheio.

– Martha, você poderia ter me avisado sobre os cacos de vidro na sala.

Ela nem sequer se dá ao trabalho de erguer o olhar.

– Que cacos de vidro?

– Você derrubou um vaso que estava na mesa de centro – digo, tensa. – E o vaso quebrou. E tem vidro *por toda parte*.

Martha enfim larga a esponja que está segurando. Ela me encara com os olhos cinzentos e sem brilho.

– Eu não quebrei vaso nenhum. Nem comecei a limpar a sala ainda.

Sério? Primeiro ela estava fuçando as minhas gavetas. Agora está fingindo não ter quebrado um vaso quando é óbvio que quebrou, sim. Não acredito que Suzette tenha recomendado essa mulher.

– Martha – insisto, ríspida. – Se você quebrar alguma coisa, no mínimo deveria ter a cortesia de reconhecer. Eu não vou cobrar o vaso de você.

Mas vou mandar você embora.

Ela fica me olhando.

– Eu não quebro as coisas – argumenta ela, rígida. – Mas, se quebrasse, reconheceria.

– Então quem foi que quebrou? – disparo de volta. – Por acaso o vaso andou até a borda da mesa e quebrou sozinho?

Inacreditável. Não que eu já não tenha quebrado meu quinhão de copos, vasos ou o que seja quando fazia faxina, mas eu sempre admitia. Era evidente que tinha sido eu, então de que adiantaria mentir em relação a isso? Já Martha está teimando em negar.

– O que está acontecendo aqui, senhoras? Que gritaria é essa?

Enzo está parado na porta da cozinha. Pelo visto, eu estava gritando. Não achei que estivesse, mas sinto uma veiazinha latejando na têmpora como às vezes acontece quando elevo demais a voz.

Martha leva as mãos aos quadris avantajados, dos dois lados de seu avental branco imaculado.

– Sr. Accardi, poderia por favor dizer à sua esposa que eu não quebrei o vaso da sala?

Uau. Agora ela está virando meu marido contra mim? Isso está ficando cada vez melhor.

– Eu achei o vaso quebrado quando entrei na sala hoje de manhã. Quem mais teria sido?

Enzo solta o ar pelo nariz.

– Isso está com muita cara de ser coisa do Nico.

De fato, Nico quebra muitas coisas. Mas quando isso acontece ele sempre me avisa na hora. Não é do feitio dele quebrar um vaso e simplesmente deixar todos os cacos espalhados pela sala. Eu o conheço bem o suficiente para saber que ele não faria isso.

– Não foi o Nico – insisto. – Além do mais, ele ainda está dormindo.

Enzo olha para seu relógio de pulso.

– Bom, acho que está na hora de ele acordar.

Antes de eu conseguir detê-lo, ele vai até o pé da escada e começa a gritar o nome de Nico. É preciso um minuto inteiro de gritos para Nico descer até o térreo, com os olhos sonolentos e o cabelo bagunçado.

– Que foi? – resmunga Nico, ainda esfregando os olhos. – Por que vocês tão me enchendo?

– Nico – repreende Enzo, severo. – Você quebrou o vaso da sala?

Faz-se um longo intervalo enquanto nós três o encaramos.

– Ah – diz ele. – Quebrei.

Eu o encaro, estupefata.

– Sério? E por que não falou nada? Eu poderia ter cortado o pé no vidro.

Ele dá de ombros.

– Você tava dormindo. Fiquei com fome no meio da noite e desci pra pegar uma comida, aí esbarrei na mesa e o vaso caiu.

Que ótimo. Eu sabia que ele iria ficar com fome depois de não terminar o jantar. Além do mais, fico perturbada com o fato de o barulho do vidro quebrando não ter me despertado. O que mais estou deixando passar durante o sono?

– Você poderia ter tentado limpar – comento.

– Você me disse pra não tocar em vidro quebrado.

É verdade. Ainda assim, eu teria imaginado que Nico fosse ter uma noção maior de responsabilidade, especialmente agora que está fazendo serviços na casa dos Lowells.

– Martha – diz Enzo. – Desculpe termos pensado que você tivesse quebrado o vaso. Nós obviamente estávamos enganados.

Ele está sendo generoso. Quem a acusou de ter quebrado o vaso fui *eu*. Verdade seja dita, parecia mesmo ter sido ela. Mas conheço a sensação de ser falsamente acusada, e me sinto péssima por ter feito isso com Martha. Além do mais, já fui acusada várias vezes sem receber depois qualquer tipo de pedido de desculpa. Uma mulher para quem eu fazia faxina certa vez me acusou de ter roubado um anel que havia deixado no banheiro, e quando descobriu, mais tarde, que estava atrás da privada sequer me disse que sentia muito. Não quero ser *essa* mulher.

– Eu sinto muito, mesmo – digo a ela. – É que... tirei conclusões precipitadas e me enganei redondamente. Espero que você consiga aceitar minhas desculpas.

Martha não diz nada.

– E nós vamos limpar o vaso quebrado – acrescenta Enzo. – É claro.

Ela crava os olhos bem no meu rosto.

– Não gostei de ter sido levada a me sentir uma *criminosa*.

Engulo em seco com força. Por que ela olhou para mim desse jeito ao dizer a palavra "criminosa"? *Não foi* só minha imaginação.

Será possível Martha saber sobre o meu passado? Será que ela sabe que já estive presa? Ai, meu Deus, será que ela contou para *Suzette*? Isso é impensável. Suzette teria feito uma farra com essa informação.

Mas ela não teria como saber. Meu sobrenome agora é outro, e ela não tem meu número de inscrição na previdência social para poder fazer uma busca de antecedentes, afinal. Estou só sendo paranoica.

– Desculpe termos feito você se sentir uma criminosa – diz Enzo, alheio ao tom de voz dela. – Por favor, você aceitaria nossas desculpas?

Por fim, ela aquiesce. E, sem dizer mais nada, se vira, volta marchando para a cozinha e recomeça a limpeza.

– Vem – diz Enzo para mim. – A gente precisa limpar isso antes de as crianças descerem. Tem vidro por toda parte.

Não consigo deixar de me irritar ao pensar que, apesar de ter uma faxineira, vou passar o início da manhã limpando cacos de vidro. Não que já não tenha limpado minha boa dose de cacos ao longo dos anos. A ironia é que, se eu não a tivesse acusado, Martha provavelmente teria limpado aquilo para mim.

Então tá, não foi ela quem quebrou o vaso. Mas não imaginei a expressão no rosto dela ao pronunciar a palavra "criminosa". Ela *com certeza* estava remexendo na gaveta daquela escrivaninha; isso eu vi com meus próprios olhos. E não tenho certeza se acredito nas suas desculpas.

Por que Martha estava fuçando as minhas gavetas? O que ela estava procurando? Será que tem revirado meu passado?

Não consigo me livrar da sensação de que não confio nessa mulher que Suzette mandou aqui para casa.

DEZENOVE

Marcar uma consulta com um novo clínico geral não é tão fácil quanto parece.

Liguei para meia dúzia de consultórios nas redondezas, e nenhum deles disse estar aceitando pacientes novos. Sinceramente, eu teria desistido, mas Enzo não parava de me perguntar toda noite antes de irmos nos deitar se eu já tinha marcado a consulta. Por fim, na sétima tentativa, marquei uma consulta com a Dra. Sudermann, mas tive que esperar três semanas para conseguir um horário.

No entanto, aqui estou, usando uma daquelas camisolas que abrem nas costas e sentada na maca enquanto espero a Dra. Sudermann entrar. Já mediram minha pressão, e a enfermeira fez um ruído de surpresa ao ver o número, o que não fez eu me sentir muito bem em relação à coisa toda. Então agora estou sentada esperando, nervosa, e uma brisa da ventilação está me acertando bem no ponto das costas em que a camisola se abre.

Depois do que parece uma hora de espera, a Dra. Sudermann bate uma vez e em seguida entra no consultório. Vi uma foto de Amanda Sudermann na internet ao marcar a consulta, mas não estava inteiramente preparada para o quanto ela iria parecer *jovem*. Se alguém me dissesse que ela ainda estava na faculdade, eu acreditaria. Felizmente, ela pelo menos aparenta ser mais velha do que Ada. Só que não muito.

Apesar disso, ela tem um ar seguro de si. E é de se presumir que tenha concluído a faculdade de medicina e a residência, então deve ter no mínimo... uns 30 anos? A menos que seja uma daquelas crianças-prodígio das quais se ouve falar. Mas ela tem uma expressão doce, o que por si só já é reconfortante. Não consigo imaginar essa mulher me dando alguma notícia realmente ruim.

– Sra. Accardi? – diz ela.

Assinto.

– Sou a Dra. Sudermann. Prazer em conhecê-la.

Torno a aquiescer. Talvez consiga passar por essa consulta sem dizer nada.

– Soube que a senhora está preocupada com sua pressão arterial – continua ela.

– Verificaram minha pressão no hospital onde eu trabalho. Me disseram que estava um pouco alta.

– Está *muito* alta. – Ela se senta no banquinho ao lado do computador do consultório e entra no sistema para acessar minha ficha. – Eu gostaria de fazer um exame clínico e pedir alguns exames laboratoriais para ver se tem alguma causa subjacente, mas, mesmo assim, gostaria que a senhora começasse a tomar uma medicação para a pressão hoje mesmo.

– Eu tenho andado bastante estressada – digo, na esperança de ela mudar de ideia. – Mudei de casa há pouco tempo, tenho dois filhos pequenos e meu trabalho pode ser muito estressante. Se eu não estivesse passando por tudo isso, minha pressão estaria ótima.

– Isso com certeza contribui para a pressão alta – reconhece ela. – Fazer um esforço para administrar o estresse seria uma ótima ideia. Muitos dos meus pacientes me dizem que meditação ajuda.

Tentei meditar uma vez e achei impossível. Como alguém pode ficar simplesmente sentada sem pensar por cinco minutos inteiros? É como não *respirar* por cinco minutos. Mas não digo isso.

– Mesmo assim, a senhora precisa começar a tomar um remédio – diz ela. – Sua pressão está alta *demais*.

Que ótimo.

A Dra. Sudermann inicia o exame, e passo o tempo inteiro fumegando de raiva. Não sou *tão* velha assim. Não deveria estar tomando remédio para a pressão. Isso é algo que meu pai fazia quando eu era adolescente, e nessa época ele já era *velho*. Eu sou... Bom, tenho pelo menos cinco anos a menos do que ele tinha. Acho.

Saio do consultório prometendo pegar os remédios na farmácia a caminho de casa, e ela também me entrega pedidos de exames de sangue, mamografia e algo chamado ultrassom renal. *Tudo isso* porque minha pressão arterial está um pouco alta. Ok, muito alta. Mas Enzo vai ficar chateado se eu não fizer tudo que ela me mandou fazer. (A propósito, ele foi ao médico alguns dias atrás e não está com absolutamente nenhum problema. Ele é um perfeito modelo de boa saúde.)

Ao voltar para casa, reparo em Jonathan Lowell sentado na varanda da frente do número 12 da rua. Eles têm um balanço na varanda, e ele está se balançando devagar enquanto olha o telefone. Ao me ver saltar do carro, ergue uma das mãos para me cumprimentar.

– Millie! – chama ele. – Você teria um minuto?

Na verdade, não. Não estou com vontade de ter uma conversa com meu vizinho, mas tampouco quero ser grosseira, ainda mais porque Jonathan sempre se mostra muito agradável. Torço para o assunto ser breve, seja lá qual for. Já estou me sentindo bastante estressada, pois foi preciso quase uma hora para a farmácia aprontar meu remédio quando passei lá no caminho até em casa.

Jonathan salta da varanda em frente à casa e atravessa correndo nossos respectivos gramados para vir falar comigo. Enzo detestaria se o visse pisando na grama, mas não estou disposta a chateá-lo com isso.

– Como vai, Millie? – pergunta ele.

– Ah, tudo bem – minto.

Ele abre um sorriso para mim de quem se desculpa.

– Escuta, a gente tem gostado de ter o Nico ajudando em casa nestas últimas semanas, mas...

Ah, não, o que foi agora?

– Ontem ele estava guardando a louça pra gente – diz Jonathan – e deixou um dos pratos cair no chão. Não foi nada de mais, mas ele simplesmente deixou ali. Não contou pra ninguém.

– Ai, meu Deus. – Cubro a boca. Estou ao mesmo tempo surpresa e nem um pouco surpresa. – Sinto muito.

– Enfim. – Jonathan corre uma das mãos pelo cabelo castanho-claro ralo. – Para nós, os serviços dele já foram suficientes para pagar a janela. Acho que é melhor ele parar de ir.

– Certo. Me desculpe. Se estivermos devendo alguma coisa...

Rezo a Deus para ele não me dizer que estou lhes devendo algo. Embora Enzo esteja conseguindo serviços extras graças a Suzette, nosso orçamento continua bem apertado.

– Tá tudo bem – assegura Jonathan. – Mesmo.

Olho por cima do ombro dele para a casa mais atrás. Vejo um movimento numa das janelas da frente e capto um vislumbre de cabelo cor de caramelo. É Suzette. E ela por algum motivo está observando nossa interação.

Será que não confia em mim no que diz respeito ao marido?

Então me ocorre que essa é minha oportunidade de fazê-la provar do próprio remédio. Ela tem dado em cima de Enzo desde que chegamos aqui. O que acharia se eu fizesse o mesmo com o marido dela? Embora eu não sinta atração por Jonathan, não há nada de errado com um pouco de flerte inocente, certo?

Dou um passo para mais perto de Jonathan. Ajeito uma mecha do meu cabelo louro-escuro atrás da orelha e abro um sorriso que torço para ser convidativo. Já faz algum tempo que não dou em cima de ninguém, estou meio destreinada.

– Fico muito agradecida por isso. – Levo a mão até o ombro magro de Jonathan. Não aperto nem faço nada de sugestivo, mas torço para que assim pareça da janela de onde Suzette está observando. – Vocês têm sido *maravilhosos*.

– Ah, obrigado. – Jonathan me lança um sorriso pouco à vontade e então dá um passo para longe, saindo do meu raio de alcance. Dá uma olhada rápida por cima do ombro, em seguida volta a olhar para mim. – Enfim, um bom dia pra você, Millie.

E então volta correndo para casa o mais depressa possível, batendo a porta.

Uau. Que rejeição relâmpago. Um pouco humilhante, para ser bem sincera.

Jonathan sequer entrou no jogo, nem por uma fração de segundo. Assim que o toquei, ele não poderia ter se afastado mais depressa. E a primeira coisa que fez foi olhar para trás e se certificar de que Suzette não tivesse visto nada.

Ele sabia que ela estava olhando.

O que está acontecendo naquela casa? O que Suzette Lowell quer de nós? Parece que, até quando estamos com as persianas abaixadas, ela mesmo assim continua de olho.

VINTE

Estou chegando tarde em casa do trabalho.

Geralmente chego do hospital lá pelas cinco, ou, dependendo do trânsito, às cinco e meia estou entrando pela porta. Mas hoje foi um daqueles dias em que nada deu certo. Tivemos uma paciente que deveria ter voltado para casa hoje, mas a filha de repente decidiu que não conseguia cuidar da mãe, de modo que passei a tarde me virando para mudar os planos.

Tentei convencer a filha de que ela conseguiria dar conta da mãe, mas a mulher não mudou de opinião. Então liguei para outros três parentes na esperança de que algum deles pudesse oferecer uma pequena parte da ajuda de que minha paciente necessitava depois do enfarte. Liguei para um hospital de reabilitação, mas eles recusaram o seguro-saúde dela. A essa altura, já não sei mais o que vai ser dessa pobre mulher.

E ela é uma mulher tão simpática. Eu a levaria para casa se pudesse. É claro que sempre digo isso. Se dependesse de mim, minha casa todinha estaria lotada de pacientes cujas famílias não quiseram levá-los para casa.

Enfim, são quase seis da tarde quando entro com o carro na garagem. A caminhonete de Enzo está estacionada em frente à casa, então pelo menos ele está lá dentro com as crianças. Embora não seja superprotetora como Janice, detesto que meus filhos fiquem sozinhos em casa por mais de uma ou duas horas.

Destranco a porta da frente, tentando me desvencilhar da tensão do dia no trabalho. Entro no hall e na mesma hora reparo no silêncio. Quando as crianças estão em casa, sobretudo Nico, o lugar nunca fica silencioso assim.

– Oi? – chamo.

Ninguém responde.

Dou a volta pelo térreo. Nossa casa não é nem de perto tão grande quanto a vizinha, mas mesmo assim levo um minuto para percorrer todo o espaço. Vou até a cozinha, que parece a mesma de quando preparei tigelas de cereal para as crianças pela manhã antes de sair. (Janice expressou recentemente seu horror e choque com a ideia de eu preparar um café da manhã para meus filhos que não inclua algum tipo de proteína animal.)

Não há ninguém no térreo. Tenho certeza.

Saio em seguida para o quintal dos fundos, imaginando que Nico deva estar fazendo lançamentos com a bola de beisebol na tentativa de quebrar uma segunda janela. Ao chegar lá, porém, tudo que vejo é a grama perfeitamente cortada e de um verde vívido.

Tá, as crianças também não estão no quintal dos fundos.

Subo a escada até o primeiro andar. As crianças passaram a deixar as portas dos quartos fechadas ao sair para a escola, mas a porta da nossa suíte principal está aberta, e o cômodo, vazio. Bato então na porta do quarto de Ada.

Sem resposta. Nenhum som vem lá de dentro.

Giro a maçaneta e empurro a porta para abri-la. Como sempre, a cama está arrumada com perfeição. Nunca preciso dizer que ela faça isso. Para falar a verdade, acho que Ada ficaria incomodada se saísse para a escola com a cama desfeita. A estante está repleta de livros de capa mole e dura e uma das prateleiras contém alguns troféus que ela ganhou numa feira de ciências e também numa coisa chamada feira de matemática, seja lá o que isso for. Mas nem sinal de Ada.

Talvez estejam brincando no quarto de Nico.

O quarto do meu filho é a última parada. Bato na porta, e minha barriga se contrai enquanto espero para ouvir a vozinha de criança dele falando para entrar. (Ou para não entrar.) Mais uma vez, contudo, não há resposta.

Abro a porta de modo tão abrupto que quase caio dentro do cômodo. Ao contrário do quarto da minha filha, está uma bagunça. Os cobertores formam um grande bolo bagunçado no centro da cama e há roupas sujas espalhadas por toda parte. E aquele louva-a-deus horroroso continua no viveiro ao lado da cama. Kiwizinho está ali, mas Nico, não.

Onde estão meus filhos?

VINTE E UM

Tá, não há motivo para entrar em pânico.

A caminhonete de Enzo está parada em frente à casa, então ele passou aqui. Deve ter levado as crianças para algum lugar, embora a nossa cidade não seja bem um local que dê para percorrer a pé. Para onde ele poderia ter ido sem a caminhonete?

Estendo a mão para pegar meu celular no bolso da calça e digito uma mensagem para Enzo:

Cadê você?

Fico encarando a tela à espera de uma resposta. Nada. O aplicativo informa que a mensagem foi entregue, mas não lida.

Como não estou com disposição para aguardar ele responder à minha mensagem ao seu bel-prazer, clico no nome de Enzo na minha lista de favoritos para fazer uma chamada. A ligação toca uma, duas... meia dúzia de vezes. Então cai na caixa postal.

Mais uma vez, isso por si só não deveria ser preocupante. Quando está num serviço, Enzo nunca atende ao celular. O equipamento que ele usa é muito barulhento, e quase sempre está usando luvas grossas que não lhe permitem mexer num telefone. Mas, pensando bem, ele não pode estar no meio de um serviço, uma vez que a caminhonete está no quintal.

Tenho uma sensação desconfortável bem no fundo da barriga. Como se alguma coisa tivesse acontecido.

Desço de novo a escada correndo e quase tropeço. Verifico a sala e a cozinha mais uma vez, à procura de alguma espécie de recado de Enzo avisando que levou as crianças para tomar um sorvete ou algo assim.

Mas não há recado nenhum. Não há *nada*.

Pego meu celular outra vez, pensando se devo chamar a polícia. Só que isso parece uma reação exagerada. Uma coisa seria se só as crianças tivessem sumido, mas, como meu marido também sumiu, o que se pressupõe é que estejam todos juntos. Enzo vai achar que fiquei maluca se ligar para a polícia sem falar com ele. Além do mais, não confio na polícia: depois de passar uma década presa por motivos que ainda considero um pouco injustos, não tenho como evitar me sentir assim. Só existe um único agente de polícia em quem confio, mas eu só telefonaria para ele em caso de emergência absoluta. E isto aqui não é uma emergência… ainda.

Tá, preciso raciocinar com lógica. Enzo e as crianças não estão em casa, mas a caminhonete dele está. Isso significa que foram a pé para onde quer que seja. O mais provável é ele ainda estar na nossa rua.

Saio pela porta da frente ao mesmo tempo que tento acalmar meu coração acelerado. Isso *não tem como* ser bom para a minha pressão. Tomei um comprimido hoje de manhã, como venho fazendo todos os dias há uma semana, e Enzo comprou para mim um medidor de pressão para monitorá-la diariamente, mas ela continua alta. Não baixou nem um pouquinho.

Minha primeira parada é o número 12 da Locust Street. Quando chego à porta da frente, dá para ouvir um barulho vindo do quintal dos fundos. Parece o equipamento de Enzo, o que é um bom sinal. Ele foi trabalhar no quintal de Suzette e levou as crianças junto.

Aperto a campainha, e depois do que parece uma eternidade Suzette vem atender. Ela sorri ao me ver, mas algo no seu sorriso faz minha pele se arrepiar. Tudo que eu quero é pegar minha família e sair correndo daqui.

– Millie! – exclama ela. – Você está com uma cara absolutamente atarantada! Tá tudo bem?

– Tudo – balbucio. – Ah, o Enzo e as crianças estão aqui? Preciso levar todo mundo pra casa e começar a fazer o jantar.

– Enzo está aqui no quintal dos fundos – confirma ela. – Ele tem tantas dicas úteis de jardinagem… Sinceramente, Millie, ele é um gênio.

– As crianças estão aqui também?

Ela faz que não com a cabeça, sem entender.

– Não, só o Enzo. As crianças eu não vi. Acho que o Nicolas já quebrou coisas suficientes na minha casa, não?

O alívio que senti um minuto atrás se evapora por completo.

– As crianças não estão aqui?

– Não...

Quando cheguei em casa, fiquei tranquila ao imaginar que as crianças estariam bem com Enzo. Mas, se ele não está com Nico e Ada, onde os dois estão?

Vasculho o rosto de Suzette, pensando se ela está tirando onda com a minha cara. Não acho que dar um susto numa mãe fazendo-a pensar que os filhos sumiram seja uma brincadeira engraçada, mas tratando-se dessa mulher, vá saber. Só que não acho que ela esteja de brincadeira. Ela odeia as crianças, então não iria querê-las na sua casa.

– Pode, por favor, chamar meu marido pra mim? – pergunto num grasnado.

O tom dela fica mais suave.

– Claro. Só um instante.

Um segundo depois, Enzo surge dos fundos da casa, andando depressa. Está com o mesmo vinco entre as sobrancelhas que Ada costuma ter.

Ada... Tomara que ela esteja bem. Onde poderia estar? Essa menina *nunca* iria a lugar algum sem me contar.

– Millie? – Ele franze a testa ao me ver. – O que tá acontecendo?

Junto as mãos e as torço.

– Acabei de chegar em casa, e as crianças não estão lá. Eu... eu pensei que elas pudessem estar com você.

Enzo olha para o relógio de pulso e arregala os olhos.

– Você só chegou em casa *agora*?

Não aprecio a expressão de julgamento no rosto dele.

– Bom, você *também* não estava em casa.

– Porque achei que *você* estaria – dispara ele de volta.

Não estou entendendo Enzo. Ele chegou em casa antes de mim, então deveria saber que eu não estava lá, já que meu carro não estava na garagem. Apesar disso, saiu mesmo assim.

– Você olhou no quintal dos fundos? – indaga Suzette, o que não ajuda em nada.

– Olhei. – Sinto o rosto queimar. – Olhei *em todos os lugares*.

Enzo olha por cima do meu ombro para nossa casa.

– Tenho certeza de que eles estão escondidos lá dentro em algum lugar. Vamos lá olhar. Ada não teria fugido.

Mal consigo acompanhar Enzo enquanto ele cruza o quintal correndo até nossa porta da frente. Atravessa o gramado pisando firme, esmagando as folhas de grama com as botas – deve estar preocupado *mesmo*. O que, por sua vez, me deixa mais preocupada ainda. De nós dois, em geral ele é o mais tranquilo em relação às crianças.

Vou atrás dele, e logo atrás vem Suzette. Por que ela está nos seguindo? Isso não é assunto dela! Fico tentada a virar a cabeça e mandá-la dar o fora dali, mas estou com problemas maiores no momento.

Onde meus filhos foram parar? Se eles tiverem sumido...

A porta da frente continua destrancada, e Enzo a abre com um empurrão. Igualzinho a antes, o térreo está totalmente silencioso, com exceção do barulho do meu coração batendo forte.

– A porta estava destrancada quando você chegou? – pergunta ele.

– Não. – Tenho a nítida lembrança de ter tirado as chaves da bolsa. – Quem destrancou fui eu.

– Este bairro é muito seguro – insiste Suzette. – Sempre digo para meus clientes que os índices de criminalidade daqui estão entre os mais baixos do país.

Cala essa boca, Suzette. Isso não é hora para entrar no modo corretora!

– Ada! – chama Enzo. – Nico!

Não há resposta. Meu coração está batendo tão depressa que me sinto tonta.

– Millie, pode ligar para a escola? – pergunta ele. – A gente pode descobrir se eles pegaram o ônibus pra voltar pra casa.

– A escola vai estar fechada – lembro a ele. – Mas posso ligar pra... pra polícia...

– Pra polícia?! – exclama Suzette, arregalando os olhos azuis-esverdeados. – Isso parece meio radical. Vocês querem mesmo trazer a *polícia* aqui? As crianças só devem ter saído pra andar de bicicleta por aí.

Enzo lhe lança um olhar incisivo.

– Ada não tem bicicleta. E eles *não teriam* saído sem avisar a gente. Eles nunca fariam isso.

114

– Nico faria – murmura ela entre os dentes.

– Ada! – chama Enzo de novo. – Nico!

Levo a mão ao bolso outra vez para pegar o celular. Precisamos chamar a polícia. Parte de mim não quer fazer isso, porque esse ato vai tornar tudo real. Eles não vão ser mais só duas crianças que apenas se afastaram de casa por alguns instantes e foram rapidamente encontrados no quintal de algum vizinho. Vão estar de fato *desaparecidos*. Mas, pensando bem, as primeiras horas após o desaparecimento são cruciais. Não queremos perder esse tempo.

Suzette agarra meu braço e suas unhas se cravam na minha pele nua.

– Você está sendo ridícula. Não chama a polícia.

Ergo o olhar para seu rosto perfeitamente maquiado e por um instante vejo uma centelha de medo genuíno. Por que Suzette não quer que eu chame a polícia?

Enzo está parado perto da escada, petrificado, encarando o papel de parede com os olhos semicerrados. Está olhando debaixo da escada, embora eu não consiga ver o que chamou sua atenção. Eu me desvencilho de Suzette e vou me juntar a ele. É então que vejo.

Tem uma rachadura no papel de parede.

Não, é mais do que uma rachadura. O papel de parede foi completamente arrancado numa linha reta. E o padrão do rasgo no papel tem o formato exato de uma portinha, cujo topo bate na altura do ombro de Enzo. Em geral, deixamos um vaso de planta grande naquele lugar, mas o vaso foi deslocado e revela o contorno da porta.

– *Che diavolo?* – resmunga ele.

Ele estende a mão e faz pressão bem em cima do defeito na parede. Para nossa surpresa, a parede se move e começa a se abrir. Ele precisa fazer algum esforço, e um barulho terrível de arranhão preenche o recinto.

E é então que me dou conta.

– Ai, meu Deus! – exclamo. – É isso! É esse o barulho de arranhão que eu venho escutando!

Então aquele barulho de arranhão que me assombrava durante a noite não era mesmo minha imaginação. Era *real*. Estava vindo da minha própria casa. Dessa porta escondida abrindo e fechando.

Mas quem estava dentro da minha casa abrindo e fechando essa porta enquanto todos nós dormíamos?

VINTE E DOIS

Seguro o braço de Enzo antes de ele abrir a porta. Por mais que eu queira achar as crianças, sinto um pavor repentino do que está atrás dessa porta.

– Por favor, toma cuidado – imploro.

Ele me olha de relance por um segundo, acatando meu alerta. Então empurra o restante da porta e a abre.

É um recinto pequeno, só um pouquinho maior do que um armário. Não há janelas, o que dá ao espaço uma sensação sufocante de claustrofobia. Encaro aquele pequeno cubículo, fracamente iluminado por uma única lâmpada que pisca.

E no canto do recinto estão Ada e Nico, agachados no chão, encarando a gente.

– Ada! Nico! – Lágrimas de alívio inundam meus olhos. – O que vocês estão fazendo aí? Como acharam este lugar? Seu pai e eu quase morremos de preocupação!

As crianças se levantam, atabalhoadas, com expressões idênticas de culpa no rosto. Nem sei bem qual delas abraçar primeiro, mas, como Enzo abraça Ada, escolho Nico. No início, ele se retesa, mas em seguida enterra o rosto no meu peito. Enquanto o abraço, dou uma boa olhada no pequeno cômodo. Tem mais ou menos metade do tamanho dos quartos dos dois e está cheio de poeira, como se ninguém entrasse ali há anos. Fico espantada que a luz ainda esteja acendendo. Num dos cantos há uma pequena pilha

116

de pregos enferrujados. Em outro, uma pequena pilha das revistas em quadrinhos de Nico.

– Desculpa, mãe – diz Nico. – Eu achei esta sede de clubinho pra brincar. Não sabia que não podia.

Só meu filho mesmo para arrancar o papel de parede novinho de casa para encontrar um quartinho sujo e nojento, cheio de pregos com risco de causar tétano, e transformá-lo na sede do seu clubinho. E pelo visto ele tem ido ali várias noites por semana fazer isso, a tirar pela frequência com que venho escutando aquele barulho de arranhão que em várias ocasiões quase me fez enfartar.

– A gente estava chamando vocês! – exclamo. – Vocês não ouviram?

Ada se afasta de Enzo e enxuga os olhos. Está chorando muito agora. Quando toco meu próprio rosto, percebo que também estou chorando.

– A gente não ouviu nada! – responde ela, soluçando.

Suzette também entrou no quartinho e está examinando a porta.

– Isso aqui parece ter uma camada bem grossa de isolamento. Teria sido difícil eles escutarem alguma coisa.

– A gente não escutou nada – confirma Nico.

Suzette está examinando todo o lugar, como se o avaliasse para quando a casa voltar ao mercado no momento inevitável em que nós não tivermos mais como pagar as prestações.

– Eu nem fazia ideia de que este quartinho existia. Devem ter posto papel de parede por cima durante a reforma. – Ela olha para o teto. – Talvez tenham achado que não fosse estável.

Lanço um olhar severo para as crianças.

– Não *acredito* que vocês estavam se escondendo num quartinho misterioso que sequer tem um teto estável.

– Desculpa – diz Ada, fungando.

Nico não se desculpa de novo, mas abaixa a cabeça.

– Tudo bem – respondo.

Meu coração parece ter desacelerado e voltado a algo semelhante ao normal. E a minha pressão... Bom, tenho certeza de que está alta, porque sempre é assim. Mas pelo menos não estou mais me sentindo a ponto de ter um piripaque.

– Vamos todos sair deste quartinho perigoso debaixo da escada, por favor – digo.

Tiro as crianças do cômodo primeiro, em seguida Enzo sai, abaixando-se para evitar bater com a cabeça no batente, e vou logo atrás. Suzette ainda fica um tempo, correndo os olhos pelo espaço diminuto. Juro por Deus, se ela sugerir transformarmos isso numa espécie de quarto de brincar ou algo do tipo, sou capaz de bater nela. *Não gosto* de espaços fechados assim. Tive uma experiência ruim uma vez que não sei ao certo se algum dia vou superar por completo.

– Desculpa – repete Ada enquanto enxuga os olhos. – A gente nunca mais vai entrar lá. Juro.

Ela parece realmente abalada. Ada leva tudo muito a sério.

– Eu sei que não, meu amor.

Ada ainda está chorando e soluçando, tentando se controlar. Mas a parte estranha é a seguinte: quando entramos no quartinho, os olhos dela estavam vermelhos e inchados, como se já estivesse chorando quando irrompemos lá dentro.

Por que Ada teria chorado?

VINTE E TRÊS

Depois do susto de hoje à noite, Enzo não quer deixar as crianças sozinhas nem por um milésimo de segundo. Passa duas horas jogando beisebol com Nico no quintal dos fundos e até convence Ada a ficar de receptora. Quando chega a hora de dormir, os dois estão exauridos, mas Enzo parece ainda ter muita energia quando tira a camiseta e a calça de trabalho.

– Checou sua pressão hoje? – pergunta ele.

Sabe de uma coisa? Estou ficando de saco bem cheio de ele não largar do meu pé por causa disso.

– Chequei – minto.

Fiz isso hoje de manhã. Depois de toda a animação da noite, não quero nem saber quanto está agora. Fiz todos os exames que a médica recomendou, e deu tudo negativo. Sou apenas azarada/defeituosa.

– Você já tentou meditar? – pergunta ele.

Ele pesquisou diversas técnicas de relaxamento que supostamente fazem baixar a pressão e depois imprimiu vários artigos. Como a meditação era a primeira da lista, comprou para mim um livro sobre o assunto, que agora está juntando pó em uma das nossas estantes.

– *Você* já tentou meditar? – disparo de volta. – É muito chato.

Ele ri.

– Tá, então vamos tentar juntos?

– Quem sabe outra hora.

– Beleza. Que tal uma massagem?

Eu rio ao mesmo tempo que ele agita as sobrancelhas. Enzo faz ótimas massagens. Se ele estiver disposto, é uma oferta tentadora, mas estou muito cansada. E uma massagem nunca é só uma massagem. Não com ele.

– Quem sabe mais tarde – digo.

Ele se deita na cama ao meu lado e se enfia debaixo das cobertas.

– Não acredito que a gente tem um cômodo a mais e nem sabia – reflete ele.

– Aquilo não é um cômodo a mais. É um perigo.

– Talvez não seja mesmo seguro agora. Mas aposto que com um pouco de trabalho eu conseguiria adequar às normas.

– Enzo, a gente *não vai* fazer isso.

– Por quê?

Levo as mãos ao alto.

– Você precisa mesmo me fazer essa pergunta? É sério? Sabe como me sinto em relação a espaços pequenos e fechados.

Ele sabe mesmo. Sabe tudo por que já passei e como fiquei trancada num lugar igual àquele, do qual não conseguia sair. Uma coisa dessas deixa a pessoa permanentemente claustrofóbica.

Esse seria um bom momento para mudar de assunto, em especial se ele estiver preocupado com a minha pressão. Apesar disso, por motivos que desconheço, ele não cala a boca.

– A gente poderia arrumar – insiste ele. – Suzette falou que...

– Ah, é? O que foi que a *Suzette* falou? Por favor, me conta tudo que a *Suzette* acha.

Ele comprime os lábios.

– Você sabe que ela é corretora de imóveis. É isso que ela faz. Ela está oferecendo a experiência que tem.

– Sabe do que mais? Talvez você ganhasse mais dinheiro se passasse mais tempo *trabalhando* e menos no quintal dela.

– Eu só fico no quintal dela um pouquinho.

– Você vive lá! – explodo. – E no meio da noite, ainda por cima!

Eu ainda não o tinha confrontado em relação a vê-lo no quintal de Suzette às dez da noite, e não há melhor momento do que este, em especial quando já estou com raiva.

Ele fica me olhando.

– Não sei do que você está falando.

– Umas semanas atrás, eu vi você no gramado da Suzette conversando com ela enquanto eu botava as crianças pra dormir. O que você tava fazendo lá?

– Eu não lembro. – Ele parece mesmo estar dizendo a verdade. É muito tentador acreditar nele. – Ela queria me fazer alguma pergunta. Acho que… acho que ela queria uma roseira.

– Às *dez da noite*?

Ele dá de ombros.

– Não é tão tarde assim.

Talvez não para ele, que fica acordado até altas horas da noite.

– Olha aqui – diz ele. – Isso não tem nada a ver com a Suzette. A ideia de reformar o quartinho foi *minha*. Achei que o espaço extra seria bacana.

– Espaço extra? – disparo. – Enzo, o último lugar em que a gente morou foi um apartamento de dois quartos no Bronx. Esta casa ainda parece um palácio pra mim.

– É só que… ela é bem menor do que a casa da Suzette e do Jonathan. – Ele franze o cenho. – Você não quer o cômodo a mais?

– Eu nunca mais quero entrar naquele quartinho. – Estremeço só de pensar nisso. – E achei que você, de todas as pessoas do mundo, me conhecesse bem o suficiente para sequer me perguntar isso. Se quiser fazer alguma coisa com aquele quartinho, pode comprar um papel de parede novo e lacrar para eu nunca mais ter que olhar para aquilo. Tá bom?

Ele abre a boca como se fosse dizer alguma coisa, mas em seguida torna a fechá-la. Enzo me conhece bem o suficiente para saber que não vou mudar de ideia em relação a isso. Mas, ao mesmo tempo, posso sentir que ele ainda quer reformar o quartinho. Quer transformar aquele lugarzinho horroroso em algum tipo de quarto de brincar ou escritório.

– Tá – diz ele. – Depois a gente conversa.

Ou nunca.

VINTE E QUATRO

No dia seguinte, quando chego em casa do trabalho, a casa inteira está cheirando a cola. Não é um cheiro agradável.

– Enzo? – chamo.

Tenho quase certeza de que ele está em casa. Mais uma vez, vi a caminhonete estacionada em frente à casa. Mas talvez ele esteja de novo na casa de Suzette. Talvez esteja escondido em alguma passagem atrás da parede onde nunca irei encontrá-lo. Depois de ontem, não faço ideia do que esperar.

– Tô aqui! – grita ele de volta.

Que milagre.

Sigo o som da voz dele e dou a volta na quina da escada. E ali está ele, passando cola na parede debaixo da escada. Há uma lona plástica estendida sob suas botas e também um rolo de algo que parece papel de parede no chão.

– Eu liguei pra corretora – diz ele. – Perguntei onde os antigos moradores tinham comprado o papel de parede e consegui outro rolo.

– Por quê?

Ele abaixa o pincel ao mesmo tempo que se vira para me olhar.

– Você disse que queria o quartinho lacrado. Então é isso que vou fazer.

Fico estupefata. Achei que com certeza precisaríamos de mais cinco ou seis bate-bocas sobre esse quartinho antes de ele concordar em lacrá-lo. E, por algum motivo, ali está ele, fazendo isso por livre e espontânea vontade. Não precisei insistir sequer uma vez.

– Desculpa ter discutido com você ontem – diz ele suavemente. – Entendo como se sente. E a verdade é que… – Ele olha para a rachadura na parede, o único resquício do fato de que existe uma porta escondida lá atrás; até mesmo a dobradiça fica por dentro. – Esse lugar também me deixa nervoso.

Ao ouvir isso, sinto um arrepio me percorrer. Aquele quartinho é tão pequeno, tão abafado. Não consigo imaginar como seria ficar presa lá dentro. Bom, na verdade *consigo* imaginar, sim. O problema é justamente esse.

Ele estende para mim a mão que não está segurando a cola.

– Tá melhor agora?

Seguro a mão dele e começo a dizer que sim, mas sou dominada por um medo terrível. Não olhamos dentro do quartinho desde ontem. E se uma das crianças tiver entrado lá de novo? E se nós lacrarmos o quartinho com elas presas lá dentro? Afinal, o quartinho é à prova de som.

– Você pode abrir a porta? – peço a ele.

Ele enruga a testa.

– Mas… está cheia de cola.

Ele tem razão. A parede está inteiramente coberta de cola, o que tornaria a porta excepcionalmente difícil de abrir. Mesmo assim, não consigo parar de pensar na ideia de que alguém pode ficar preso lá dentro. E de que, da próxima vez que eu escutar os arranhões, vai ser essa pessoa tentando sair.

– Millie?

Engulo um bolo na garganta.

– É só que… estou com medo de…

– As crianças estão lá em cima – diz ele com gentileza. – Perguntei se elas queriam ajudar antes de começar. Elas não quiseram.

Tá, eu estou sendo ridícula. Não há motivo para abrir essa porta e fazer uma sujeirada imensa só porque estou paranoica.

– Eu posso te ajudar.

Ele me encara, radiante.

– Eu adoraria a sua ajuda.

Começamos então a trabalhar, estendendo os pedaços de papel de parede por cima da porta escondida. Não consigo relaxar por completo até a porta ficar totalmente coberta. E, mesmo depois, não consigo me livrar da sensação de que aquele cômodo escondido vai voltar para me assombrar.

VINTE E CINCO

Estou na minha sala no trabalho quando recebo a ligação da escola das crianças. Não há nada mais assustador do que receber um telefonema da escola dos seus filhos. Não existe absolutamente nada que possam querer me dizer à uma da tarde que seja uma notícia *boa*. A diretora não está interrompendo meu dia de trabalho para me dizer que um dos meus filhos ganhou um concurso de ortografia.

A escola só liga pra dar más notícias. Como dois anos atrás, quando Nico caiu do trepa-trepa e quebrou o braço. Essa foi uma ligação à uma da tarde.

Estou no meio de uma chamada com uma família ansiosa da qual não pareço conseguir me desvencilhar, então fico apenas encarando a tela do celular enquanto meu pânico aumenta. Quando consigo me livrar do telefonema, a ligação da escola já caiu na caixa postal. Escuto o recado:

"Sra. Accardi, aqui quem fala é Margaret Corkum, diretora da Escola de Ensino Fundamental Frost. Será que a senhora poderia me ligar de volta agora mesmo no seguinte telefone..."

A voz da diretora é monótona e pouco amistosa. Essa *não é* uma ligação sobre ganhar um concurso de ortografia. Digito rapidamente com a mão trêmula o número que ela me deu.

– Margaret Corkum – atende a voz do outro lado da linha.

– Alô? – digo no aparelho. – Aqui é Millie Accardi... Recebi uma ligação...

– Obrigada por me retornar, Sra. Accardi – diz ela com o mesmo tom rígido da mensagem de voz. – Eu sou a diretora da escola. Creio que nos encontramos rapidamente quando a senhora veio conhecer a escola antes de seus filhos começarem a estudar aqui.

– Ah, sim. – Eu me lembro vagamente da diretora Corkum como uma mulher simpática de meia-idade, com cabelo grisalho curto. – Está tudo... Qual é o problema?

– Estou ligando por causa do seu filho Nicolas. – Ela pigarreia. – Ele está bem, mas vou precisar que a senhora venha aqui agora mesmo.

Aperto o celular com mais força, meus dedos começam a formigar.

– O que aconteceu?

Ela hesita.

– O melhor seria, de fato, a senhora vir até aqui para podermos conversar pessoalmente. Seu marido já está a caminho.

Enzo também foi chamado? Ai, meu Deus, isso não é bom.

Olho as horas. Tenho que estar numa reunião com a família de um paciente daqui a vinte minutos, mas minha própria família precisa ter prioridade. Posso conseguir alguém para me substituir.

– Eu chego já – digo à diretora.

VINTE E SEIS

Dirijo acima da velocidade permitida durante todo o caminho até a escola. Não estou conseguindo pensar direito, e por pouco não avanço um sinal vermelho. Ao longo dos anos, já recebi uma quantidade razoável de telefonemas das escolas das crianças, mas essa é a primeira vez que me pedem para ir até lá sem qualquer explicação do que aconteceu de errado. Pelo menos a diretora disse que Nico está bem. Ele não morreu nem está no hospital. Ela disse que ele está bem.

Mas e se alguma outra pessoa não estiver? Esse pensamento me assombra.

Quando chego na escola, sou reconfortada pelo fato de não haver nem ambulâncias nem carros de bombeiro enfileirados do lado de fora. Eles me fazem assinar meu nome no balcão da recepção e levam uma eternidade para fabricar uma identidadezinha temporária em forma de adesivo para eu colar no peito. Sigo as instruções para chegar à sala da diretora, onde encontro Enzo já sentado do lado de fora numa daquelas cadeiras de plástico desconfortáveis. Ele se levanta quando me vê.

– Me disseram que esperasse você chegar – diz ele.

– Você sabe o que está acontecendo? – pergunto.

Ele faz que não com a cabeça. Embora saiba tão pouco quanto eu, estou muito grata pela sua presença. Enzo pode ter um charme incrível, e se Nico estiver encrencado de algum jeito isso pode vir a calhar. Mas eu preferiria que não estivesse com tanta terra nos sapatos. Ele deixou um rastro ao entrar no recinto.

Ambos nos recostamos nas cadeiras de plástico. Enzo não para de batucar com o pé no chão, e dali a um minuto estende a mão para segurar a minha. Trocamos olhares nervosos.

– Tenho certeza de que não é nada sério – digo, embora não tenha a menor certeza disso.

– Não vi nenhuma ambulância – afirma Enzo. A mesmíssima coisa que eu reparei. – Não vai ser nada.

– Que escola mais esnobe – comento. – Ele só deve ter tipo rasgos demais na calça jeans.

– Ele tem mesmo vários rasgos na calça jeans – concorda Enzo.

Ele aperta minha mão. Nenhum de nós dois pensa isso de verdade.

Por fim, a diretora abre a porta da sala, e sua aparência é bem parecida com a da minha lembrança. Ela está inclusive usando uma camisa de botão branca e uma calça bege, do mesmo jeito que quando me mostrou a escola. Ao contrário desse dia, porém, não está sorrindo.

– Entrem, por favor.

Enzo dá um último apertão na minha mão, e nós dois a seguimos para dentro da sala. Nico já está sentado lá dentro, e quando vejo seu rosto, dou um arquejo. Ele está com o que certamente vai se transformar num olho roxo e a gola da camiseta está rasgada. Também parece ter andado rolando pelo chão.

– Como podem ver, Nicolas brigou hoje no recreio – diz ela.

Nico nem sequer olha para nós. Está com a cabeça baixa, como deveria estar mesmo.

Não consigo acreditar que ele foi pego brigando. Como pode ter feito uma coisa dessas? Ele já se encrencou por várias coisas diferentes, mas nunca por nada violento.

– Quem começou a briga? – pergunta Enzo.

Os lábios da diretora Corkum se contraem.

– Foi o Nicolas.

– Nico! – exclamo. – Como pôde fazer isso?

– Desculpa – balbucia ele junto à camiseta rasgada.

– Por quê? – Enzo dirige a pergunta à diretora. – Qual foi o motivo da briga?

– O outro garoto estava caçoando de uma menina no parquinho – responde Corkum. – Obviamente, isso não foi um bom comportamento por parte do outro menino. Mas a reação do Nicolas foi totalmente inadequada. Ele poderia ter falado com algum professor, ou, se não quisesse envolver os professores, poderia ter usado as palavras. Em vez disso, deu um soco no nariz do menino.

– Quer dizer que o meu filho defendeu uma menina e agora está encrencado? – pergunta Enzo, seco.

– Sr. Accardi – diz a diretora, tensa. – Seu filho está encrencado por ter brigado dentro da escola. O outro menino foi parar no pronto-socorro e pode ser que tenha quebrado o nariz.

– Eu já quebrei o nariz. – Enzo acena com a mão como se isso não fosse nada de mais, e faço uma careta. – Ainda funciona.

Achei que Enzo fosse usar seu charme para nos tirar dessa, porém ele só está piorando as coisas. Não sei o que pensa estar fazendo, mas, no momento, deveríamos estar nos desculpando.

– Nós sentimos muito mesmo por isso ter acontecido – digo para a diretora. – Com certeza, ele vai ser repreendido.

– Infelizmente, considerando as circunstâncias, isso não vai ser suficiente – replica Corkum. – Vamos ter que suspender o Nicolas pelo resto da semana.

Tive medo disso assim que vi o rosto de Nico, mas agora que ela está dizendo as palavras minha vontade é cair em prantos. Suspensão? Como foi possível isso acontecer? Como isso vai afetar o futuro do meu filho? Será que as faculdades se informam sobre suspensões no terceiro ano do fundamental?

Não, a questão não é essa. A questão é que, por algum motivo, Nico se achou no direito de socar o nariz de outro menino quando já tem idade para saber que isso não se faz.

– Muito bem – diz Enzo. – Então vamos embora pra casa.

Nico nem nos encara enquanto vamos embora sob os olhares reprovadores da escola inteira. Ele não tem o melhor autocontrole do mundo, mas nunca fez nada parecido com isso antes. Nunca sequer puxou meu cabelo quando era bebê. Não é um menino violento.

Pelo menos, nunca foi até agora.

Assim que saímos da escola e entramos no estacionamento, Enzo leva uma das mãos ao ombro de Nico.

– Quem era esse outro menino com quem você brigou?

Os ombros de Nico desabam.

– Caden Ruda. Ele é um babaca.

– Não importa se ele é babaca – rebato. – Você não pode começar uma briga desse jeito.

– Eu *sei* – resmunga Nico.

– Sua mãe tem razão – diz Enzo. Ele faz uma pausa. – Mas também não quero que você pense que não é certo defender alguém que está sofrendo bullying.

Os olhos escuros de Nico se arregalam quando ouve as palavras do pai.

– Enzo! – disparo. – Nico está muito encrencado. Ele socou a cara de outra criança!

– Uma criança que mereceu.

– Isso a gente não sabe!

Ele me encara com os olhos semicerrados.

– Achei que você, de todas as pessoas do mundo, pudesse se mostrar compreensiva em relação a quanto é importante defender alguém em apuros.

Ele tem razão. Sempre defendi pessoas em apuros. E o que isso me rendeu? Fui presa por ter defendido uma amiga em apuros: eu a impedi de ser estuprada, mas depois fui longe demais e tive que abrir mão de dez anos da minha vida. Enzo também defende pessoas em apuros, mas sempre se mostrou mais inteligente em relação a isso. Afinal, ele nunca foi preso como eu.

Eu torcia para Nico ter puxado a ele. Não quero que meu filho puxe a mim.

– Foi a coisa errada a fazer – insisto, teimosa. – Nicolas, você está de castigo.

– Tudo bem – resmunga ele.

– E vai voltar pra casa no meu carro – acrescento.

Não quero correr o risco de Enzo lhe dizer outra vez que ele é um herói por ter quebrado o nariz de outra criança.

Detesto a forma como Nico se recusa a olhar para mim e a pedir desculpas sinceras. Isso não é do feitio dele. Nico não é perfeito, mas, quando se mete em encrenca, ele sempre pede desculpa logo em seguida. Em que momento isso mudou?

Meu filho parece estar crescendo, e não tenho certeza se gosto de quem está se tornando.

VINTE E SETE

Vou dar uma olhada em Nico depois do jantar para me certificar de que esteja bem. Ele passou o jantar calado, empurrando a comida de um lado para outro no prato em vez de comer de verdade. Enquanto isso, Enzo agiu como se não houvesse absolutamente nada de errado. Ele realmente não acha que nosso filho mereça ser punido.

Quando chego ao quarto de Nico, ele está lendo um gibi. Como parte do castigo, tiramos todos os seus eletrônicos, mas ele adora quadrinhos. Está sentado na cama, com o cabelo preto bagunçado e os olhos cravados na página à frente. O olho esquerdo já está ficando roxo, mas quando me sento na borda da cama noto que seus dois olhos estão vermelhos.

– Oi, meu amor. Como você tá?

Ele continua olhando para o gibi.

– Tudo bem.

– Está chateado por causa do que aconteceu hoje na escola? Tudo bem se estiver.

– Não.

– Nico. – Dou um suspiro. – Você poderia olhar pra mim?

Ele leva alguns segundos para desgrudar os olhos da página.

– Não tem nada de errado. Eu tô bem. Quero ler, só isso.

Semicerro os olhos, sem ter certeza se acredito.

– Seu olho está doendo?

– Não.

Olho para o viveiro onde Kiwizinho vem residindo desde que Enzo o impôs à nossa família. Tento encontrar o louva-a-deus, mas não o vejo. Procuro entre os gravetos e folhas dentro do viveiro, mas ele não parece estar em lugar algum. Tem só uma porção de moscas.

Ai, meu Deus. Será que aquela coisa horrorosa *fugiu*? O dia de hoje não tem mesmo como piorar.

– Ele morreu – diz Nico.

– O quê?

– Kiwizinho morreu – repete ele. – Ele estava trocando de casca… e acho que ficou preso na casca antiga e morreu.

– Ah! – Não sei ao certo como me sentir em relação à morte de um inseto que detestava com cada fibra do meu ser. Mas Nico parecia de fato gostar dele. – Onde você botou ele?

– Joguei na privada e dei a descarga.

Meu queixo cai. Esse não parece um enterro adequado para um bicho de estimação amado, mesmo que esse bicho seja um louva-a-deus horroroso. Eu imaginava que quando Kiwizinho morresse fôssemos ter algum tipo de cerimônia soturna no quintal dos fundos, com direito a uma pedra comemorativa.

– Jogou na privada e *deu a descarga*?

– Mãe, ele é um inseto – diz Nico num tom exasperado.

Não sei bem o que responder, mas algo em relação a essa história está me deixando muito perturbada.

– O que você acha que vai fazer a semana inteira enquanto estiver suspenso?

Eu mesma não faço ideia. Ele vai ter que ir comigo para o trabalho, ou então acompanhar Enzo nos serviços dele.

– Não sei.

– Quem sabe posso marcar de você ir brincar com o Spencer uma tarde dessas depois que ele voltar da escola? – sugiro. Os dois se encontraram algumas vezes para brincar desde aquela primeira, e ambos pareceram gostar muito. – Pelo menos assim você vai ter um pouco de interação social. Tudo bem assim? – acrescento.

Nico dá de ombros de novo.

– Tá bom.

Então pega o gibi e recomeça a leitura. Acho que a nossa conversa acabou.

Volto para o quarto, mas uma sensação desagradável bem no fundo do estômago me acompanha. Não sei o que está acontecendo com Nico. Ele sempre foi impulsivo, mas recentemente isso alcançou um nível inédito. Mudar de casa é difícil para as crianças. Tomara que seja só uma fase e que ele logo se recupere e volte a ser o mesmo menino feliz de antes. E pare de socar a cara de outras crianças.

Quando entro no nosso quarto, Enzo está vasculhando a gaveta da nossa mesa de cabeceira com os lábios contraídos.

– Millie – diz ele quando entro. – Você pegou algum dinheiro aqui dessa gaveta?

– Não, por quê?

– Eu tinha deixado 50 dólares aqui. Pelo menos, achava que tinha. Mas agora... sumiu.

– Vai ver a Martha pegou – deixo escapar.

Ele levanta a cabeça.

– Martha?

Ainda me lembro de como a flagrei vasculhando a gaveta da escrivaninha da sala. Se ela estava fuçando aquela gaveta, por que não a do nosso quarto? Eu sabia que deveria ter mandado a mulher embora.

– Ela veio limpar aqui, então...

– Então talvez você deva acusar a Martha. Deu bem certo da última vez, né?

Mais uma falsa acusação contra Martha vai selar o fim da temporada dela aqui. E ela é *mesmo* uma boa faxineira. É muito... eficiente. Trabalha pesado sem nunca reclamar, inclusive daquela vez que deixei louça na pia.

Mas também não a quero aqui se ela estiver roubando nossas coisas. Existem outras pessoas boas de faxina e que *não* roubam seu dinheiro. Além do mais, nunca me sinto totalmente à vontade perto dela.

– Vai ver eu mesmo peguei o dinheiro – diz Enzo, pensativo. – Acho que peguei. É que não tenho certeza.

– Enzo, a gente pode falar sobre o Nicolas?

Ele fecha a gaveta. Espicha o queixo numa expressão defensiva, e já posso ver o rumo que a conversa vai tomar.

– O que tem pra conversar? É uma injustiça.

– Injustiça, nada. Ele socou a cara de um garoto.

Fico incomodada com o fato de isso fazer Enzo sorrir.

– Um garoto que estava sendo cruel com uma menina, que o Nico defendeu. Ele fez bem!

– Ele não deveria andar por aí quebrando o nariz das outras crianças.

– A diretora disse que o nariz não quebrou – lembra ele. De fato, recebemos um e-mail da diretora nos dando essa informação. Graças a Deus, porque não temos como bancar um processo. – Só machucou, certo? Não foi nada.

Também me incomoda que Enzo pareça um pouco decepcionado com o fato de o nariz do menino não ter quebrado.

– A questão não é essa.

– Ele é um menino. É isso que meninos fazem. Eles brigam. Eu fazia isso o tempo todo quando era criança.

– Você socava outras crianças na cara?

– Às vezes.

Certo, bem, é interessante ouvir isso. Não sei se ele está exagerando ou se está mesmo falando sério. Como eu disse, Enzo evitou cuidadosamente falar sobre a vida que levava antes de chegar neste país. Mas de uma coisa eu sei: ele teve que fugir da Itália por quase matar um homem de tanto bater nele. Embora, na opinião de Enzo, o homem merecesse muito.

Apesar disso, sempre considerei meu marido o mais equilibrado de nós dois. Posso ser esquentada, mas ele pensa antes de agir. Quando agrediu o tal homem, não foi num acesso de arrebatamento. O homem era cunhado dele e costumava espancar a irmã de Enzo, até que a matou. Ele encontrou o sujeito, lhe deu uma surra daquelas, em seguida embarcou num avião para LaGuardia na mesma noite. Enzo sabia exatamente o que estava fazendo.

Ele estava se vingando.

– Enzo, ele foi suspenso – lembro. – Isso é grave.

– Uma suspensão no terceiro ano não é nada de mais.

É frustrante Enzo estar se recusando a admitir que foi algo grave. Isso me leva a pensar ainda mais sobre sua juventude e como ele era. Será que de fato costumava se meter em brigas como essa o tempo todo? Talvez sim. Afinal, ele conseguiu agredir o cunhado sem sofrer qualquer lesão. Não se faz isso da primeira vez que se desfere um soco.

Enzo Accardi é um homem bom. Acredito nisso do fundo do coração. Ele tem cuidado bem da nossa família. Mas me pego pensando cada vez mais no passado dele. Naquilo que fez e naquilo que é capaz de fazer.

VINTE E OITO

Não quero Nico zanzando pela casa. Ele pode estar de castigo, mas também quero que tenha alguma socialização além de acompanhar Enzo em alguns dos seus serviços ou ficar sentado na minha sala no trabalho. Assim, na manhã seguinte, enquanto Nico fica no quarto dele, levo Ada até o ponto de ônibus para poder combinar que ele vá brincar com Spencer.

Conforme esperado, Janice aparece no ponto com Spencer, que está com a coleira firmemente presa à mochila. Ela me dá um aceno de cabeça cordial, embora eu admita que não sou a pessoa preferida dela. Mas pelo menos os meninos são bons amigos.

Depois que as crianças embarcam e o ônibus parte com elas em direção à escola, dou um pigarro e abro meu melhor sorriso para Janice.

– Ei, o que acha de os meninos se encontrarem depois da escola hoje?
Ela bufa.

– Se encontrarem? Millie, você deve estar de brincadeira comigo.

Com base na veemência da resposta, eu provavelmente deveria desistir e pronto. Mas não consigo me conter.

– Por quê?

– Nico foi *suspenso*. – Ela está usando um roupão por cima de uma camisola comprida e o aperta mais em volta do corpo ossudo. – Por ter *brigado*.

– Ele estava defendendo uma menina que estava sofrendo bullying.

Pareço Enzo falando, mas ele de fato tinha um argumento válido.

– Tenho certeza de que sim. – Janice sorri com sarcasmo para mim. – Sinceramente, Millie, mesmo que isso não tivesse acontecido, eu não estava planejando deixar seu filho entrar na minha casa de novo.

– Por que não? Spencer adora ele.

– Spencer é uma *criança*. – Ela empurra os óculos de armação de tartaruga mais para cima do osso do nariz. – Eu não gostei de como o Nico se comportou na minha casa. Ele é muito mal-educado. E achei ele extremamente agressivo. Não me espanta nem um pouco ter socado outro menino.

Por mais que eu deteste ouvi-la falar assim do meu filho, parte de mim quer tirar mais informações de Janice. O que Nico andou fazendo na casa dela que Janice considerou tão inaceitável assim? Será que tem mais alguma coisa com a qual eu deva me preocupar? Apesar de meio estranha, ela é muito observadora, isso eu reconheço.

– Deteste dizer, mas é isso que acontece com quem sai pra trabalhar e deixa os filhos sozinhos o dia inteiro – acrescenta ela. – Existe um preço a se pagar por ter uma carreira quando também se está tentando ser mãe.

– Nico é um bom menino – digo entredentes. – É que a mudança foi difícil pra ele, só isso.

– Não tenho tanta certeza em relação a isso – retruca ela. – O comportamento dele tem sido repreensível. E, sendo muito franca, tampouco aprovo o comportamento do seu marido.

– Do Enzo? O que ele fez de errado?

– Você não acha *perturbadora* a frequência com que seu marido visita a Suzette? – Os olhos dela encontram os meus por cima do aro dos óculos. – E eu desconfio que isso seja mais frequente do que você pensa.

Meu rosto fica quente. Como ela se atreve a sugerir que meu marido está tendo um caso?

– Ele está ajudando a Suzette com o quintal, assim ela recomenda o nome dele para pessoas que acabaram de comprar casas. Não tem nada de mais.

– Ajudando com o quintal *dentro da casa dela*? Quando o marido dela não está?

Detesto o modo como um sorriso se espalha pelos lábios de Janice quando ela se dá conta de que suas palavras enfim atingiram o alvo.

– Você está enganada.

– Não estou, não – insiste ela. – Eu vejo pelas janelas, Millie.

Olho na direção do número 12. Nesse exato instante, Suzette sai de casa usando um robe curto e decotado. A julgar por ela e Janice, eu fui a única que decidi me vestir hoje de manhã. Suzette pega sua correspondência na caixa de correio ao lado da porta de casa e acena para nós. Janice acena de volta, e não sei como me forço a fazer o mesmo. Fico prendendo a respiração até Suzette entrar em casa outra vez.

Quando volto a olhar para Janice, ela está com um sorrisinho de sarcasmo estampado no rosto. Minha vontade é arrancá-lo dali com um tapa.

– Então você... o quê? Passa o dia inteiro de olho na rua, é isso? – pergunto. – Espionando as outras duas casas?

– Alguém precisa fazer isso – dispara ela de volta para mim. – Talvez fosse melhor que você fizesse o mesmo.

Acompanho o olhar de Janice, que está direcionado para a frente da minha casa. A porta da frente se abre, e meu marido sai para pegar a correspondência. Ainda está com a calça do pijama, mas sem camisa. Ele nos lança um largo sorriso e acena, e tudo em que consigo pensar é: *Por acaso ele iria morrer se colocasse uma camisa?*

– Afinal de contas – diz Janice para mim –, *ela* também está de olho.

VINTE E NOVE

Não acredito que esqueci o celular em casa. Isso é uma prova do quanto ando esgotada. Meu celular vive praticamente grudado na minha mão, mas mesmo assim percorri o caminho quase inteiro até o trabalho antes de me dar conta que o tinha esquecido. Fico pasma por ter feito isso. É mais ou menos como vir trabalhar sem blusa.

Gasto alguns minutos pensando se vale a pena voltar para pegá-lo. Nico voltou a ir à escola esta semana, e se eu ficar sem celular vou passar o dia inteiro preocupada com a possibilidade de que esteja acontecendo alguma coisa sem eu saber. Então, dou meia-volta com o carro e volto para pegá-lo em casa. Felizmente, minhas reuniões só começam às dez e o trânsito está tranquilo.

Consigo chegar em casa em vinte minutos, um tempo recorde, e entro pela garagem. Como Martha está fazendo faxina hoje, isso quer dizer que a casa está tomada pelo cheiro do produto de limpeza cítrico que ela usa. Martha começou a trazer os próprios produtos, e eu adoro o cheiro que eles têm. Deveria perguntar onde ela os compra para futura referência.

Preciso admitir que Martha é incrível. Ainda não estou convencida de que não é um ciborgue, mas fico grata por Enzo ter insistido que a contratássemos. Fico grata também por ele ter me convencido a não a mandar embora.

Verifico a cozinha e a sala, mas não vejo nem sinal do meu celular. Se

Enzo estivesse em casa, eu pediria para ele me ligar, mas pelo visto não há ninguém exceto Martha. Dá para ouvi-la no andar de cima, passando o aspirador. De repente, me lembro de ter reparado que meu telefone estava com pouca bateria e de tê-lo deixado plugado no carregador da mesinha de cabeceira enquanto me vestia. Ainda deve estar lá.

Subo a escada, e assim que chego no alto o aspirador para. Sigo o corredor até meu quarto, os sapatos sem salto quase silenciosos no carpete, e mal consigo distinguir o ruído de uma gaveta se abrindo. Fico parada, pensando por que Martha está abrindo uma gaveta. Como eu mesma lavo as roupas, não é algo que seja da alçada dela. O que ela poderia estar precisando pegar dentro de uma gaveta?

Apresso o passo, mas tento evitar os pontos em que aprendi que as tábuas do piso tendem a ranger. Chego na suíte principal e, fazendo o menor ruído possível, olho lá dentro.

Martha está no quarto, conforme esperado. Uma das gavetas da minha cômoda está aberta, e ela está espiando lá dentro. Prendo a respiração ao vê-la pegar a caixa de joias que guardo na gaveta. Ela abre a tampa e, diante dos meus olhos, pega um colar e o enfia no bolso da calça.

Uau. Não sei se acreditaria se não tivesse visto com meus próprios olhos.

– Com licença! – digo, alto.

Martha dá um pulo para longe da cômoda, largando a caixa de joias lá dentro outra vez ao mesmo tempo que fecha a gaveta com força.

– Ah! Oi, Millie. Eu… não sabia que você ainda estava em casa!

Ela vai mesmo tentar fingir que não acabou de roubar um colar da minha gaveta?

– Eu vi o que você fez. Vi o que você pegou.

Martha sempre parece inteiramente calma e controlada, mas não agora. Seus olhos cinza-claros se movem de um lado para outro do quarto.

– Não sei do que você está falando. Estou só dobrando as roupas pra você. Achei que seria bom organizar suas gavetas.

Ah, tá.

– Esvazia os bolsos.

– Millie, você lembra como estava enganada em relação ao vaso? – diz ela. – Eu jamais…

– *Esvazia os bolsos.*

Martha endireita os ombros.

138

– Eu não preciso tolerar que falem comigo assim. Pode considerar que estou pedindo as contas.

Ela começa a passar por mim de cabeça erguida. *Peraí um instantinho.* Antes que consiga sair do quarto, entro na sua frente para impedi-la de passar.

– Martha, juro por Deus. Eu te vi enfiar meu colar no bolso, e você não vai sair desta casa antes de eu pegar ele de volta.

Martha é uns 5 centímetros mais alta do que eu e pesa pelo menos 15 quilos a mais. No entanto, sou mais jovem e ágil, e mais importante: estou disposta a brigar feio se for preciso. Meu filho não é o único que sabe desferir um soco. Vou pegar meu colar de volta de qualquer jeito.

O olhar dela me percorre de alto a baixo, e Martha leva um minuto para entender que estou falando muito sério. Sem dizer nada, leva a mão ao bolso e retira o colar cravejado de minúsculos diamantes, que Enzo me deu de aniversário dois anos atrás. Na verdade, são zircônias, e o colar não vale grande coisa exceto do ponto de vista sentimental… o que já é muito.

– Desculpa – balbucia ela. – Estava só pegando emprestado pra…

– Sai daqui.

Ela limpa as mãos trêmulas na calça engomada. Assim de perto, os vincos do rosto dela são mais marcados do que eu pensava, e pela primeira vez percebo fios grisalhos escapulindo do coque recatado.

– Você vai… vai contar pra Suzette o que aconteceu?

– Pode ser que sim.

Dizer a Suzette que a faxineira dela foi pega roubando me daria algum grau de satisfação. Só Deus sabe por que Martha decidiu roubar de mim, quando tudo que Suzette possui é melhor do que qualquer coisa que eu tenha.

Ela leva alguns instantes para recuperar a compostura e, quando fala de novo, sua voz não vacila.

– Se você contar pra ela de mim, eu conto de *você.*

Sinto uma veia latejar na têmpora.

– De *mim?*

– Suzette ficaria muito interessada em saber que a nova vizinha é uma ex-presidiária.

Dou um passo para trás, com o coração aos pulos. Minha pressão arterial deve estar um bilhão por um milhão. Então na verdade não foi minha imaginação outro dia, quando achei que ela tivesse enfatizado a palavra "criminosa". Seja lá como for, Martha sabe tudo sobre meu passado sombrio.

– Como você descobriu? – consigo perguntar.

– Não precisa se preocupar – diz Martha com uma voz tão calma que é de enlouquecer qualquer um. – Ninguém mais vai saber seu segredo. A não ser que você fale com a Suzette a meu respeito.

Detesto o fato de ela estar me chantageando assim, mas preciso dançar conforme a música. Que escolha eu tenho? Se ficar sabendo sobre o meu passado, Suzette vai contar para *todo mundo*. Nem sequer consigo imaginar o constrangimento nas reuniões de pais e professores.

E se as crianças ficarem sabendo? Seria um horror. Não quero que saibam do meu passado. Não antes de terem idade suficiente para entender, e talvez nem assim.

– Tá bom – sibilo para ela. – Não vou contar pra Suzette.

– Que bom que a gente se entendeu – diz Martha num tom categórico.

Minha faxineira passa roçando por mim, esbarrando no meu ombro ao seguir na direção da escada. Eu a sigo escada abaixo e até a porta da frente, só para me certificar de que vai sair sem roubar nem destruir nada. É só quando ela gira a maçaneta que reparo: as mãos dela estão tremendo.

TRINTA

– Você mandou ela embora?

Enzo parece surpreso quando lhe conto o ocorrido com Martha mais cedo, enquanto estou fazendo o jantar. Como minha *pasta alla Norma* de semanas atrás não foi nenhum sucesso retumbante, estou fazendo macarrão com queijo pela enésima vez, porque as crianças com certeza vão comer. É mais fácil assim.

– Ela estava *roubando* da gente – argumento. – Eu deveria ter feito o quê? Dado um aumento pra ela?

Ele pega alguns pratos no armário ao lado da pia. Enzo não é grande coisa como cozinheiro, mas está sempre disposto a pôr a mesa e colocar a louça na máquina depois.

– Estou só dizendo que ela tinha um bom emprego aqui. E com a Suzette e o Jonathan. Por que iria roubar?

– Sei lá – respondo, irritada. – Você acha que eu sei como funciona a psicologia de uma ladra? Vai ver ela é cleptomaníaca.

Ele sorri para mim.

– Ela nunca tentou me encurralar no quarto.

– Eu não disse *ninfomaníaca*. Meu Deus do céu. – Reviro os olhos. – Falei *clepto*maníaca. Aquelas pessoas que têm compulsão por roubar.

– Isso existe?

– Li sobre isso na minha aula de psicologia.

– Tá…

Ele pega um punhado de talheres na gaveta, embora jamais, em tempo algum, pareça pegar os talheres certos. Alguém sempre acaba com dois garfos em vez de um garfo e uma faca. Não sei direito como ele consegue. Mesmo que erre ao tirar os talheres da gaveta, como não repara quando põe a mesa?

– E aí, você pagou a última diária dela?

– Enzo. – Eu me viro de costas para meu macarrão com queijo que borbulha na panela e o encaro. – Ela *roubou* da gente. Pegou o colar que você me deu, e provavelmente pegou aquele dinheiro que você tinha deixado na gaveta ao lado da cama.

– Eram só 50 dólares.

Não contei para Enzo o que Martha me disse antes de ir embora. Como ela me ameaçou. Não consigo me forçar a revelar todos os detalhes, e não sei direito por quê. As crianças podem não saber sobre o tempo que passei na prisão, mas Enzo sabe de tudo. Apesar disso, ele não entende por completo a vergonha que sinto desse fato. Não entende por que não quero que as crianças saibam, e é a favor de contar "antes que elas descubram por conta própria".

Enfim, não vou pagar diária nenhuma para uma mulher que roubou de mim e que me ameaçou.

Enzo sempre teve um fraco por mulheres. Talvez por causa da irmã, Antonia, e de como sente que poderia ter evitado a morte dela se a tivesse protegido melhor. Por isso, ele defendeu Nico por ter tomado as dores da tal menina. Enzo não parece achar que mulheres sejam capazes de fazer qualquer coisa ruim, mas em relação a isso ele está redondamente enganado.

Para ser franca, depois de tudo por que nós passamos juntos, ele deveria saber que não é assim.

– Olha aqui. – Inspiro bem fundo. – Eu não sei por que a Martha roubou da gente. Mas isso não importa. A gente já tem problemas financeiros suficientes sem ter alguém nos roubando. Sejam quais forem as questões dela, não consigo lidar com esse assunto agora.

Ele inclina a cabeça de lado.

– Como estava sua pressão hoje de manhã?

– Enzo! A questão não é essa.

Ele deixa a cabeça pender.

– Eu sei. Preciso dar conta de trazer mais dinheiro pra nossa família. Por isso estou me esforçando tanto em desenvolver meu negócio, aí não vamos mais nos preocupar com isso.

Fico péssima com o quanto ele se recrimina por causa dos nossos problemas financeiros. Não estamos nos virando tão mal assim. Queria que ele não ficasse tão angustiado com isso. E fico preocupada que as crianças acabem escutando e ficando nervosas também... em especial Ada.

– A gente tá se virando bem. – Diminuo o fogo para poder lhe dar um abraço. Ele logo me enlaça, e descanso a cabeça no seu ombro firme. – Você tá fazendo um ótimo trabalho. E aposto que daqui a um ano ou dois vai ficar tudo bem.

– É – murmura ele. – Ou... quem sabe antes.

Não sei do que ele está falando. Embora o negócio de Enzo esteja em expansão, não é algo *tão* rápido assim. Um ou dois anos é uma previsão otimista. Ainda vamos passar no mínimo vários anos contando cada centavo.

Às vezes fico pensando se tudo valeu mesmo a pena.

TRINTA E UM

A família inteira veio assistir à partida de Nico pela liga infantil de beisebol.

Ada em geral não quer vir, mas hoje topou nos acompanhar. Fico feliz que esteja aqui, porque, desde a suspensão de poucas semanas atrás, Nico não tem sido o mesmo de sempre. Só que está bem na cara que Ada não está interessada no jogo, a tirar pelo fato de que está sentada no estádio conosco segurando um livro em edição de bolso no colo. Ada não vai a lugar algum sem um livro na mão.

– Tá lendo o quê? – pergunto a ela.

Os longos cílios escuros dela se agitam. Ada tem a pele escura como a de Enzo, o que não permite ver quando fica encabulada, ao contrário da minha. Mas sempre consigo perceber quando a deixo pouco à vontade.

– Desculpa – diz ela. – Vou guardar.

– Não tem problema. Eu também acho beisebol bem chato. – Meneio a cabeça na direção de Enzo, que está literalmente sentado na pontinha da cadeira acompanhando a partida. Ele adora esportes, mas adora mais ainda ver Nico praticar esportes. – Mas *ele* gosta.

– Estou lendo *Uma estranha com o meu rosto*, da Lois Duncan – diz ela.

– Ah, eu adorei esse livro quando era criança. Na verdade, todos dela.

Sinto uma pontada de tristeza ao pensar na minha infância e em como tudo deu errado. O que poderia ter acontecido se eu não tivesse atacado aquele garoto e acabado matando-o? Mas, pensando bem, agora tenho uma vida boa. Amo meu marido e tenho dois filhos incríveis. Se precisei suportar algumas (ou *muitas*) dificuldades no caminho até aqui, era assim que tinha que ser e pronto.

Tomo um gole da garrafa d'água que comprei. Estamos só em meados de maio, mas o fim de semana está dando sinais de que vai ser de extremo calor. Meu celular informa que hoje vai passar dos trinta graus. As crianças parecem desconfortáveis e inquietas.

Nico entra para rebater, então cutuco Ada para fazê-la largar o livro. Ele passou o dia inteiro sem conseguir rebater e está com aquela expressão frustrada que assume às vezes. Sabe rebater muito bem, então deve estar se preparando mentalmente ou algo assim. Torço para ele acertar a tacada dessa vez.

O lançador atira a bola bem acima do *home plate*, e ouço um estalo quando o taco acerta. Enzo grita, todo animado. *É isso aí, Nico!* A bola quica uma vez e rola para dentro do campo. Nico joga o taco para o lado e sai correndo em direção à primeira base.

O receptor consegue pegar a bola. Como um relâmpago, ele a lança em direção à primeira base. Nico derrapa na base na mesma hora que o jogador adversário posicionado ali agarra a bola. Cruzo os dedos das mãos e dos pés para ele não ter que ir para o banco, mas o árbitro então balança a cabeça.

– Não. Não! – De repente Enzo está de pé, aos gritos. – O banco, não! Não!

Pelo visto, Enzo acha que a jogada não foi justa, o que não significa necessariamente que tenha sido *injusta*.

Nico também não está nada feliz com a decisão. O outro menino está lhe dizendo alguma coisa, e ele arranca o boné e o joga no chão. Nico está gritando alguma coisa; consigo distinguir a palavra "palhaçada". Prendo a respiração, torcendo para meu filho recuar e voltar até o banco.

E é nessa hora que Nico dá o soco.

Eu já havia percebido que ele tinha uma tendência a se zangar, não é a primeira vez que Nico se irrita em partidas da liga infantil. Mas nunca o tinha visto ficar violento antes. Ele dá um soco em cheio na barriga do menino da primeira base, e o pobre garoto cai no chão com força. Sinto um aperto no coração ao ver isso acontecer e me levanto às pressas.

Enzo também vê tudo. Ele congela e fica subitamente calado. Defendeu Nico em relação ao que aconteceu no recreio, mas é difícil fazer o mesmo agora. Aquele menino não fez nada de errado, e Nico lhe deu um soco.

Não entendo grande coisa de italiano, mas posso ver que Enzo está praguejando entre os dentes.

– Millie. – Ele se vira para mim, com o cenho franzido. – Nicolas acabou de socar aquele menino.

– Eu vi.

– *Cazzo* – resmunga ele. – Onde ele está com a cabeça? A gente precisa tirar ele daqui.

Ambos descemos até o campo. O outro menino está caído no chão, aos soluços. Nico está de pé ao lado dele, ofegante. O técnico, um homem chamado Ted, que também é pai de um dos outros meninos, não parece nada contente. Ele está com duas rodelas de suor nas axilas e não parece gostar muito de ficar ali no calor e agora ter que lidar com o fato de meu filho ter socado outro menino.

– Vocês precisam tirar ele daqui – diz Ted para Enzo com seu sotaque de Long Island carregado. – Nós temos uma política de tolerância zero em relação a violência entre os garotos.

– Eu sinto muito mesmo – diz Enzo. – Isso nunca mais vai acontecer.

– Não vai mesmo. – Ted ergue as mãos. – Foi mal, Enzo, mas ele tá fora do time.

Enzo abre a boca para protestar, mas então torna a fechá-la. Defendeu Nico na sala da diretora, mas agora é diferente. Ele viu o que aconteceu. Nico socou o outro menino *sem motivo*.

Em vez disso, o que Enzo faz é se virar para nosso filho, que está parado na borda do campo chutando o chão com o tênis.

– Vem – diz ele. – Vamos pra casa agora.

TRINTA E DOIS

Não conversamos muito no carro, em parte por Ada estar presente. Quem está dirigindo é Enzo, e as articulações de seus dedos no volante estão brancas. Toda vez que olho por cima do ombro, Nico está olhando pela janela. Ele nem sequer parece chateado por ter sido expulso do time poucas semanas antes do fim da temporada. É como se nem tivesse importância.

O que há de errado com meu filho?

Quando entramos em casa, Enzo manda Nico ficar na sala. Nico afunda no sofá e estende a mão para o controle remoto, mas Enzo faz que não com a cabeça.

– Nada de tevê – diz ele. – Você fica aqui sentado quieto. Eu vou ali conversar com a sua mãe.

Sigo meu marido até a cozinha, e ao entrar ele se vira e fica de frente para mim. Inspira, trêmulo.

– Tá, aquilo não foi muito legal.

– Você acha? – esbravejo.

– Ele é um bom menino – insiste Enzo. – Está só...

– Ele acabou de socar a barriga de outro menino sem motivo.

– Não foi sem motivo. A jogada valeu! Não era pra ele ir pro banco! Cerro os dentes.

– Isso não importa, e você sabe. Não se soca outro menino só porque não gostou do que o árbitro disse.

– Ele tava chateado...

– Ele tem 9 anos, não 3. Isso é inaceitável.

– Meninos são agressivos. – Ele corre uma das mãos pelo farto cabelo preto. – Isso é um comportamento normal de garoto. Brigar é bom pra ele.

Encaro meu marido, estupefata. Considerando a reação que ele teve no jogo, estava torcendo para estarmos enfim sintonizados em relação ao fato de Nico ter brigado, mas obviamente não é o caso. O fato de o comportamento de nosso filho ter lhe valido tanto uma suspensão quanto uma expulsão do time da liga infantil é um sinal de que as coisas estão fora de controle. Mesmo assim, Enzo segue defendendo o que ele fez.

– Isso não é um comportamento normal pra um menino – afirmo, com firmeza.

Enzo passa um minuto calado. Quero que ele concorde comigo que socar outras crianças não é um comportamento razoável para um menino e me incomoda que não esteja ao meu lado nisso. Enzo sempre parece ter um comportamento muito controlado, especialmente em comparação comigo. Eu nunca o vi desferir um soco, mesmo quando a pessoa mereceu.

Mas ele já fez isso, é fato. Seus punhos são o motivo pelo qual ele está neste país, para começo de conversa.

– Me diz uma coisa, era assim que *você* se comportava quando tinha 9 anos? – pergunto.

Mais uma vez, ele hesita. Então responde:

– Sim, eu trocava uns socos quando era menino. Às vezes, sim. Não era uma coisa ruim. É assim que se fica forte.

Essa *não é* a resposta correta.

– Tá, tá bom. – Ele balança a cabeça. – Aqui nos Estados Unidos é diferente. Agora entendo isso.

Apesar de não estar cem por cento certa de formarmos uma frente unida, saímos da cozinha e voltamos para a sala, onde Nico está sentado no sofá. Ele está recostado nas almofadas encarando uma rachadura no teto. Vira a cabeça para o lado quando entramos.

– Estou de castigo outra vez? – pergunta.

Ele já ficou de castigo. Estava de castigo até literalmente cinco minutos atrás. Isso não pareceu fazer a menor diferença. Eu me sento ao lado dele no sofá e Enzo ocupa a cadeira logo ao lado.

– Nico, você precisa aprender a se controlar – digo. – O que fez hoje foi muito errado. Você sabe que foi, não sabe?

– Desculpa – diz ele, embora na realidade não soe muito arrependido. – Grayson estava sendo babaca.

– Não importa se ele for o maior babaca do mundo. Você não pode bater nele.

– Tá.

Fico perturbada por Nico não parecer mais abalado com tudo que aconteceu. Por que ele não está chorando? Por que não está implorando por perdão? Não seria o normal para um menino de 9 anos que fez uma coisa errada?

Olho para Enzo para tentar avaliar se ele acha que isso parece normal e tenho certeza de que, se eu lhe perguntasse, ele diria algo como "meninos não choram".

Mas tem alguma coisa errada. Nos últimos tempos, Nico simplesmente se tornou muito...

Frio.

– Qual vai ser o meu castigo? – pergunta ele, como se estivesse impaciente para acabar logo com aquilo.

– Bom, você está fora do time – diz Enzo. – Então acabou o beisebol.

Nico dá de ombros.

– Tá bom.

Enzo parece espantado com essa reação casual à proibição de jogar beisebol. Os dois costumavam treinar todos os dias. Nico costumava implorar por isso. *Quando é que o pai vai chegar? A gente precisa treinar!*

– E nada de tela por um mês – acrescenta Enzo.

Nico assente. Está na cara que já esperava por isso.

– Pronto? Posso ir?

– Pode – diz Enzo.

Nico não perde um segundo sequer. Dá um pulo do sofá e sobe correndo a escada para o quarto. Entra e bate a porta, um gesto que exprime grande angústia para um menino de 9 anos.

Enzo está encarando a escada que Nico acabou de subir. Sua expressão é inescrutável. Mas ele não parece feliz.

– Acho que a gente talvez devesse pensar em colocar ele na terapia.

Enzo me encara, sem entender.

– Terapia?

– Psicoterapia – esclareço.

Ele arregala os olhos como se eu tivesse acabado de sugerir jogarmos nosso filho do telhado para ver se ele consegue voar.

– Não. *Não*. Que coisa mais ridícula. Ele não precisa disso.

– Pode ser que ajude.

– Ajudar com o quê? – Enzo joga os braços para o alto. – Ele tá só se comportando como um menino normal. O problema é esse monte de regras americanas rígidas. O Nico tá bem. Ele está *bem*.

Não consigo argumentar com Enzo quando ele está agindo assim, mas ele está errado. Infelizmente, acho que tem algo errado com Nico que não vai melhorar sem ajuda profissional. E receio que, somando eu e meu marido, Nico tenha herdado uma combinação de genes que lhe deu uma propensão à violência muito mais forte do que em outras crianças da idade dele.

Assim, depois de terminar o jantar, quando as crianças já subiram para dormir e eu consigo alguns instantes sozinha, a primeira coisa que pesquiso no Google é: "Meu filho é um psicopata?"

Por incrível que pareça, há vários posts sobre o assunto. Pelo visto, não sou a única mulher cujo filho está tendo problemas. Um site apresenta uma lista de características comuns encontradas em crianças com tendência à psicopatia. Corro os olhos pela lista e vou ficando cada vez mais preocupada.

Falta de culpa após um mau comportamento. Nico mal se desculpou depois de socar os dois meninos. Não pareceu nem um pouco abalado com o que fez.

Mentiras constantes. Ele antes nos avisava quando quebrava alguma coisa em casa, mas não disse nada sobre ter quebrado o vaso antes de o confrontarmos. E tenho a sensação de que há mais coisas que não está nos contando.

Crueldade com animais. O que aconteceu com o tal louva-a-deus? Depois de alegar que amava o bicho, ele de repente o jogou na privada.

Comportamento egoísta e agressivo. Bom, o que é mais agressivo do que dar um soco na barriga de um menino por não ter sido validado na primeira base?

Pode ser que Enzo não esteja preocupado, mas eu estou. E fico me sentindo pior ainda ao imaginar que existe uma chance de ele ter herdado algumas dessas tendências de mim. Quer dizer, não me considero uma psicopata, mas não fui presa por ter colhido margaridas.

Vou esperar a poeira baixar, mas me recuso a não tomar nenhuma atitude. Se meu filho precisar ser salvo de si mesmo, eu vou salvá-lo.

TRINTA E TRÊS

Estou voltando para casa do ponto de ônibus quando Suzette sai pela porta da frente para pegar a correspondência. Ela deve estar de saída em breve para ir mostrar algum apartamento, pois está muito bem-vestida: usa um terninho de saia e paletó e sapatos de salto vermelhos tão altos que eu cairia de cara no chão se tentasse usá-los. O cabelo está tão perfeitamente penteado que quase parece de plástico. Ela me dá um aceno, e é difícil sorrir ao acenar de volta, mas me forço. Não estou com disposição para Suzette, então quando ela desce os degraus da frente para vir falar comigo quase saio correndo. Só que ela é bem rápida e, antes de eu conseguir chegar à minha porta, Suzette já me ultrapassou.

– Millie! – exclama ela. – Como vai?

– Tudo bem. E você?

Quando Suzette alisa o cabelo, reparo numa pulseira cravejada de brilhantes que cintila ao sol no pulso dela. A peça se parece com o colar que Martha tentou roubar de mim, só que o *dela* deve ser de diamantes de verdade, suponho. Espero que Suzette esteja guardando essa pulseira num lugar seguro.

– Bela pulseira – comento.

– Obrigada. – Ela olha para a joia. – Foi presente de uma pessoa muito especial. E eu adorei o seu... – Ela me percorre com o olhar, obviamente se esforçando para achar algo em mim que possa elogiar. – Você emagreceu? Seu rosto não parece mais tão inchado.

Pelo visto isso é o melhor que ela consegue fazer. Além do mais, não acho que tenha emagrecido. Estou tão inchada quanto sempre fui.

– Pode ser. – É tudo que digo.

– Enfim, eu estava mesmo querendo falar com você – diz Suzette.

– Ah, claro. O que foi?

Ela me abre um sorriso branco ofuscante. Fico pensando se fez clareamento dental.

– Então, é o seguinte: na véspera de o caminhão de lixo passar, você se importaria de pôr seu lixo pra fora um pouquinho mais tarde à noite?

Fico encarando Suzette.

– Como assim? Nico só tira o lixo depois do jantar.

– Certo – diz ela. – E vocês devem jantar bem cedo. Mas quando *nós* estamos jantando dá pra ver o lixo na frente da sua casa. E ele fica lá a noite inteira, de sete da noite até o dia seguinte. – Ela dá uma fungada. – Sério, Millie, é *desagradável.*

– Você comentou sobre isso com o Enzo? – pergunto.

Ela parece falar com ele o tempo todo, então não entendo por que está falando *comigo* sobre isso.

– É que o Enzo parece muito ocupado. Eu não queria incomodar ele com algo assim tão trivial.

– Tá...

– Além do mais, quem cuida do lixo é o Nico, não? Imaginei que as crianças fossem mais o seu departamento.

Por algum motivo, Suzette supõe que eu seja uma dona de casa dos anos 1950. Mas não estou com disposição para entrar nesse mérito com ela.

– Certo – resmungo. – A que horas você gostaria que ele tirasse o lixo?

– Bom, não antes das onze, com certeza.

– Ele vai dormir às dez – digo entredentes. – Ele tem *9 anos.*

– Ah. – Ela batuca o queixo. – Então quem sabe *você* devesse tirar o lixo?

Ela *com certeza* está de brincadeira. Fico tentada a dizer para a mulher onde ela pode enfiar a tal lata de lixo, mas nesse exato instante uma caminhonete para em frente à minha casa. Um homem com um bigodão desgrenhado e uma barriga de chope salta do veículo com uma expressão azeda no rosto. Levo um segundo para reconhecê-lo: é o encanador que veio à nossa casa alguns dias atrás. Eu o chamei para consertar a privada de baixo, cuja descarga estava levando cerca de uma hora para descer. Enzo ficou insistindo que conseguiria consertar aquilo e que não precisávamos de ajuda profissional, mas parecia que toda vez que ele tentava mexer a descarga passava a levar dez minutos a mais. Eu nem disse para ele que tinha chamado o encanador. Ele acha que a descarga ficou boa sozinha, como num passe de mágica.

– Ei! – O encanador, cujo nome agora me escapa completamente, vem vindo pela calçada até onde estou parada com Suzette. – Eu vim aqui fazer um trabalho, e vocês me deram um cheque sem fundo!

Como é que é?

– Eu... Foi mesmo? – gaguejo.

Não sei como é possível uma coisa dessas. Eu controlo cada centavo que entra e sai da nossa conta. Não temos muito dinheiro sobrando, mas tenho certeza de que tínhamos o suficiente para cobrir o cheque de 300 dólares que eu fiz para o encanador.

O encanador não é um homem pequeno. Tem bem mais de 1,80 metro, muito mais do que eu, e sou obrigada a dar um passo para trás quando ele chega mais perto.

– Com certeza, dona! – rosna ele.

Suzette parece estar achando graça na cena. Por que ela não volta para a própria casa? Que *constrangimento*.

– Sinto muito. Achei que tivesse dinheiro suficiente na conta pra cobrir. Eu posso... O senhor aceita cartão?

– Não – retruca ele. – Eu disse isso quando consertei sua privada: só dinheiro ou cheque. E agora pra senhora é só dinheiro.

Bom, isso é um problema. Eu não tenho 300 dólares em dinheiro vivo assim dando sopa. Com sorte, devo ter 40 dólares na carteira. Enzo já saiu para trabalhar, mas ele tampouco anda com muito dinheiro.

– Hum. Se o senhor puder esperar, eu vou até um caixa eletrônico.

O encanador arregaça as barras da calça e se posta com firmeza na calçada em frente à minha casa.

– Dona, eu não vou arredar um passo daqui até receber.

– Sabe de uma coisa? – entoa Suzette. – Talvez eu tenha algum dinheiro em casa. Me deem um minuto.

Ela volta a entrar correndo na casa, caminhando com admirável facilidade naqueles saltos de 10 centímetros. Um minuto depois, irrompe pela porta da frente trazendo um maço de notas. Ela as estende para o encanador, que na mesma hora começa a contá-las.

153

– Está tudo aí – assegura Suzette.

O encanador termina de contar o dinheiro e assente para ela.

– Está, sim, moça bonita. – Ele inclina o boné encardido na direção dela. – Muito agradecido.

Ele ainda me lança um último olhar zangado antes de subir de novo na caminhonete. Tenho quase certeza de que não vou mais poder chamar esse encanador. Tomara que Enzo consiga ficar melhor em consertos hidráulicos.

Suzette fica observando o encanador ir embora, então se vira para mim com uma expressão de expectativa. Sei o que ela quer e vou ter que atender sua vontade.

– Muito obrigada, Suzette. Eu... prometo pagar cada centavo.

– Ah, sem pressa. – Ela brinca com a pulseira de brilhantes no pulso, que cintila ao sol. – Para ser sincera, Jonathan e eu temos mais dinheiro do que conseguimos usar. Você nem imagina o quanto pagamos de imposto!

Isso, esfrega na minha cara. Não quero que Suzette me considere uma pé-rapada qualquer que vive acumulando dívidas pela cidade. E a ideia de dever qualquer coisa para ela me desagrada em especial. Tecnicamente, nunca pagamos a janela quebrada, mas isso foi diferente, porque Nico concordou em fazer pequenos serviços. Vou pagá-la hoje mesmo, se puder.

Só que... será que eu posso? Achei que tivéssemos dinheiro mais do que suficiente na conta para cobrir o cheque do encanador, mas pelo visto, não. Aonde foi parar o dinheiro? Enzo e eu sempre conversamos sobre compras grandes. Ele não teria simplesmente pegado o dinheiro sem me dizer.

Ou teria?

TRINTA E QUATRO

Depois que o encanador vai embora, acesso o computador para verificar minha conta no banco.

Alguns dias atrás, estávamos com mais de mil dólares na conta. Fico olhando para a tela enquanto espero para confirmar que o dinheiro está todo ali, mas sinto um peso no coração quando o saldo aparece na tela: 213 dólares.

Que diabos está acontecendo? Estão faltando uns mil dólares na nossa conta. E não somos tão ricos quanto nossos vizinhos, ou seja, essa não é uma quantia que possamos simplesmente desconsiderar.

Acesso o histórico de transações. De fato, vejo um saque de mil dólares de alguns dias atrás. É de se presumir que seja esse o culpado. Mas quem sacou esse dinheiro da nossa conta? Com certeza não fui eu. E não consigo imaginar Enzo fazendo uma coisa dessas sem comentar nada comigo.

Estou me atrasando para o trabalho, mas isso é bem mais importante. Se alguém tiver roubado dinheiro da nossa conta bancária, preciso tomar alguma providência o quanto antes. Assim, ligo para a gerente do banco e acabo aguardando quinze minutos, sem parar de consultar o relógio. Mando uma mensagem de texto para um de meus colegas, pedindo que me substitua numa reunião que com certeza vou perder.

– Alô, aqui é Serena, do serviço de atendimento ao cliente – entoa uma voz feminina animada.

– Olá. – Pigarreio. – Preciso da sua ajuda com relação a uma quantia que sumiu da minha conta.

– Ai, puxa – diz Serena. Concordo veementemente com o tom de pesar dela. – Deixa eu ver aqui o que consigo descobrir para a senhora.

Preciso lhe passar todos os meus dados, então fico esperando enquanto ouço o ruído de teclas ao fundo. Depois, *mais* teclas. E depois espero um pouco mais.

– Desculpe, o sistema está lento hoje – fala Serena, jovial. – É que hoje está sendo um dia daqueles, sabe como é?

Não estou com disposição para jogar conversa fora enquanto tento entender por que está faltando dinheiro na minha conta bancária.

– Aham.

– Ah, aqui está! – diz ela, triunfante. – A retirada foi feita dois dias atrás por Enzo Accardi, que também é titular da conta. É o seu marido?

– É, mas... – Franzo o cenho. – O meu marido não...

Será?

– Ele está dizendo que não retirou o dinheiro? – pergunta ela.

– Não. Quer dizer, eu só... pensei que ele fosse me contar. Mas...

Serena parece ficar sem saber o que dizer. Imagino que dramas familiares não façam parte do seu trabalho.

– Ah.

– Obrigada pela ajuda – balbucio. – Acho que... é melhor eu ter uma conversa com meu marido. Ele deve... Vai ver esqueceu de me falar.

– Tenho certeza de que deve ser isso – diz ela com uma voz bem condescendente. – Ajudo com mais alguma coisa?

Sim: pode me dizer por que meu marido sacou um monte de dinheiro da nossa conta sem me avisar.

Desligo o telefone e passo quase um minuto encarando a tela do computador. Estou extremamente atrasada para o trabalho agora, mas não vou conseguir me concentrar em mais nada antes de ligar para Enzo e perguntar a ele o que aconteceu com o dinheiro. E não tenho certeza de por que pensar em fazer isso me incomoda tanto. Eu *confio* nele. Se ele tirou o dinheiro da conta, foi por um bom motivo.

Por fim, seleciono o nome dele nos meus favoritos. Quando está trabalhando, ele costuma não atender ao celular, mas desde o incidente com a suspensão de Nico tem atendido na hora.

– Millie? – diz ele. – O que houve?

Como é raro eu telefonar durante o dia, ele entende que esse não é um telefonema casual.

– Sumiu um dinheiro da nossa conta no banco.

Eu esperava escutar um monte de palavrões em italiano, mas o modo como ele fica em silêncio confirma que a notícia não é novidade. E tampouco deveria ser para mim, já que Serena tinha me confirmado essa informação.

– Passei um cheque de 300 dólares – continuo depois que ele não emite nenhum comentário. – E o cheque *foi devolvido*.

– Ah. – Ele respira fundo. – E o que aconteceu?

– Suzette me emprestou o dinheiro.

– Ah, que bom.

– Então liguei pro banco pra entender onde o dinheiro foi parar – continuo. – E eles me disseram que você sacou mil dólares.

Mais silêncio. Ele não pretende facilitar as coisas para mim.

– Então... você sacou mesmo?

Faz-se outro silêncio prolongado.

– Saquei – admite ele por fim.

– Tá. Me parece muito dinheiro pra sacar da nossa conta conjunta sem me avisar.

– É... – Ele passa mais alguns segundos calado, e não consigo deixar de pensar que parece estar enrolando enquanto inventa uma desculpa. – Foi mal – diz enfim. – A gente estava apertado este mês, e precisei do dinheiro pra substituir um equipamento que quebrou. Achei que fosse colocar o dinheiro de volta na conta antes de você perceber. Vou fazer isso amanhã.

– Um equipamento que quebrou? – repito.

– É. Precisei de um aerador de gramado e de um tratorito novos. São equipamentos caros.

Juro, às vezes acho que ele simplesmente está inventando essas palavras. Mas acho que parece uma desculpa razoável, então resolvo acreditar nele. Faz sentido que, se o equipamento quebrou, ele tenha precisado substituí-lo na hora.

É melhor do que a alternativa, ou seja: que meu marido está mentindo para mim.

TRINTA E CINCO

Nico está saindo de casa de fininho.

Ou pelo menos é o que parece quando ouço a porta dos fundos se abrindo numa tarde ensolarada de sábado. Graças a Deus nunca nos demos o trabalho de lubrificar as dobradiças, porque ouço aquela porta abrindo e fechando até do outro lado da cidade. Largo meu livro de lado e chego à porta dos fundos bem a tempo de surpreender Nico antes de ele sair.

– Com licença, mocinho. – Pigarreio. – Aonde você pensa que vai?

Ele ergue o rosto para mim sem nenhum pingo de culpa.

– Pra casa do Spencer. Você disse que eu podia ir sempre que quisesse.

Eu disse mesmo. Mas achava que ele tivesse sido banido da casa de Janice.

– E a mãe do Spencer disse que tudo bem? – pergunto.

– Ela disse que sim, contanto que a gente fique no quintal dos fundos.

Fico aliviada. Detestei quando Janice disse que Nico não podia brincar com o filho dela, então fico satisfeita que ele tenha caído nas graças dela de novo. Pelo visto, está proibido de entrar na casa imaculada de Janice, mas essa parte é compreensível.

– Então tá. Mas volta a tempo de jantar.

Nico assente e sai apressado em direção à casa do amigo. De tão focada que estava na fuga iminente do meu filho, eu não tinha reparado no meu marido no canto do quintal dos fundos. Não que seja anormal ver Enzo no quintal, uma vez que é seu lugar preferido, mas é que ele não está trabalhando. Em vez disso, está no celular, falando baixinho, com um esboço de sorriso nos lábios.

Com quem será que ele está falando?

Aceno para chamar sua atenção. Ele pisca algumas vezes ao reparar em mim e o sorriso desaparece por um instante do rosto, mas ele se recupera depressa e retribui meu aceno. Ainda murmura mais algumas palavras ininteligíveis no celular e então guarda o aparelho no bolso da calça jeans gasta.

– Millie. – Ele atravessa correndo o gramado para vir falar comigo. – Tenho ótimas notícias.

– Ah, é?

– É, sim! Um cliente em potencial com duas propriedades grandes que precisam de jardinagem. Um serviço bem grande. É muito bom.

Olho para o celular que desponta do bolso dele.

– Estava falando com o cliente?

– Estava. – Ele hesita. – Bom, não. Não exatamente. Eu tava falando com a Suzette. Os clientes... são amigos dela. Ela quer que eu encontre com eles amanhã.

– Ah... – Eu estava torcendo para o dia seguinte ser em família. – Onde vai ser a reunião?

Ele hesita mais alguns instantes.

– É uma reunião informal. Numa praia particular.

Alarmes começam a tocar no fundo da minha mente.

– Uma reunião na *praia*? Suzette vai estar lá?

– Bom... vai. São amigos dela.

Nenhuma parte dessa história me agrada. Em primeiro lugar, Enzo está se esquivando de um dia em família. Em segundo, uma reunião de trabalho *na praia*? E, em terceiro, não quero ele sozinho na companhia de Suzette de biquíni. Especialmente depois daquele sorriso no rosto dele enquanto estava falando com ela.

Um pensamento passageiro me vem à mente. No outro dia, quando o encanador apareceu para cobrar o pagamento, Suzette estava usando uma pulseira nova com cara de ter custado bem caro e me disse ter sido um "presente". Ao mesmo tempo, mil dólares sumiram de repente da nossa conta bancária. Seria possível Enzo ter usado esse dinheiro para comprar um presente para Suzette?

Não, não acredito nisso. Ele não seria capaz.

Ainda assim…

– Se você vai à praia amanhã, tem que levar as crianças. A família toda.

– O quê? Não.

– Enzo, não é um pedido.

Ele balança a cabeça.

– Millie, é uma reunião de trabalho importante.

– A *nossa família* também é importante – observo. – Você vem trabalhando sem parar desde que a gente se mudou…

– Por *nossa causa*.

– E a gente mal te vê – continuo. – Você não leva as crianças à praia desde que a gente se mudou pra cá. Os dois vão adorar. Principalmente o Nico, vai ser bom pra ele passar um dia na praia… Ele anda muito jururu desde que foi expulso da liga de beisebol. E eu posso ficar de olho neles. Não vou te atrapalhar até você ter acabado a reunião.

Ele passa alguns instantes calado, refletindo.

– Tá, é. Entendo o que você quer dizer. Vou falar com a Suzette. Mas… ela não vai ficar nada feliz.

É, aposto que ele tem razão.

TRINTA E SEIS

Estamos a caminho da praia.

Suzette permitiu com relutância que a família acompanhasse Enzo. Não escutei a conversa, mas imagino que ela tenha feito todo o possível para nos impedir de ir. Mesmo assim, aqui estamos.

E estou animada com o passeio. É uma praia particular à qual só Suzette e seu grupo de amigos de elite têm acesso. É preciso um cartão para entrar. Já estive em várias praias na vida, mas essa deve ser a mais esnobe. Aposto que deve ser bem bacana.

Enzo está dirigindo, e como sempre está indo rápido demais. Achei que ele fosse parar com isso depois de termos filhos, mas não mudou. E o fato de as crianças adorarem não ajuda.

– Será que daria pra você ir mais devagar? – murmuro ao passarmos por uma placa de 90 quilômetros por hora na rodovia.

Estamos no mínimo 30 quilômetros por hora acima do limite.

– Millie – diz ele. – Tá *todo mundo* nessa velocidade. Se a gente for mais devagar, os carros vão ter que desviar.

– Eu não dirijo depressa desse jeito – observo.

Ele dá uma piscadela para mim.

– É, mas você dirige feito uma velhinha.

– Dirijo, nada.

– Corrigindo: qualquer velhinha dirige mais depressa do que você.

161

Reviro os olhos.

– Muito engraçado.

– É verdade, mãe – intervém Nico. – As pessoas vivem buzinando pra você ir mais depressa.

Pelo visto, em (ou seria *na*?) Long Island não se pode andar a menos de 30 quilômetros acima do limite de velocidade.

Só que, quando estamos pegando a rampa para sair da rodovia, o barulho de uma sirene de polícia começa a soar atrás de nós. Enzo olha pelo retrovisor e murmura um palavrão em italiano.

– Tá de brincadeira – resmunga.

Ele para no acostamento, e resisto ao impulso de falar "Eu avisei". O policial sai do carro sem a menor pressa enquanto Enzo revira suas coisas em busca da carteira de motorista.

– O pai vai ser preso? – pergunta Ada com uma voz preocupada.

– Não – respondo.

– Seria bem legal – comenta Nico.

– É, mas não vai – insisto.

O policial tem 30 e poucos anos e não parece muito animado de estar trabalhando em um calor de 32 graus. Enzo abaixa o vidro e abre um sorriso encantador.

– Bom dia, seu guarda – diz ele, com um sotaque tão carregado que é difícil entender. – Algum problema?

– Habilitação e registro do veículo – ordena o policial com uma voz entediada.

Enzo lhe passa os documentos e fica aguardando o que o policial tem a dizer. Ele examina a habilitação de Enzo e por fim diz:

– Sabe a que velocidade o senhor estava, Sr. Accardi?

– Desculpa – diz Enzo. – Mas… está vendo o mostrador do combustível? O tanque tá quase vazio! Preciso ir rápido pra encontrar um posto antes de ficarmos sem gasolina!

O policial o encara durante um segundo enquanto coça a cabeça.

– Não é assim que funciona, o senhor sabe.

– Não? – Enzo lhe lança um olhar espantado que parece mesmo bem verdadeiro. – Eu não sabia!

– Não. Não é assim que funciona. – O policial torna a olhar para a habilitação, em seguida olha de novo para meu marido e para todos nós dentro do carro. – Tá, não quero estragar sua tarde em família. Vá colocar gasolina no seu carro. Não precisa correr tanto.

– *Grazie.* – Enzo sorri para o policial. – Um bom dia para o senhor.

É só depois de o agente ter voltado para a viatura e Enzo ter subido o vidro que ele me dá uma piscadela.

– É fácil demais.

Enzo nunca é multado. Sempre consegue se safar na base da lábia. Ou na base da *mentira*, conforme o caso. É espantoso o quanto ele é bom em dizer coisas que são cem por cento inverdades com uma expressão totalmente impassível.

Eu sempre soube que meu marido era um excelente mentiroso. Só que isso nunca me incomodou até eu começar a desconfiar que ele estivesse me escondendo alguma coisa.

TRINTA E SETE

Jonathan e Suzette chegaram antes de nós na praia. Embora provavelmente estivéssemos indo mais depressa, eles não foram parados pela polícia no caminho.

Deixamos o carro no estacionamento chique especial da praia particular, e quando salto do carro Jonathan e Suzette já estão se encaminhando para a entrada, protegida por um sujeito com pinta de fortão, de camiseta "mamãe sou forte" e sunga. Deve ser o equivalente de um segurança da praia.

Jonathan está carregando duas cadeiras de praia e um guarda-sol, enquanto Suzette tem uma bolsa de praia pequena pendurada no ombro. Jonathan parece o típico banhista em começo da temporada: um pouco branco demais, com uma certa pancinha pendendo para fora do calção, os pés brancos enfiados num par de chinelos e um boné cobrindo o cabelo ralo. Suzette, por sua vez, parece ter passado o inverno inteiro indo à praia. Exibe um bronzeado perfeito, usa óculos de sol Cartier equilibrados no nariz e está com um biquíni pequenininho que exibe um corpo espetacular.

Depois de dois filhos e do preço cobrado por mais de quarenta anos de força da gravidade, meu corpo não se parece nem um pouco com o dela. Mas, mesmo aos 25 anos, nunca me senti à vontade para me exibir pela praia vestida com um biquíni do tamanho de um lenço, então hoje estou usando um recatado maiô com uma saída de praia por cima. E, assim como

Jonathan, estou bem branca. Provavelmente não vou tirar a saída em momento algum, já que não sou muito chegada em nadar.

O segurança da praia está olhando para Suzette, metida naquele biquíni minúsculo. Na verdade, muita gente está olhando para ela. Até *eu* estou achando difícil não encarar um pouco. Quando é que ela arruma tempo para conseguir aquela barriga chapada? E imagino que não tenha nenhuma cicatriz de cesariana ou estrias que precise disfarçar.

Enzo está de camiseta e calção e carrega nosso equipamento de praia que tirou do porta-malas. Para ser sincera, eu não o culparia se ele também estivesse olhando para Suzette naquele biquíni minúsculo – ele é humano, afinal –, mas não flagro seu olhar descendo abaixo do pescoço dela.

– Millie! – exclama Suzette. – Que... que saída de praia interessante essa sua. Adoro como você acha que não precisa gastar uma tonelada de dinheiro numa roupa de praia. É a *sua* cara.

Se algum dia houve um elogio às avessas, foi esse. Mas a verdade é que não tenho como discordar. Arrumei a peça numa liquidação.

Embora Enzo não tenha ficado olhando para Suzette, não posso dizer o mesmo em relação a ela. Seus olhos azul-esverdeados e indiferentes percorrem o corpo dele, os lábios se franzem. E ele ainda nem tirou a camiseta.

Ainda nem chegamos na praia, e de repente minha vontade é voltar para casa. Mas imagino que seja melhor eu estar aqui do que deixá-lo sozinho com Suzette no seu microbiquíni.

– Acharam fácil a praia? – pergunta Suzette. – A gente ficou pensando se vocês teriam se perdido no caminho.

Nico não demora a abrir o bico.

– Meu pai foi parado pela polícia.

Enzo ri.

– Falaram que eu estava dirigindo muito depressa.

– Com certeza não estava. – Suzette balança a cabeça. – A polícia por aqui tem excesso de zelo.

– Bem, que bom que conseguiram chegar – diz Jonathan. Ao contrário da esposa, a frase dele não soa nada afetada. Ele parece feliz de verdade em nos ver. – Tudo bem com você, Nico? Estamos com saudade das suas idas lá em casa.

É gentileza de Jonathan dizer isso, embora na verdade eu saiba que eles estavam fartos de ter Nico em casa quebrando metade da sala deles.

Nico dá de ombros.

Quero dizer que ele está sendo mal-educado, mas quase não parece haver motivo para fazer isso. O mau humor de Nico piorou mais ainda ultimamente. Enfim resolvi ligar para a pediatra dele e o levei para uma consulta, mas, depois de auscultar o coração e os pulmões de Nico, a médica não teve muita coisa a acrescentar. Não recomendou terapia. Na verdade, disse a mesmíssima coisa que Enzo: "Meninos podem ser agressivos às vezes. Ele provavelmente ainda está se adaptando à mudança. É só dar tempo ao tempo."

– Onde estão os clientes que vamos encontrar? – pergunto a Suzette.

– Ah. – Ela dá de ombros. – Eles desmarcaram.

Enzo não parece nem um pouco surpreso, o que me faz pensar se havia mesmo algum cliente, para começo de conversa. Quer dizer, uma reunião *na praia*? Parecia muito uma invenção.

Mas não, estou sendo paranoica. Tenho certeza de que havia um cliente. As pessoas de fato desmarcam compromissos.

Suzette nos leva até a praia para encontrarmos o melhor lugar onde nos acomodar. Só que ela não consegue decidir qual é o lugar perfeito. Percorremos metade da praia, passando por vários lugares que parecem bastante adequados. Como o coitado do Jonathan está se esforçando para carregar as duas cadeiras e o guarda-sol, eu me ofereço para carregar o guarda-sol dele além do nosso. Suzette poderia se oferecer para carregar pelo menos uma coisa, mas não parece nem um pouco propensa a fazer isso. Mesmo assim, Jonathan leva a coisa toda com bom humor.

– Então tá – diz ela por fim, quando meus braços parecem prestes a cair. – Aqui parece bom.

Jonathan deixa as duas cadeiras caírem no chão, mas bem na hora em que está flexionando os braços ela diz:

– Peraí, talvez seja melhor a gente ir por ali. O sol é melhor daquele lado.

Jonathan está prestes a pegar as cadeiras de novo, mas para mim chega.

– Suzette, aqui tá perfeito. E eu não vou dar nem mais um passo!

Ela revira os olhos.

– Tá, tá bom. Mas, Millie, andar faz bem. Emagrece.

E um soco na cara dela, será que emagreceria? Porque pode ser que isso aconteça hoje.

Após arrumarmos nossas cadeiras e toalhas, pego o spray de filtro solar na minha bolsa de praia. Enzo sempre recusa, mas gosto de passar nas crianças, e com certeza em mim mesma também. Sou a única que se queima no sol, mas o filtro supostamente não previne câncer ou coisa parecida? Enfim, as crianças não têm escolha.

– Ai, Millie. – Suzette dá um arquejo ao me ver borrifando o spray em Ada. – Você não tá passando *filtro solar em spray* nos seus filhos, né?

É óbvio que sim.

– Tô...

– Bom, você sabe que o spray tem todo tipo de substância química nociva? – explica ela. – E agora o ar ficou tomado. Estamos basicamente *inalando filtro solar*.

Será que eu deveria ficar mais incomodada com o fato de estar inalando filtro solar? Por algum motivo, não estou.

– Hum...

– Além do mais, isso é inflamável – acrescenta ela.

Nico arregala os olhos.

– Tipo, a gente poderia *pegar fogo*?

– Você não vai pegar fogo por causa do filtro solar – afirmo.

Ele parece decepcionado.

Suzette leva à mão à própria bolsa e saca um tubo branco.

– Este é o melhor filtro solar do mercado. Só tem ingredientes naturais, *e é FPS 200*! Não dá para encontrar FPS 200 em nenhum lugar.

Por que cargas-d'água iríamos precisar de um filtro solar com FPS 200? Ela por acaso acha que vamos ter que atravessar um círculo de fogo para chegar na água?

Enzo tirou a camiseta, e não posso deixar de reparar no modo como Suzette esbugalha os olhos ao ver seu peito escuro e sarado. Adoro o fato de ter um marido bonitão e musculoso, mas às vezes também gostaria que ele se permitisse ficar gordo e fora de forma.

– Enzo, quer experimentar meu filtro solar? – pergunta ela.

Ele ri.

– Não preciso. Nunca fico queimado.

– É, mas passar filtro faz bem mesmo que você não fique queimado – retruca ela. – Previne câncer de pele, sabe?

– Ah, é? – diz Enzo, interessado, embora eu venha lhe dizendo a mesmíssima coisa na última década.

– Sim, é claro que faz bem – insiste ela, animada. – Pelo menos nos ombros você deveria passar. Vem, deixa eu te ajudar.

Minha boca se escancara enquanto vejo Suzette espremer um pouco do produto na palma da mão e em seguida começar a espalhar nos ombros do meu marido. Ela está mesmo fazendo isso? Está mesmo esfregando filtro solar no meu marido? Isso me parece altamente inadequado.

Olho para Jonathan, imaginando que vá parecer tão horrorizado quanto eu, mas ele está segurando o próprio tubo de filtro obscenamente caro, pelo visto feito para pessoas que vão passar as férias inteiras no sol, e espalhando a loção pelos braços. Então tenta passar um pouco nas costas, mas não consegue alcançar direito, e é claro que a esposa está ocupada esfregando as mãos de alto a baixo no meu marido.

– Já tá bom – diz Enzo quando a coisa já se estendeu por tempo demais. – Chega. Vai sair no mar, de todo modo.

– Ah, não – retruca Suzette. – Esse filtro é à prova d'água. Você poderia passar o dia inteiro nadando, e mesmo assim teria uma proteção de FPS 200.

Os olhos de Enzo se arregalam.

– Ah, é?

Estou farta de ouvir falar nessa porcaria de filtro solar.

– Ada – diz Suzette. – Quer experimentar o filtro?

Ada olha para o tubo, mas em seguida faz que não com a cabeça. Não a culpo. Ela é como Enzo, nunca se queima, e tenho certeza de que não quer espalhar o creme branco pelo corpo inteiro.

– Nico? – indaga Suzette.

Nico só faz encará-la. Não responde nada, mas lança um olhar muito frio para ela. Não sei se algum dia já o vi olhar assim para alguém, e a verdade é que isso faz um calafrio me percorrer a espinha. Então ele desvia o rosto para o outro lado e fico sem saber se imaginei a coisa toda.

As crianças querem entrar no mar, e Enzo fica feliz em levá-las. Eu teria achado que Suzette fosse o tipo de pessoa que quisesse ficar pegando sol na praia a tarde toda, principalmente depois da dificuldade que criou para decidirmos onde iríamos ficar, mas, assim que Enzo fala que quer entrar no mar, ela logo concorda em ir junto.

– Quer vir também, Millie? – pergunta Enzo para mim.

Faço que não com a cabeça.

– Vou ficar descansando aqui.

Jonathan esfrega um pouco de filtro solar ainda não espalhado sobre o osso do nariz. Começa a seguir Suzette, mas, antes de dar mais de dois passos, ela se vira e olha para ele.

– Não. Você fica aqui. Eu vou dar uma nadada.

Ele assente e, sem questionar, dá meia-volta e retorna para a cadeira de praia. Jonathan se acomoda e pega um livro em edição de bolso. Estico o pescoço para ver o título: *Madame Bovary*.

– Você não quer ir nadar? – pergunto a ele.

Ele acena com uma das mãos.

– Na verdade, não.

– Porque pareceu que estava indo para o mar antes de a Suzette te dizer pra não ir.

– Não faz mal.

Pode ser que não faça, mas eu acho esse comportamento mandão de Suzette enfurecedor, e, antes de conseguir me conter, disparo:

– É que não me parece que a decisão sobre você nadar ou não devesse ser dela.

Jonathan dá de ombros e sorri.

– Ela às vezes gosta de ter o próprio espaço. Como eu falei, não faz mal.

Andei me informando e descobri que Suzette não é tão bem-sucedida como corretora de imóveis. Mesmo assim, tem de longe a maior casa da nossa rua sem saída, numa cidade onde o preço dos imóveis é muito alto. É evidente que quem ganha todo o dinheiro para sustentar seu estilo de vida é Jonathan. Apesar disso, é ela quem fica mandando nele. Quer dizer, nem entrar no mar o homem pode? Que loucura.

– Tem muita água no mar – observo. – É o oceano Atlântico. Pra mim parece que vocês dois poderiam nadar sem incomodar um ao outro.

Ele coloca o livro no colo.

– *Você* quer ir nadar, Millie?

– Não, não é isso que estou dizendo.

Jonathan me encara com cara de quem não está entendendo. Será que não liga mesmo para o quanto Suzette manda nele? Eu gostaria de pensar que Enzo e eu somos participantes equivalentes em todas as decisões que tomamos, mas, pelo que percebi, na casa dos Lowells é Suzette quem parece tomar todas as decisões importantes.

Pensando bem, Enzo de fato sacou mil dólares da nossa conta conjunta sem me contar. Só que já devolveu o dinheiro. Tenho certeza de que estava falando a verdade quando disse que era para comprar equipamentos de trabalho. Tipo, 99 por cento de certeza.

A água azul transparente cintila ao sol. Meus dois filhos nadam bem, assim como Enzo: ele costumava levá-los ao centro esportivo quando eram pequenos e ensinou os dois a nadar antes de aprenderem a andar. Fico olhando suas duas cabecinhas escuras se balançando na superfície. Ada está perto de Enzo, e então Nico se afasta um pouco deles dois e...

Hum. Por que ele parece estar conversando com Suzette?

O que Nico poderia ter a dizer para Suzette? Parece estranho, especialmente depois daquele olhar fulminante que ele lhe lançou mais cedo. Queria saber sobre o que os dois estão falando, mas não estou nem de longe no raio de alcance da voz deles.

– Enfim, a gente não tá nem perto de ir embora – diz Jonathan. – Eu posso nadar mais tarde. Esse filtro solar vai durar horas. Na verdade, dias se eu precisar.

Consigo desgrudar os olhos do mar.

– Sério mesmo?

– Ah, sim, ele é excelente. – Ele põe a mão dentro da bolsa de Suzette e pega o tubo. – Quer um pouco?

– Claro – respondo.

Jonathan me passa o tubo. Não tenta passar o filtro nas minhas costas e ombros, o que é muito apropriado, visto que não é meu namorado nem meu marido. O tubo parece uma embalagem de filtro solar bem comum, embora eu deva admitir que tenha um cheiro bom.

Estou prestes a espremer um pouco do tal filtro solar mágico na palma da mão quando sou interrompida por um som vindo da direção do mar.

Alguém está gritando.

TRINTA E OITO

Tudo acontece muito depressa. Afogamento é coisa rápida.

Há uma grande comoção dentro do mar, mas não consigo ver grande coisa. Fico de pé num pulo e Jonathan faz o mesmo ao meu lado. O que quer que esteja acontecendo, é bem onde vi meus filhos nadando pouco antes. O salva-vidas desceu da sua cadeira alta e está correndo em direção à margem, mas ele acaba chegando tarde.

Enzo já está saindo da água com ela no colo.

No fim das contas, era Suzette quem estava quase se afogando. Ela está agarrada ao pescoço de Enzo enquanto ele a carrega heroicamente para fora do mar. Embora ela ainda esteja consciente, tem o rosto avermelhado e está tossindo. Por mais que eu fosse gostar de acusá-la de ter fingido se afogar, ela parece mesmo em apuros.

Enzo a coloca na areia e se ajoelha ao lado dela. O salva-vidas também se acocora ao lado, mas a atenção de Suzette está concentrada apenas no meu marido.

– Você tá bem? – pergunta Enzo a ela.

– Sim – responde ela num arquejo, então volta a tossir. – É que foi... foi muito assustador. Mas eu tô bem. – Ela estende a mão para a do meu marido. – Obrigada. Obrigada por ter me salvado. Você é o meu herói.

Ah, fala sério.

Olho para Jonathan, que não parece nem um pouco incomodado com o fato de um italiano incrivelmente sexy estar abaixado junto à sua esposa e de ela estar praticamente babando por ele. Ou vai ver está babando por quase ter se afogado.

– Tem certeza de que você tá bem, moça? – pergunta o salva-vidas.

– Tenho. – Ela consegue se levantar apoiada no cotovelo. – É que foi como se a minha perna tivesse se enroscado em alguma coisa, e comecei a ser puxada para baixo. Foi... foi aterrorizante.

– Vai ver foi alguma alga – sugere o salva-vidas.

– É – diz Suzette, embora não pareça convencida.

Concordo que não está claro como uma alga poderia puxar alguém para debaixo d'água, mas não tenho certeza de qual outra explicação poderia haver.

Ada e Nico saíram da água, e ambos parecem decididamente abalados com o incidente. Ada está abraçando o próprio corpo, e Nico está postado na areia a uns três metros de nós, com uma expressão inescrutável no rosto.

– Suzette, meu bem, acho que seria melhor se você fosse pra casa – diz Jonathan.

– Pode ser – responde ela. – Mas não quero estragar a diversão de todo mundo.

– Não se preocupe – diz Enzo.

É nessa hora que me dou conta de que ela ainda está segurando a mão dele. Ou melhor, ele está segurando a mão *dela*. Seja como for, as mãos dos dois estão muito entrelaçadas.

– Você precisa se cuidar – insiste ele.

– Você salvou mesmo a minha vida – diz ela. – Sério mesmo, fiquei com muito medo, e você... você me salvou.

– Não foi nada.

Enzo acena com a mão, mas está gostando de ouvir aquilo. Ele adora ser o herói. E dá para culpá-lo?

Ele ajuda Suzette a se levantar, e Jonathan estende a mão para ajudá-la também, mas ela não faz qualquer movimento na direção do marido. Acabamos arrumando todas as nossas coisas, pois todo mundo está muito abalado e a essa altura ficou difícil demais aproveitar um dia na praia. Enfim, *eu* ainda poderia ter me divertido, mas até as crianças parecem querer ir embora.

Infelizmente, como Enzo está ajudando Suzette, que dá a impressão de ter sofrido alguma espécie de torção na perna que a impede de andar, acabamos tendo que carregar a maior parte das coisas sozinhos. As crianças pegam uma cadeira cada uma, eu pego duas e consigo encaixar o guarda-sol debaixo do braço também. Não é fácil carregar tudo, mas damos um jeito de chegar nos carros.

– Obrigada mais uma vez. – Suzette ergue o olhar para Enzo enquanto ele a ajuda a mancar até o Mercedes de Jonathan e a coloca direto no banco do carona. – Você salvou minha vida.

E, ao dizer isso, ela encosta o braço no bíceps dele. O que sinceramente me parece um pouco desnecessário.

Do jeito que ela está encarando Enzo, sinto que, se o marido dela não estivesse a poucos metros dali, e se eu não estivesse parada fulminando-a com o olhar, os dois estariam se agarrando neste exato instante. Não que eu ache que Enzo fosse fazer isso comigo. Mas, se eu não existisse, quem sabe? Suzette é uma mulher muito atraente, e, embora eu não goste dela, Enzo não parece ter a mesma antipatia que eu.

– Cuidado na volta – diz ele para Suzette.

– Pode deixar! – retruca Jonathan num tom alegre. – E, mais uma vez, obrigado, Enzo! Obrigado por cuidar da minha mulher!

Ele está mesmo *agradecendo* ao meu marido por ter passado a mão na esposa dele?

Queria poder dizer que fico aliviada quando eles vão embora. No entanto, é difícil se livrar de alguém quando a pessoa mora bem ao lado da sua casa.

TRINTA E NOVE

– Como é que é? Você acha que eu deveria ter deixado ela se afogar, Millie? É isso que você queria?

Passei todo o final da tarde emburrada, desde que chegamos em casa da praia. Apesar de só termos passado menos de uma hora lá, tem areia por toda parte. Cada fresta do meu corpo parece conter alguns grãos. Mesmo depois de um banho de chuveiro, continuo me sentindo meio áspera.

Então, sim, estou mal-humorada. E, quando nos deitamos para nos recolher, não tive como não comentar sobre o resgate heroico de Enzo no mar.

– Eu não queria que você deixasse ela se afogar – resmungo. – Mas precisava salvar ela *daquele jeito*?

– Que jeito?

– De um jeito… – Eu me sento na cama e coço os dedos dos pés, onde ainda parece haver areia. – De um jeito tão… heroico?

Os lábios dele estremecem.

– *Heroico*?

– Quer dizer, ela poderia ter voltado sozinha pro carro. Ou o Jonathan poderia ter levado ela.

Ele dá de ombros.

– Ela queria que fosse eu.

– Aposto que sim. – Cerro os dentes. – E que *conveniente* o cliente ter desmarcado.

– Conveniente, nada. – Ele franze o cenho. – Eu queria conhecer o cliente. Quero esse trabalho.

– Você não pareceu surpreso quando eles não apareceram.

– Porque ela me contou hoje de manhã. Mas mesmo assim eu quis passar o dia na praia com você e as crianças.

– Tá certo.

Ele grunhe.

– Millie, isso está ridículo. Não entendo por que você tá tão chateada.

– Tá, então se algum bonitão me tirasse do mar e ficasse todo se babando por mim, você não ficaria nem um pouco incomodado?

– Não, não ficaria.

Se é verdade, isso me deixa ainda mais incomodada. Por que ele *não* sentiria ciúme se algum cara atraente estivesse dando em cima de mim?

– Porque eu *confio* em você – acrescenta ele antes de eu poder ficar mais irritada ainda. – E você pode confiar em mim. Sabe disso, não?

Sei mesmo? Antes de nos mudarmos para o número 14 da Locust Street, a resposta teria sido um sim retumbante. A quantidade de tempo que ele tem passado com Suzette Lowell, porém, me deixou desconfiada. Quer dizer, uma conversa sobre *roseiras* no meio da noite? *Sério mesmo?*

Mas Enzo é um homem bom. Nisso eu acredito, do fundo do coração.

Ele está me encarando à espera da resposta, e só há uma resposta certa.

– Sim, eu confio em você.

– Que bom. Agora se acalma. Se a Suzette aparecer assassinada, você vai ser a suspeita número um.

– Há, há.

Enzo estende a mão para apagar a luz. Ele chega mais perto e seu braço enlaça meu corpo. Ele está a fim, dá para notar, mas não consigo entrar no clima. Embora ele tenha tranquilizado algumas das minhas preocupações em relação ao que aconteceu na praia, uma delas ainda perdura, e não consigo me livrar dela por completo.

– Enzo.

– Xiu – murmura ele enquanto sobe a mão pela minha coxa. – Chega de falar da Suzette.

– Mas... como você acha que ela ficou presa debaixo d'água?

A mão dele para de repente.

– Como é que é?

– Quer dizer, ela disse que se enroscou em alguma coisa e que foi isso que a fez submergir – argumento. – No que você acha que ela se enroscou?

– Numa alga?

– Quer dizer que uma alga agarrou ela pela perna e puxou para debaixo d'água?

Ele tira a mão da minha coxa por completo.

– Sei lá. Vai ver foram umas crianças de brincadeira.

– Que crianças? Você viu alguma criança nadando onde ela estava?

Ele passa alguns instantes calado.

– Não tô entendendo. Com o que você tá preocupada?

– É que… – Seguro o cobertor com as mãos. – Você reparou que o Nico ficou conversando com ela? Tipo, logo antes dessa história toda de afogamento?

Ele semicerra os olhos.

– Não.

– Eu vi.

Dessa vez, ele se senta totalmente na cama. Eu não estava no clima antes, mas agora é seguro afirmar que ele também não está.

– O que você tá dizendo, Millie?

– Não tô dizendo nada. Só tô tentando entender o que aconteceu.

– Tá dizendo que o nosso filho tentou afogar a Suzette? É isso que você acha?

– Não – respondo, embora seja mais ou menos o que eu estivesse pensando.

Enzo não viu o jeito como Nico estava fuzilando Suzette com os olhos antes de eles entrarem no mar.

– Ah, que bom. Porque ele não fez isso.

– Você tem certeza?

– Tenho! – Ele me lança um olhar exasperado. – Eu vi o Nico. Ele não estava perto dela. Como já falei, foi uma alga ou alguma outra criança.

Só que ele está mentindo para mim. Tenho certeza. Porque eu mesma vi Nico ao lado de Suzette pouco tempo antes de ela afundar. Ele só está me dizendo o que acha que preciso ouvir. Mas o que eu quero é a verdade.

– Nico é um bom menino – afirma Enzo, obstinado. – Você não deveria se preocupar tanto. Faz mal pra sua pressão.

Só que não consigo deixar de pensar que, nesse momento, tenho problemas bem piores do que a minha pressão.

QUARENTA

Acordo às três da manhã, encharcada de suor.

Tive algum tipo de pesadelo. No sonho, estava flutuando no mar quando, de repente, a mão de alguém se fechava em volta do meu tornozelo e começava a me puxar para baixo d'água. Eu gritava, tentando me soltar, mas a mão continuava a puxar e a puxar, e eu de fato acabava afundando na água.

Foi nessa hora que acordei.

Já faz uma semana desde nossa tentativa de dia na praia que deu errado, e sinto que as coisas não têm sido as mesmas desde então, embora não consiga identificar muito bem por quê. Enzo tem se mostrado distante a semana inteira, mas não é algo que eu possa cobrar porque ele na verdade não está fazendo nada de errado. Parece apenas estranhamente distraído.

O céu está claro nessa noite e o luar entra pela janela do quarto. Rolo a cabeça para o lado, esperando ver meu marido dormindo profundamente ao meu lado. Só que não é o que eu vejo.

Enzo não está dormindo profundamente. Na verdade, ele nem sequer está na cama.

Que história é essa?

Eu me sento ereta na cama, totalmente desperta. Sou eu quem vive acordando no meio da noite, enquanto Enzo tem o sono pesado. Não sei nem se algum dia já acordei e não o vi ao meu lado na cama. Onde ele poderia estar? No banheiro?

Consigo ver perfeitamente o banheiro da suíte principal: ele não está lá.

O ruído de um motor de carro chama minha atenção. Corro até a janela, e minha boca se escancara ao ver a caminhonete do meu marido encostando na frente de casa. O que ele estava fazendo dirigindo pelo bairro no meio da noite?

Enquanto ele estaciona, a cabine da caminhonete está fora do meu campo de visão, então não consigo vê-lo saltando. E o que é ainda mais importante: não consigo ver se estava sozinho lá dentro. Não sei o que seria pior: ele ter saído de carro sozinho no meio da noite ou ter saído com alguém.

Quem estou tentando enganar? *Com alguém* com certeza é pior.

Os passos do meu marido vão ficando mais altos conforme ele sobe a escada que leva ao primeiro andar. Ele está andando devagar, tentando não fazer muito barulho. Está torcendo para não me acordar. Torcendo para que, ao entrar no quarto de novo, eu esteja apagada e não tenha percebido nada.

Ele que se prepare para ter uma surpresa.

A porta do quarto se entreabre. Enzo espicha a cabeça para dentro e seus olhos se arregalam quando me vê sentada na cama.

– Millie – diz ele. – Ah, oi.

– Onde você estava? – pergunto, ríspida.

– Eu fui... – Ele olha por cima do ombro na direção do corredor. – Estava com sede. Só desci pra beber um pouco d'água.

– De calça jeans?

Ele baixa os olhos para o jeans e a camiseta. Também está de meias, que nunca usaria para dormir. Está na cara que, entre a hora em que foi para a cama e este momento, ele vestiu uma roupa.

Antes de ele conseguir inventar outra desculpa, digo:

– Eu vi sua caminhonete encostar na frente da casa. Então me diz de novo: onde você estava?

– Desculpa. – Ele esfrega a nuca. – Não estava conseguindo dormir, então fui dar uma volta. Não queria te incomodar nem te deixar preocupada.

– Foi dar uma volta?

– É.

– Aonde você foi?

Ele dá de ombros.

– Só dar uma volta pelo bairro.

– Sozinho?

Ele faz que sim.

– Sozinho.

Eu me lembro do jeito como ele sorriu para o policial que o pegou acima do limite de velocidade e mentiu na cara dura. Conheço Enzo faz tempo, mas, se já não soubesse a verdade naquele dia, jamais teria percebido que ele estava mentindo. E, ao olhar para ele agora, realmente não sei dizer. Será que ele foi só dar uma volta de carro porque não estava conseguindo dormir?

Ou será que estava fazendo algo mais sinistro?

– Você não deveria se preocupar – diz ele para mim. – Não foi nada. Só uma voltinha de carro. E eu já voltei. – Ele deixa escapar um bocejo alto. – E deu certo. Agora estou cansado.

Ele tira a calça jeans, em seguida despe a camiseta. Tira as meias uma por uma e as joga no cesto de roupa suja. Então sobe na cama ao meu lado e me envolve nos braços.

– Vai dormir, Millie – murmura ele. – Tá tarde.

Eu quero dormir. Estou cansada e tenho muito trabalho no dia seguinte. Queria poder fechar os olhos e me deixar levar pelo sono como ele parece estar fazendo. Queria mais do que tudo fazer isso.

Só que é muito difícil dormir com o perfume de outra mulher fazendo cócegas nas suas narinas.

QUARENTA E UM

Enzo está me traindo.

Não consigo pensar em mais nada durante o trajeto de carro de volta do trabalho, embora o trânsito esteja fluindo maravilhosamente bem na Long Island Expressway, para variar. Faz duas noites desde que Enzo se esgueirou para fora de casa no meio da noite. Dois dias desde que chegou em casa fedendo ao que tenho quase certeza ser o perfume de Suzette. E não consigo tirar isso da cabeça.

Enzo está se comportando como se estivesse tudo bem. Mantém sua história sobre a volta aleatória de carro no meio da noite. Não fez nenhuma confissão chorosa sobre uma noite de paixão com Suzette. E não voltei a sentir nele o cheiro do perfume dela.

Não paro de tentar pensar numa explicação inocente, mas não consigo. Quando Enzo e eu fomos nos deitar naquele dia, ele não estava cheirando a perfume. É lógico que se levantou durante a noite, foi a algum lugar com ela no carro e ficou sumido até as três da manhã, depois voltou e fingiu que nada tinha acontecido.

Quando chego em casa, a caminhonete de Enzo está estacionada na frente. Bom, pelo menos ele está em casa agora. Talvez eu devesse conversar com ele sobre o assunto. Mesmo não havendo uma explicação inocente, talvez seja melhor pôr tudo às claras e pronto. Nunca quis ser o tipo de esposa que precisa fingir não perceber que o marido está pulando a cerca.

Quando entro, os sapatos das crianças estão espalhados por todo lado perto da porta da frente, é óbvio que os dois estão lá em cima. No entanto, não vejo as botas de Enzo. Então o carro dele está parado em frente à casa, mas ele não está aqui.

Deve estar com Suzette.

Cerro os dentes. Estou *muito* de saco cheio dessa mulher. Muito de saco cheio de Enzo viver correndo para a casa dela para trabalhar no quintal. Tive que assistir ao meu marido resgatá-la do mar quando ela provavelmente nem estava se afogando, para começo de conversa. Aposto que ela inventou essa história toda. Afinal, quem é que é puxado para o fundo do mar por *algas*?

Chega de ser a boa vizinha. Vou dizer a essa mulher o que acho dela de uma vez por todas. E depois vou trazer meu marido para casa.

Não me dou ao trabalho de tirar os sapatos. Bato a porta da frente, torno a sair e pisoteio nossos dois gramados recém-aparados até chegar ao número 12. Cravo o polegar na campainha e deixo tocar bem mais tempo do que o necessário.

Ninguém atende.

Toco uma segunda vez, e obtenho o mesmo resultado. O interior da casa está em silêncio. Nenhum passo vindo atender... Nada. E não ouço o barulho dos equipamentos de Enzo no quintal dos fundos.

E se eles não ouvirem a campainha porque estão ocupados? E se estiverem lá em cima no quarto de Suzette fazendo...

Ai, meu Deus. Não quero pensar nisso.

Por impulso, levo a mão à maçaneta. Não esperava que ela fosse girar, mas é o que acontece. Giro a maçaneta para a direita até o fim e me apoio na porta para abri-la.

Entro no hall do casarão dos Lowells. Tudo parece... silencioso. Não ouço nenhuma cama rangendo no andar de cima, com certeza.

– Suzette? – chamo. – Enzo? – emendo em seguida, com um rosnado baixo.

Mais uma vez, ninguém responde.

Atravesso o hall. Tudo continua em silêncio. Realmente não parece haver ninguém em casa. Mas, ao entrar na sala, reparo em outra coisa. É um cheiro peculiar. Um cheiro que passei a conhecer muito bem.

É um fedor de sangue.

Por que essa casa está com cheiro de sangue? E não é pouco. O cheiro domina o ambiente. Da última vez que estive aqui, a casa tinha aroma de lilases ou coisa parecida.

– Suzette? – chamo, e dessa vez minha voz sai um pouco trêmula.

Baixo o olhar, e é então que vejo, do outro lado da quina da escada. Um pé esticado, um corpo sem vida no chão. Um par de olhos vazios encaram o teto e uma poça de sangue se espalha lentamente pelo chão da sala. Reconheço na hora o que estou vendo, e é preciso reunir toda a minha força para não desabar no chão.

Aquele é Jonathan Lowell.

E alguém cortou a garganta dele.

PARTE II

QUARENTA E DOIS

Preciso ligar para a emergência. *Agora.*

É claro que não há como salvar Jonathan Lowell. Ele está mortinho da silva. Mas o que me assusta ainda mais é o fato de ainda estar saindo sangue do pescoço dele. Isso significa que quem o matou, seja lá quem foi, fez isso há pouquíssimo tempo.

Será que o responsável ainda está aqui?

Uma porta bate em algum lugar dentro da casa. Parece a porta dos fundos. Será alguém saindo da casa? Ou voltando para se livrar das testemunhas?

Tateio meus bolsos em busca do celular. Tudo que consigo encontrar são minhas chaves de casa. Então me lembro: fiz uma ligação ainda no carro, depois larguei o telefone na bolsa. Que no momento está lá na minha casa. Não sei se Jonathan tem um celular no bolso que eu pudesse usar, mas não há chance alguma de eu tocar nele. Preciso voltar para minha casa e chamar a polícia.

Tento não pensar na possibilidade de o assassino ter fugido para a casa ao lado, a casa onde moram meus filhos, mas me pego dando meia-volta e saindo correndo em direção à porta da frente, sem nem olhar para trás. Traço uma reta saindo da casa e indo até a minha. Só paro de correr quando chego à minha porta, então entro e a bato atrás de mim.

Quando entro, a primeira coisa que ouço é o barulho de água correndo na cozinha. Então ouço os xingamentos em italiano: meu marido chegou. Pelo menos ele vai saber o que fazer nessa situação.

Já estive em situações como essa antes, e ele é uma das poucas pessoas em quem posso confiar.

Quando chego na cozinha, Enzo está curvado por cima da pia lavando as mãos. Mais uma vez, ele murmura um palavrão. Quando me aproximo, vejo de relance o líquido vermelho-escuro rodopiando em volta do ralo.

O que ele está lavando das mãos?

– Enzo?

Ele olha por cima do ombro.

– Millie, me dá só um segundo. Eu escorreguei e cortei a mão com o podão. *Stupido.*

Só que não vejo corte nenhum na mão dele. Tudo que vejo é uma porção de sangue descendo pelo ralo.

– Algum problema? – pergunta ele para mim.

Abro a boca para lhe contar a coisa horrível que acabo de ver, Jonathan Lowell morto na casa ao lado da nossa. Mas, quando ele se vira e revela o sangue cobrindo toda a sua camiseta branca, tenho uma sensação horrorosa de que Enzo já sabe.

– Millie?

Ao longe, o barulho das sirenes vai ficando mais alto. Só que não cheguei a chamar a polícia. Por algum motivo, estão vindo mesmo assim. Por algum motivo, a polícia sabe o que aconteceu.

Enzo franze as sobrancelhas escuras.

– Millie? O que tá acontecendo?

– Jonathan Lowell está morto – consigo dizer. – Alguém esfaqueou ele.

– *O quê?*

Não tive certeza se ele estava mentindo dois dias atrás, quando desapareceu do nosso quarto no meio da noite. Mas, nesse momento, Enzo parece de fato estarrecido. Eu quase poderia jurar pela minha própria vida que ele está chocado com o que estou lhe contando.

Quase.

Enzo olha para a própria camiseta, toda salpicada de sangue ainda úmido. Ao erguer o olhar de novo e ver minha expressão, ele dá um passo para trás.

– Eu te disse que me cortei. Esse sangue é meu. O *meu* sangue.

As sirenes agora estão bem mais altas. A viatura da polícia vai chegar a qualquer momento.

– Troca de camiseta – digo para ele.

Enzo passa alguns instantes parado, mas por fim assente. Sobe correndo para se livrar da camiseta suja de sangue. E de qualquer outra coisa de que precise se livrar.

QUARENTA E TRÊS

Ao longo dos vinte minutos seguintes, cada vez mais policiais chegam na casa dos Lowells.

Instruímos as crianças a ficarem nos respectivos quartos, no andar de cima, pois não queremos que elas vejam o que está acontecendo lá fora. Em algum momento, vão descobrir que nosso vizinho foi assassinado, mas quero adiar isso o máximo possível. Acabo preparando umas pizzas de bagel no micro-ondas e deixo os dois comerem, cada um em seu quarto.

Fico assistindo ao espetáculo pela janela. Suzette chega em casa cerca de meia hora depois da polícia, e vejo quando um homem que parece ser um investigador lhe dá a notícia. Ela cobre os olhos e começa a soluçar, embora na minha opinião pareça fingimento. Ela não está nem um pouco abalada com o fato de o marido estar morto.

Em algum momento, a polícia vai chegar na nossa casa para fazer perguntas. Mas isso ainda não aconteceu. E, quando essa hora chegar, não sei ao certo o que dizer.

Enzo e eu ficamos sentados diante da mesa da cozinha, encarando as pizzas de bagel que preparei para nós. Na melhor das situações, elas já não seriam nada apetitosas. O queijo não está derretido de um dos lados e do outro está derretido demais. Mesmo se fosse uma refeição gourmet, porém, eu não teria sido capaz de comer nenhum pedaço.

– Não estou entendendo – digo para Enzo. – O que aconteceu lá? Você estava na casa deles?

– Não! – exclama ele. – Não cheguei a entrar na casa. Estava do lado de fora. Trabalhando.

– E não escutou nada?

– Não, mas você sabe como o meu equipamento é barulhento. Não escutei nada vindo de dentro da casa.

Olho para as mãos de Enzo, unidas sobre a mesa da cozinha.

– Cadê o corte?

– Quê?

– Você me disse que tinha cortado a mão – lembro a ele. – Por isso estava sangrando por toda parte, *lembra*? Então, cadê?

Ele estende a mão esquerda. Nem consigo ver de cara, mas ao olhar mais de perto reparo no corte na palma.

Vou dizer logo de uma vez: não há hipótese alguma de esse corte ter produzido tanto sangue.

– Cortes na mão sangram muito – diz ele num tom defensivo. – Tem muitos vasos sanguíneos.

– Não está mais sangrando.

– Bom, agora *parou*.

Não sei o que dizer. Quero acreditar nele. Quero muito, mesmo. Porque, quando penso em Jonathan Lowell caído no chão da sala com a garganta cortada de um lado a outro, não quero pensar no fato de o meu marido poder ser o responsável por fazer uma coisa daquelas.

Se fez, ele é uma pessoa muito diferente de quem eu pensava que fosse.

Antes de eu conseguir formular mais alguma pergunta, a campainha da porta toca. Mesmo que já estivéssemos esperando, nós dois nos sobressaltamos. Enzo parece apavorado quando agarra meu braço.

– Millie – diz ele num grasnado. – Não fala pra eles sobre o sangue na minha camiseta. Tá bom?

Eu me desvencilho da sua mão e me levanto da cadeira pra atender à porta. Não tenho intenção alguma de contar à polícia sobre a camiseta dele. Não fui eu quem lhe disse para trocar de roupa?

O mesmo investigador que deu a notícia a Suzette está parado em frente à porta. Tem cerca de 40 anos, cabelo bem cortado já meio grisalho e está usando um sobretudo bege por cima de uma camisa branca e de uma gravata vermelho-escura. Já conheci vários investigadores ao longo dos anos, mas algo no fundo da minha mente me diz para não confiar naquele. Mas, pensando bem, eu me sinto assim na presença de muitos policiais.

– Sra. Accardi? – O sotaque do investigador parece mais do Queens do que de Long Island. – Investigador Willard. A senhora tem um minuto?

Assinto sem dizer nada.

– Tenho.

– Posso entrar? – pergunta Willard.

Essa não é minha primeira experiência com a polícia, por isso sei que é um erro convidar um agente para entrar em casa. Se eu lhe disser que tudo bem, ele vai poder vasculhar o local. E, quando penso na camiseta toda ensanguentada que meu marido tirou pouco tempo antes, preferiria que não fizesse isso.

– Na verdade, meus filhos estão em casa. Então eu preferiria ficar aqui na varanda.

– Como a senhora quiser – diz Willard.

Acendo a luz da varanda e vamos os dois para lá. Os mosquitos estão rondando, e fico com vontade de ter passado um repelente, mas mesmo assim não vou convidar aquele homem a entrar na minha casa. Prefiro ser devorada viva.

– Então, não sei se a senhora ficou sabendo o que aconteceu.

Ele está observando cuidadosamente a minha expressão. Não importa o que eu diga sobre esse investigador, inteligente ele é. Decido ser honesta em relação ao que aconteceu.

– Eu, hã... faço uma boa ideia... – Dou um pigarro. – Fui lá falar com a Suzette e vi o Jonathan caído no chão, e ele estava... – Preciso fechar os olhos para tentar afastar a lembrança. – Voltei pra casa pra pegar meu celular e ligar para a emergência, mas aí escutei as sirenes da polícia.

Willard aquiesce.

– Foi sua vizinha Janice Archer quem chamou. Ela disse que ouviu uma gritaria dentro da casa.

Janice... é claro. Sempre de olho. E ela tem uma visão perfeita da frente do número 12.

– Ela disse que viu a senhora entrar na casa depois de ela chamar a polícia – diz ele. – E que a senhora saiu logo em seguida.

Graças a Deus decidi dizer a verdade. Como Janice viu tudo, pelo menos agora ela confirmou minha versão. Vai ser bom, só dessa vez, não ser uma suspeita de assassinato.

– Ela também me contou que o seu marido entrou pela porta da frente umas duas horas antes da confusão – continua Willard. – E ela nunca o viu ir embora, ou seja, ele saiu pela porta dos fundos, que ela não consegue ver da casa dela.

– Meu marido é paisagista. Ele trabalha bastante no quintal deles. É só um trabalho.

– A Sra. Archer disse que ele frequenta muito a casa dos Lowells – diz Willard. – Em especial quando o Sr. Lowell não está.

Tá. Uau.

– Isso não é... – Eu me controlo e lembro a mim mesma que o investigador está procurando uma reação minha. E isso não vou lhe dar. Ele não me fez sequer uma pergunta direta, de modo que não lhe devo uma resposta. – A Sra. Archer é uma enxerida. Não está acontecendo nada entre os dois.

– Ah, é? A senhora tem certeza?

– Tenho – respondo, tensa.

Willard ajeita a gravata vermelha.

– Conhece alguém que pudesse querer machucar Jonathan Lowell?

– Eu não conhecia ele muito bem.

– E o seu marido?

– Meu marido jamais faria uma coisa dessas! – disparo. – Isso é a coisa mais ridícula que eu já escutei!

Um sorriso soturno faz estremecer os lábios finos do investigador.

– Eu só ia perguntar se o seu marido conhecia bem o Sr. Lowell.

– Ah. – Sinto as faces quentes. – Não. Eu... acho que não.

– E a Sra. Lowell? – A pergunta subliminar é evidente. – Ele conhecia bem *ela*?

– Não tão bem.

– Apesar de estar na casa o tempo todo?

– *Trabalhando.*

Fico furiosa comigo mesma por permitir que o investigador me perturbe dessa forma. Dez anos atrás, eu nunca teria deixado isso acontecer. Ter virado esposa e mãe me fez amolecer.

193

– Bom – diz Willard. – Talvez então seja melhor eu conversar com seu marido. A senhora se importa em chamá-lo?

Respiro fundo para me acalmar.

– Chamo, sim. Só um instante.

Volto a entrar em casa e fecho a porta depois de entrar, deixando o investigador na varanda da frente. Eu me apoio na porta e me demoro um instante ali, inspirando e expirando. O investigador Willard me desestabilizou. Quando olho para minhas mãos, vejo que estão tremendo.

Por fim, consigo me controlar o suficiente para entrar na cozinha. Enzo continua sentado ali, com as pizzas de bagel frias formando uma pilha intocada na frente dele. Ergue o olhar para mim quando adentro o recinto.

– E aí? – pergunta.

– O investigador quer falar com você.

O medo toma conta de seus belos traços. Ele me olha como se eu tivesse dito que vai ser conduzido para a frente de um pelotão de fuzilamento. Mesmo assim, se levanta da cadeira e caminha até a porta da frente para falar com o investigador.

QUARENTA E QUATRO

Enzo não quer me dizer muita coisa depois da conversa com o investigador.

Não sei sobre o que os dois conversaram. Encostei a orelha na porta da frente para tentar escutar, mas a porta deve ser tão isolada acusticamente quanto aquele quartinho escondido, pois não consegui escutar uma única palavra. Pelo menos o investigador não levou meu marido embora algemado.

Depois de Willard sair, subi para procurar a camiseta suja de sangue. Só que não a vi no cesto de roupa suja. Não a vi em lugar nenhum.

Fico imaginando o que Enzo fez com ela.

Como praticamente deixamos as crianças presas nos quartos, depois que elas acabam de comer decidimos fazê-las descer até a sala para falar sobre o que aconteceu. Afinal, não vamos ter como esconder o fato de que o nosso vizinho de porta foi assassinado. Elas sabem que tem alguma coisa acontecendo.

Ambas se sentam no sofá. Ada me encara intensamente com os grandes olhos escuros e Nico se remexe tentando achar uma posição confortável. Esse menino nunca parece conseguir ficar sentado quieto. Também não consigo deixar de reparar que ele está evitando contato visual.

Eu me sento ao lado dele no sofá e Enzo se acomoda na poltrona. Não sei ao certo qual de nós dois deveria iniciar a conversa, mas, como Enzo tem uma expressão petrificada, como se ainda estivesse abalado com qualquer que tenha sido a conversa com o investigador, tenho a sensação de que isso cabe a mim.

– A gente quer falar com vocês sobre o que está acontecendo na casa ao lado – começo. – Imagino que tenham visto os carros da polícia.

Ada assente com seriedade enquanto Nico se remexe.

– Lamento contar isso, mas o Sr. Lowell foi... Alguém matou ele.

Eles não precisam saber os detalhes. Não precisam saber como o encontrei em meio a uma poça de sangue, degolado. Essa versão higienizada já é ruim o suficiente.

Como era de se esperar, Ada cai em prantos. Nico abaixa a cabeça e não diz nada.

– Não quero que fiquem com medo – digo. – A pessoa que fez isso com ele... Essa pessoa não vai querer machucar nossa família. Isso não tem nada a ver com a gente.

Não temos nenhuma prova disso, claro. Não fazemos ideia de quem matou Jonathan Lowell. Mas não acho que haja nada de errado em tranquilizar duas crianças de que a vida delas não corre perigo.

– Vocês estão bem? – pergunto aos dois com delicadeza.

Ada enxuga os olhos.

– Eles sabem quem foi que matou ele?

Não posso dizer as palavras que estão na minha cabeça: *a polícia acha que pode ter sido o pai de vocês*. Passo o braço em volta dos ombros dela.

– Logo vão saber. Não precisa se preocupar.

Nico está reclinado para trás no sofá, com o rosto tomado por uma expressão que não consigo interpretar bem. Eu me lembro da frieza dele quando seu amado louva-a-deus bateu as botas. Foi... perturbador. Mas essa situação é diferente. Dessa vez, foi um *ser humano*. Além do mais, Nico passou um tempo indo lá fazer pequenos serviços na casa. Ele conhecia os Lowells. Seu cérebro deve estar um caos no momento.

Mas a verdade é que ele não parece nem um pouco abalado.

Mandamos as crianças voltarem para os respectivos quartos. Ada extrai de nós dois garantias de que vamos subir para dar boa-noite, mas Nico não fala muito.

Espero ouvir a porta dos dois quartos se fechar antes de me virar para meu marido.

– Você acha que eles estão bem?

Enzo mal me disse uma palavra desde que o investigador foi embora. Continua com a mesma expressão vidrada nos olhos.

– Enzo?

Ele vira a cabeça e olha para mim.

– Millie, não fui eu quem matou ele. Você sabe disso, não sabe?

Estou na outra ponta do sofá e poderia me deslocar para ficar mais perto da poltrona, mas não faço isso.

– Sei.

– Eu cortei a mão – insiste ele. – Estava saindo sangue.

– Certo. Foi o que você falou.

– E eu não estava te traindo com a Suzette – acrescenta ele.

– Tá bom.

A polícia já desconfia dele com base no que Janice falou. E eles nem sabem as coisas que eu sei. O sangue nas mãos dele. O modo como saiu de fininho de casa na outra noite e voltou cheirando ao perfume de Suzette.

Ele me deu explicações para todas essas coisas, nenhuma das quais eu engoli. Não vou repetir nada disso para a polícia. O que não quer dizer que possa esquecer o que aconteceu.

– Millie, por favor. – A voz dele falha. – Preciso que acredite em mim. É importante. Eu não fiz isso.

– Tá bom. Acredito em você.

– Jura?

– Juro – digo baixinho.

Está vendo? Sei mentir tão bem quanto ele.

QUARENTA E CINCO

Somos acordados no dia seguinte de manhã pelo barulho do telefone de Enzo tocando.

Esfrego os olhos enquanto ele tateia em volta para encontrar o celular em cima da mesinha de cabeceira. Ouço seu "alô" sonolento. Então o corpo dele se enrijece.

– Sim – diz ele no aparelho. – Posso passar na delegacia. Só preciso... preciso reagendar umas coisas e... Sim, ela pode ir também. Só precisamos despachar as crianças para a escola, mas... Sim, está bem. Estarei lá. – Enzo desliga o telefone, e nunca o vi tão desperto a essa hora do dia. – Era o investigador Willard. Ele quer que a gente passe na delegacia. Pra conversar.

E agora estou igualmente desperta.

– Ele disse mais alguma coisa?

– Não. Só isso.

Mais uma vez, sei por experiência própria que nos pedir para comparecer à delegacia não é boa coisa. Ele quer garantir que tudo que dissermos fique registrado.

Fico pensando se terão descoberto mais alguma coisa.

– Acho que a gente deveria ligar pro Ramirez – digo.

Enzo dá um suspiro.

– Não quero incomodar o Ramirez. E ele não se aposentou?

– Disse que ia se aposentar da última vez que a gente se falou, mas aposto que não fez isso.

Ele hesita apenas por um segundo.

– Tá. Liga pra ele.

Enzo e eu não temos muitos amigos próximos, mas um dos mais chegados é Benito Ramirez, um investigador da polícia de Nova York. Eu o conheci durante um período sombrio da minha vida, no qual fui acusada de algo terrível que não tinha feito, e ele se desdobrou para garantir que todas as acusações fossem totalmente retiradas. Desde então nos tornamos bons amigos e ajudamos um ao outro sempre que podemos. Quando Ada nasceu, nós o convidamos para ser padrinho dela. Ele é o maior workaholic que conheço, mais ainda do que Enzo, mas já convivemos bastante ao longo dos anos, e ele sempre deu presentes para os afilhados no Natal e nos aniversários dos dois.

Além do mais, ele é a única pessoa que talvez fique feliz em ter notícias minhas a essa hora da manhã.

Seleciono o nome de Ramirez na minha lista de contatos. Enzo mantém os olhos escuros cravados em mim enquanto faço a ligação. Dois toques, e então a conhecida voz rascante do investigador enche meus ouvidos.

– Millie? – diz ele, soando tão desperto quanto eu. – É você, Millie Calloway?

Ele é a única pessoa a ainda me chamar pelo meu sobrenome de solteira, embora eu já use Accardi há uma década.

– Sim, sou eu.

– Então imagino que esteja com algum tipo de problema – diz ele.

Mas não fala num tom zangado. Parece mais estar achando graça.

– Estamos numa certa situação – admito, e, apesar de a única pessoa presente no recinto ser Enzo, baixo a voz. – A gente se mudou pra Long Island, como te contei na nossa última conversa.

– Certo! Você agora é uma garota de Long Island! Anda escutando muito Billy Joel? Jantando fora toda noite?

– Benny, o meu vizinho acaba de ser encontrado assassinado.

Isso o faz parar de falar.

– Meu Deus do céu, Millie. Sinto muito por ouvir isso, mesmo. Qual é a situação?

Conto toda a história sobre como encontrei Jonathan morto ontem na própria casa. Conto também sobre o investigador Willard e sobre termos sido convocados para ir à delegacia nesta manhã. Começo a contar sobre o sangue nas mãos de Enzo, mas meu marido me lança um olhar e então fecho a boca. Não é que ele não confie em Ramirez, mas… bom, ele é policial.

Quando termino de contar o que aconteceu, ele deixa escapar um assobio baixo.

– Uau. É uma história e tanto. Mas eles não têm nenhum motivo real pra desconfiar de você ou do Enzo, têm?

– Não…

– Então vão à delegacia e conversem com a polícia. Se alguma coisa começar a soar esquisita, não falem nem mais nenhuma palavra. Aí arrumam um bom advogado.

Um bom advogado. Fico pensando em quanto isso iria custar.

– Benny, não sei se a gente tem como pagar um advogado neste momento.

– Tá, mas eles precisam dar um pra vocês. Não podem interrogar vocês se disserem que querem um advogado.

Vai ser algum defensor público que talvez não faça ideia do que está fazendo. Da última vez que tive um defensor público, acabei presa por dez anos. Mas é melhor do que nada. Acho.

– Enquanto isso, vou assuntar por aí e ver o que consigo descobrir – diz ele.

– Você continua trabalhando pra polícia de Nova York? – pergunto. – Estava falando em se aposentar.

Ele bufa.

– É, bom, ainda estou aqui. Se eu fosse casado, minha mulher estaria uma fera.

Faço um joinha para Enzo. Ele assente e sai andando na direção do banheiro. O chuveiro é ligado, e é só nessa hora que digo depressa:

– Benny, Enzo estava com as mãos todas sujas de sangue quando chegou em casa ontem à noite.

Faz-se um longo silêncio do outro lado da linha.

– Com as mãos sujas de sangue?

– Ele disse que se cortou.

– Pode ser que tenha se cortado mesmo.

Balanço a cabeça.

– Sei lá…

– Millie, se tem uma coisa que eu sei sobre Enzo Accardi é que ele é um homem bom. Não acho que fosse matar ninguém. Mas, se matasse, seria por um motivo muito bom.

Isso não é falso.

– Sem reações exageradas – aconselha ele. – Seu vizinho acaba de ser assassinado. É claro que a polícia vai querer interrogar vocês. O quanto antes encontrarem a pessoa que fez isso, mais rápido tudo vai acabar. – Ele faz uma pausa. – Mas não diz nada sobre o sangue nas mãos dele.

Se eu tivesse ganhado uma moeda de dez centavos toda vez que menti para a polícia, não precisaria me preocupar com as prestações da casa própria.

QUARENTA E SEIS

Eu vinha pensando em deixar as crianças em casa hoje, sem ir para a escola, mas, se tanto Enzo quanto eu vamos à delegacia, isso não vai ser possível. Não vou levar meus filhos para uma delegacia de polícia. Meu desejo é que nenhum dos dois jamais precise pôr os pés numa delegacia na vida. (A não ser, quem sabe, numa excursão escolar. Acho que nesse caso tudo bem.)

Até mesmo Nico consegue se aprontar para a escola sem grandes protestos ou dificuldade. Os dois estão calados enquanto engolem algumas colheradas de cereal, algo pouco característico, mas parece apropriado, considerando a gravidade do ocorrido. Não ando acompanhando os dois até o ponto de ônibus de manhã, mas faço isso hoje, só para me certificar de que tudo corra bem.

Infelizmente, Janice e Spencer estão esperando no ponto quando chegamos. Janice está usando a camisola e as pantufas de sempre, e é preciso todo o meu autocontrole para não fechar os dedos em volta do pescocinho magrelo dela. Essa mulher basicamente disse à polícia que acha que meu marido matou um homem. Não é bem um comportamento bacana entre vizinhos.

Não trocamos sequer uma palavra enquanto esperamos o ônibus chegar. E por mim tudo bem.

– Mamãe – diz Nico. Ouvir isso me deixa emocionada, porque há anos ele não me chama assim. – Preciso mesmo ir pra escola hoje?

Queria poder mantê-lo comigo, bem pertinho de mim. Só que é impossível.

– Desculpa, meu bem. Tem uma... uma coisa que eu preciso fazer.

– Posso ir com você?

– Hã... Infelizmente, não.

Seu lábio inferior estremece de leve. Faz muito tempo que Nico não chora em público, mas fico com medo de isso estar prestes a acontecer.

– Sinto muito – digo depressa. – Mas vou estar em casa quando você chegar da escola. Prometo.

– Posso brincar com o Spencer? – pergunta ele, esperançoso.

Os olhos de Spencer se iluminam com essa sugestão.

– A gente pode, mamãe?

Janice parece prestes a ter um piripaque. A ideia tampouco me anima muito depois do que ela disse à polícia sobre meu marido, embora eu fosse deixar só para fazer Nico se sentir melhor. Mas essa não parece ser uma possibilidade.

– Spencer – diz Janice num tom incisivo. – Eu te disse depois que o Nicolas foi suspenso da escola por brigar que você não poderia nunca mais brincar com ele.

Peraí, *como é que é?*

Mal tenho tempo de ficar furiosa com Janice por falar assim na frente de Nico, porque o que ela acaba de dizer não tem como ser verdade. Nico foi à casa de Spencer na véspera da ida à praia. E algumas vezes desde então também. Pelo menos foi isso que ele me disse...

– Nico – digo num tom brusco. – Achei que a Sra. Archer tivesse dito que você podia brincar com o Spencer no quintal dos fundos.

– Eu não falei nada disso! – vocifera ela. – Falei, Spencer?

Spencer confirma que não com a cabeça, ansioso para agradar, e é então que uma expressão de culpa toma conta do rosto do meu filho. Janice nunca lhe disse que ele podia brincar no quintal dela. E, considerando o nível de vigilância dessa mulher, não há hipótese alguma de ele ter ido lá brincar com Spencer sem ela saber. O que significa...

– Nico, vem cá. – Eu o puxo pelo braço até nos afastarmos vários metros, e ele me segue, obediente. Abaixo a voz o suficiente para Janice não me escutar. – Aonde você tem ido quando sai de casa?

– A lugar nenhum – responde ele depressa. – Só brincar na rua. Sozinho.

Só que, se foi só isso que ele andou fazendo, por que mentir?

– Eu só queria ficar sozinho – acrescenta ele. – Não queria que você se preocupasse.

Não acredito nele. Tem mais coisa nessa história que ele não está me contando. Só que bem nessa hora o ônibus chega, e agora Nico está muito ansioso para embarcar. Fico olhando o ônibus levar meus dois filhos embora, pensando se algum dia terei respostas para as perguntas que estão rodopiando pela minha cabeça.

QUARENTA E SETE

Embora eu soubesse que isso iria acontecer, é desestabilizante quando a primeira coisa que acontece ao chegarmos na delegacia é Enzo e eu sermos postos em salas separadas.

É claro que querem nos separar. Não querem que possamos combinar nossas histórias. Isso faz sentido, mas ao mesmo tempo me causa pânico. O fato de sentirem necessidade de nos separar me faz pensar que não estão apenas nos interrogando como vizinhos de porta da vítima. Estão nos considerando suspeitos de verdade.

Fico sentada na sala de interrogatório pouco iluminada, me remexendo numa das cadeiras de plástico desconfortáveis. Imagino meu marido sentado numa sala parecida em algum outro lugar da delegacia e fico pensando o que estará passando pela cabeça dele. Ele mal falou comigo desde o telefonema que dei hoje de manhã. Não lhe contei que confessei a Ramirez que ele chegou em casa com as mãos sujas de sangue.

Meu outro indício de que talvez estejamos encrencados é o fato de o próprio investigador Willard entrar na sala para me interrogar. Ele não mandou um de seus asseclas. Quer ele próprio falar comigo. Pessoalmente.

Isso não é bom.

– Sra. Accardi. – Ele se deixa cair na cadeira em frente a mim. Está com olheiras, e a iluminação da sala quase as faz parecerem hematomas. – Obrigado por ter vindo.

– Sem problemas. – Tento soar o mais tranquila possível, como uma mulher que não tem medo de ela e o marido estarem sendo acusados de assassinato. – Só queremos descobrir quem fez isso com o Jonathan. Ele parecia um cara realmente simpático.

– Não se preocupe – diz Willard. – Vamos descobrir quem foi.

Por que isso soa como uma ameaça?

– Eu sou uma suspeita? – pergunto.

– Não – responde ele sem hesitação. Apesar de tudo, sinto uma onda de alívio. – A senhora estava no trabalho até meia hora antes de o corpo ser encontrado. A Sra. Archer viu seu carro chegar em frente à casa e afirmou que a senhora só passou uns dois minutos dentro da propriedade dos Lowells. E isso depois de ela já ter ligado para a emergência preocupada com uma confusão lá dentro. Então não, a senhora não é uma suspeita. – Só que ele ainda acrescenta: – Mas posso entender o porquê da sua preocupação, levando em conta o seu... histórico.

Eu não deveria ficar nem um pouco surpresa com o fato de ele estar ciente da minha ficha criminal. Teria perdido o respeito por qualquer agente da polícia nessa situação que não estivesse a par disso. Mas sempre que alguém menciona o fato é como se me dessem um tapa na cara.

– Sim – respondo, tensa.

– Sra. Accardi – diz ele. – O que a senhora sabe sobre a relação do seu marido com a Sra. Lowell?

– Os Lowells são nossos vizinhos. – Ergo um dos ombros, tentando não deixar transparecer meu nervosismo. – Ele estava ajudando a Sra. Lowell no quintal dos fundos em troca de indicações de trabalho. Eles tinham uma relação amigável.

– A senhora alguma vez desconfiou de algo mais?

– Não. Nunca.

Ele abre um sorriso conspiratório.

– Nunca? Nem um pouquinho? Especialmente ele indo lá o tempo todo? Quer dizer, Suzette Lowell é uma mulher muito atraente.

Meu maxilar se retesa.

– Eu disse *nunca*.

– Entendo.

Esse investigador não vai me fazer cair em nenhuma armadilha. Sou esperta demais para isso. Ele não está lidando com nenhuma novata.

– Sra. Accardi, a senhora sabia que o seu marido comprou uma arma recentemente?

Minha boca se escancara.

– Uma… arma?

– Exato. – Ele está observando a minha expressão. – Ele sacou mil dólares da sua conta conjunta no banco e usou parte desse dinheiro para comprar uma arma de fogo. Uma arma *ilegal*. Mas nós temos contatos.

– Eu…

Meu coração está martelando dentro do peito. É difícil imaginar que isso possa ser verdade, mas não tenho como negar que o dinheiro foi tirado da nossa conta. Enzo alegou que era para substituir equipamentos quebrados, mas, se fosse só isso, por que ele não teria me contado logo de cara?

Pensando bem, e daí se ele comprou uma arma? Quer dizer, isso não me deixa muito empolgada, e com certeza estou pensando onde ela está agora e o que ele pretendia fazer com ela. Só que Jonathan Lowell não morreu baleado. Ele foi esfaqueado. Então, quer Enzo tenha comprado uma arma ou não, ela não é a arma do crime.

– Além disso – acrescenta Willard –, a senhora sabia que ele fez check-in num hotel de beira de estrada com Suzette Lowell quatro noites atrás?

Agora sinto que vou sufocar. Quando Enzo me disse ter ido apenas dar uma volta de carro, desconfiei que ele não estivesse sendo honesto. Essa informação, no entanto, me deixa sem chão. Quero desesperadamente acreditar que o investigador está inventando aquilo só para me desestabilizar, mas tudo que ele está dizendo se encaixa. O dinheiro desaparecido, o sumiço de Enzo…

Willard nem espera que eu responda à pergunta. A expressão do meu rosto já lhe dá toda a informação de que precisava.

– Sra. Accardi – continua ele. – A senhora e o seu marido… a situação financeira de vocês não é das melhores, é?

– Está tudo bem conosco – digo, na defensiva.

– Quer dizer que um cheque seu não foi devolvido há pouco tempo?

Ai, meu Deus, esse investigador sabe *tudo*. Eu me remexo na cadeira de plástico, pensando se ele sabe qual é a cor da calcinha que estou usando neste exato momento. Não me espantaria.

– Foi um erro de cálculo.

– A senhora sabia – diz ele – que Jonathan Lowell tinha um seguro de vida de valor significativo e que Suzette Lowell é a única beneficiária?

Mais uma vez, estou tentando não reagir.

– Não, não sabia. Mas não entendo muito bem o que isso tem a ver comigo ou com meu marido.

Ele arqueia uma das sobrancelhas.

– Não?

Inspiro fundo e me lembro do que Ramirez me instruiu a falar caso as perguntas começassem a tomar o rumo errado. Posso não ser uma suspeita, mas tenho quase certeza de que meu marido é.

– Investigador Willard, não vou responder a mais nenhuma pergunta sem a presença de um advogado.

QUARENTA E OITO

O investigador decide que não tem mais nenhuma pergunta a me fazer.

Só que o mesmo não vale para Enzo. Fico esperando por ele na delegacia, e eles o mantém lá por *horas*. Duvido que passem o tempo inteiro interrogando-o. Estão só tentando desgastá-lo e fazê-lo dizer a verdade. Tenho certeza de que ele também pediu um advogado, e isso deve ter levado tempo.

Por fim, três horas depois, ele surge, parecendo exausto. Seus olhos ligeiramente vermelhos estão com olheiras. Os lábios estão virados para baixo, e ele está com uma cara de quem quer vomitar.

– O que aconteceu? – pergunto.

– Vamos embora – diz ele. – Agora. *Por favor.*

Fomos no meu carro até a delegacia, o que acaba sendo uma coisa boa, porque Enzo não parece estar em condições de dirigir (e eu fico um pouco apavorada ao dirigir a caminhonete dele com câmbio manual). Ele se senta no banco do carona ao meu lado e fica olhando fixamente pela janela.

Fico imaginando o que terão dito para ele lá dentro.

Ele passa os primeiros cinco minutos do trajeto sem dizer nada, vendo as ruas passarem depressa. Por fim, diz:

– Millie, você sabe que eu não traí você com a Suzette, né?

Faço uma careta. Não quero ter essa conversa agora, porque, somando minhas desconfianças anteriores com tudo que escutei do investigador

Willard hoje, não consigo imaginar como Enzo *não estava* me traindo. E, se ele disser outra coisa, vão ser só um monte de mentiras.

– Nunca faria isso. – Ele se vira da janela para me encarar. – Juro.

Eu me lembro das palavras de Ramirez hoje de manhã: "Se tem uma coisa que eu sei sobre Enzo Accardi é que ele é um homem bom. Não acho que ele fosse matar ninguém. Mas, se matasse, seria por um motivo muito bom."

Quero muito acreditar nisso, mas Enzo está dificultando muito as coisas para mim.

– Então por que foi a um hotel de beira de estrada com ela? – pergunto.

– Não fui!

– O investigador me disse...

– Não é verdade – insiste ele.

– Enzo, eu senti o cheiro do perfume dela em você.

Ele volta a se calar enquanto absorve essa informação. Olho de relance para ele ao parar no acostamento, sem querer bater com o carro enquanto temos essa conversa. Ele parece estar remoendo as coisas na cabeça. Será que vai confessar tudo?

Será que eu *quero* que ele confesse tudo?

– Tá bom – diz ele por fim. – Fiz check-in num hotel naquela noite. É verdade.

Eu não tinha me dado conta até esse instante do quanto queria que ele negasse tudo.

– Sei...

– Só que não foi com a Suzette. Juro. Eles só sabem que foi uma mulher e tiraram essa conclusão.

Como é que é?

– Então com quem você tá me traindo? – disparo.

– Traindo, não – diz ele com firmeza. – Foi... foi com a Martha. Acho que a Suzette dá os restos de perfume para ela. Ou vai ver... vai ver ela rouba.

– Martha, nossa *faxineira*?

Ele assente devagar.

Então, tá...

Dentre todas as pessoas com quem eu poderia ter achado que meu marido fosse me trair, minha faxineira sessentona estava no final da lista. Ele está alegando que não traiu, claro. Mas, se não fez isso, o que estava fazendo num hotel com ela?

– Eu fui até a casa dela pra entregar o último pagamento – começa ele.

Cerro os dentes ao lembrar como lhe *pedi* que não fizesse isso, mas ele fez mesmo assim.

– Tá…

– E ela estava… – Ele leva a mão ao rosto. – Estava cheia de hematomas. Eu já tinha pressentido quando conversei com ela antes, mas nesse dia foi quando tive certeza. O marido dela… Ele pegava o pagamento dela inteiro, e era por isso que ela estava roubando… para economizar o suficiente e poder sair de casa. Millie, ele teria matado a Martha. Além do mais, ficou com raiva por ela ter sido demitida de mais um emprego. Eu precisava ajudar ela a sair de casa.

Enzo jamais iria mentir sobre isso. *Jamais*. Se ele está dizendo que Martha apanhava do marido, é verdade. Ou pelo menos a verdade na qual ele acredita.

– Vai ver ela estava manipulando você pra conseguir dinheiro – sugiro.

– Não – diz ele. – É real. Na verdade…

Ele para de falar, como se não tivesse certeza se deveria me contar mais alguma coisa. Mas esse não é o momento para guardar segredos.

– O quê?

– Ela queria falar com *você* – diz ele, dando um suspiro. – Ela sabia sobre você.

– Ela… sabia?

Fico pensando em como ela poderia saber. Quem teria lhe contado.

O fato é que eu tenho certo… histórico em relação a mulheres como Martha. Mulheres que se encontram em situações terríveis, sem ter como sair. Eu me transformei na saída para algumas dessas mulheres. Enzo também. Preciso dizer que não tenho como deixar de sentir orgulho ao olhar para tudo isso. Nós fizemos algumas boas coisas na vida.

E quem sabe também algumas coisas ruins pelo caminho.

– Sabia. E estava tentando reunir coragem porque queria a sua ajuda. Mas aí você acusou ela de estar quebrando coisas e depois disse que ela estava roubando…

– Ela *estava* roubando!

– Eu te falei por quê! – Ele balança a cabeça. – Ela não tirou grande coisa da gente. Suzette também achou que ela estivesse roubando, e era sobre isso que estava falando comigo naquela noite no quintal dos fundos. Tive que convencer ela que não estava acontecendo roubo nenhum, assim a Martha não perdia o emprego.

Consigo ver nos olhos escuros de Enzo que cada palavra que está dizendo é verdade e sinto uma pontada de culpa. Martha não estava me encarando por querer me fazer mal. Era porque achava que eu fosse sua única esperança de fugir e estava reunindo coragem para pedir minha ajuda. Em que eu me transformei para não ter sido capaz de enxergar isso?

– Então você tá me dizendo que a arma era pra ela? – pergunto baixinho.

– Martha precisava da arma até eu conseguir tirar ela de perto dele, e quando fosse embora iria precisar mais ainda. Ele estava indo atrás dela, Millie. Eu precisava ajudar. Martha agora está a centenas de quilômetros daqui, mas ainda assim ele poderia encontrar ela.

– Tá, tá bom. – Seguro o volante com mais força. – Eu entendo o que você fez. Não posso dizer que não teria feito o mesmo, mas… por que você não me contou nada? Sabe que pode conversar comigo sobre esse tipo de coisa. Quer dizer, antes a gente formava um *time*… não é?

Nós ajudávamos mulheres em apuros o tempo todo. Foi assim que nos aproximamos. Foi o motivo que levou a gente a se apaixonar, para começo de conversa. Eu poderia ter ajudado… Teria *querido* ajudar. Por que ele me deixou de fora dessa vez?

Ele fica em silêncio, medindo as próximas palavras.

– Eu tava preocupado com você.

– Preocupado?

– Você anda tão estressada. A sua pressão…

– Ai, meu *Deus* do céu. – Bato no volante com a palma da mão. – Quer dizer que você prefere que eu acorde no meio da noite sem saber onde diabos você se enfiou? Acha que *isso* foi bom pra minha pressão?

Ele deixa escapar um longo suspiro e recosta de novo a cabeça no encosto do banco.

– Eu mandei mal. Foi burrice minha.

– É. Foi mesmo.

– Mas… você acredita em mim?

– Acredito – respondo. – Acredito, sim.

Pela primeira vez desde que saiu da delegacia, ele consegue abrir o mais tênue dos sorrisos. Tá, a coisa não está nada boa para o lado dele. O testemunho de Janice coloca Enzo bem na cena do crime. Mas Ramirez tem razão: meu marido não mataria um homem a troco de nada. Se ele está dizendo que não foi ele, então eu acredito.

Só que, no fundo, no fundo, continuo com a sensação de que ele ainda está me escondendo alguma coisa.

QUARENTA E NOVE

Quando chego na nossa rua, tem um Dodge Charger preto estacionado em frente à nossa casa. Antes mesmo de olhar para o motorista através do para-brisa, reconheço o carro de Benito Ramirez. Dito e feito: no mesmo segundo que nos vê encostar, ele sai do carro com uma xícara de café na mão.

Ramirez acena para mim quando estou descendo do carro. Apesar do calor que está fazendo, ele usa um paletó de terno preto e uma gravata presa ao pescoço por um nó frouxo. Na primeira vez que o encontrei, quase dez anos atrás, seu cabelo curto era grisalho, mas agora está quase branco.

– Millie. – Ele se aproxima para me dar o beijo e o abraço de praxe. – Que bom te ver. Sua cara tá boa.

– Obrigada – digo, embora tenha certeza de que estou com uma cara exausta.

Quando Enzo sai do carro, Ramirez lhe diz:

– E a sua, meu amigo, tá uma merda.

– Obrigado – diz Enzo. – É como tô me sentindo.

Ramirez faz um movimento com a mão na direção da nossa casa.

– Venham. Vamos entrar. Tenho mais alguns motivos pra você se sentir uma merda. Vocês precisam ouvir o que eu tenho a dizer.

Ai, meu Deus. O que foi agora?

Conduzimos Ramirez até entrarmos em casa. Em outras circunstâncias, eu teria me sentido compelida a lhe mostrar a casa inteira, mas nenhum de nós dois está com disposição para isso. Mesmo assim, ele olha em volta e assente com um ar de aprovação.

– Que lugar legal, este. Melhor do que o Bronx.

– Sinto muito por termos ido embora – digo.

– Como vão as crianças?

– Muito bem – responde Enzo, o que suponho não ser uma mentira completa.

Nós nos acomodamos na sala, e não consigo parar de tremer ao pensar no que diabos Ramirez vai nos dizer. Ofereço um café, embora ele já esteja com um na mão, e ele me abre um sorriso de empatia.

– Tá, vamos direto ao ponto. – Ele larga o copo de café em cima da minha mesa de centro e se inclina para a frente, apoiado nos cotovelos. – Por sorte, tenho um contato aqui na ilha, e ele se informou por aí. Vocês tinham razão em ficar preocupados. Willard é um policial duro na queda e, Enzo, ele acha que você matou o Jonathan. Está ocupado neste exato momento montando o caso contra você.

– Com base no *quê*? – pergunto.

– Bom – diz Ramirez. – Sem querer ser grosseiro, Enzo, mas ele acha que você estava pegando Suzette Lowell. Acha que vocês dois conspiraram pra matar o marido dela e levar o dinheiro do seguro dele. Ela aumentou recentemente a indenização, e agora estamos falando de muito dinheiro.

– Que coisa mais ridícula – resmunga Enzo.

– Aquela dona que mora aqui na frente está cantando feito um passarinho pra polícia – acrescenta Ramirez. – E tem mais: ela tirou fotos.

– Fotos? – pergunto, num arquejo.

– Aham. Nada que seja diretamente incriminador, mas muitas fotos em momentos distintos de vocês dois um pouco perto demais um do outro, se é que me entendem.

Suzette tinha toda a razão. Janice é *mesmo* uma enxerida.

Enzo grunhe.

– A gente tava só conversando.

Ramirez arqueia uma sobrancelha.

– Sobre o quê?

– Sobre nada de mais. Assuntos de jardinagem. Problemas com a faxineira dela. O clima. Não importava... Ela sempre tinha uma desculpa pra me fazer ficar. Tenho a sensação de que... Sei lá... Ela não parecia feliz no casamento.

– Você acha que o marido estava batendo nela?

– Não. Não tive essa impressão.

– Ela estava dando em cima de você?

Enzo lança um olhar preocupado na minha direção, então joga os braços para o alto.

– Estava. Estava, sim. É claro que estava. Mas não era nada sério. Não tinha mal nenhum nisso.

– Então, o negócio é o seguinte – diz Ramirez. – Sua vizinha tem fotos de você com Suzette Lowell que são muito sugestivas. Um hotel de beira de estrada a cerca de uma hora daqui tem registro de você fazendo check-in com uma mulher poucos dias atrás. Você compra uma arma com dinheiro vivo. Suzette Lowell aumenta o valor do seguro de vida do marido. Aí a vizinha vê você entrando na casa dos Lowells, e logo em seguida Jonathan Lowell aparece morto.

Enzo cerra os dentes.

– Eu estava no quintal dos fundos o tempo inteiro. Suzette queria plantar uma horta, então eu estava preparando a terra.

– Quer dizer que você espera que eu acredite que não só não escutou o que aconteceu dentro da casa, como também que o verdadeiro assassino entrou e saiu pela porta dos fundos sem você ver nada?

– Eu estava com uns equipamentos ligados... Fica muito difícil escutar... E estava indo e vindo entre o quintal dela e o meu.

– Vamos lá, Enzo. – Ramirez encara meu marido com firmeza. – Pode ser sincero comigo. Você matou o cara?

Enzo abaixa a cabeça e leva as mãos ao rosto.

– Não. Juro. Benny, eu nunca faria uma coisa dessas.

– Então vai precisar de um advogado muito, muito bom.

Enzo dá um soco no sofá de tanta frustração, e nem posso culpá-lo. Um bom advogado? Nós não temos dinheiro nenhum. Não temos como contratar *nenhum* advogado, que dirá um bom. Vamos ter que aceitar quem quer que a gente consiga arrumar de graça. O defensor público nomeado pelo tribunal vai ter que servir.

– A gente não tem muito dinheiro – digo para Ramirez. – Então arrumar um advogado muito, muito bom está fora de questão.

– Achei que você fosse dizer isso – retruca ele. – Então tomei a liberdade de entrar em contato com uma defensora pública que é uma das melhores que já vi. A base dela é no Bronx, então esta não é a jurisdição dela, mas podemos contornar isso com jeitinho. Ela é jovem, tem dois anos de formada… mas é bem sagaz. Tem uma taxa de vitórias excelente. Já foi a julgamento por assassinato duas vezes e levou a melhor nas duas. Quando falei de vocês, ela ficou ansiosa pra ajudar.

– Que ótimo – digo.

– Ela tá vindo pra cá. – Ramirez olha para o próprio relógio. – Se não tiver pegado trânsito, deve chegar daqui a pouco. Aí vocês podem dar todos os detalhes pra ela. – Ele lança um olhar de alerta para Enzo. – Conta tudo pra essa mulher. Sem mentiras.

– Claro – concorda Enzo.

Balanço a cabeça.

– Que gentileza a dela vir até aqui assim tão em cima da hora.

– Ela disse que remanejou alguns compromissos.

Semicerro os olhos diante de Ramirez. Algo nisso tudo parece meio suspeito. A mulher pelo visto é uma defensora pública incrível, mas mesmo assim está disposta a largar tudo e atravessar a cidade inteira até *Long Island* para ajudar um casal que nunca viu na vida? Quem é que faz uma coisa dessas? Olho para Enzo, cuja expressão está igualmente cética.

Tem alguma coisa acontecendo aqui de que não estou sabendo.

Ramirez leva a mão ao bolso para pegar o celular. Lê a mensagem na tela, em seguida gira a cabeça para olhar pela janela da frente. Um sedã azul acaba de parar em frente à casa.

– É ela – diz.

Eu me inclino para a frente no sofá a fim de ver melhor a mulher que está saltando do carro. Ela tem cabelo louro-platinado preso num coque frouxo e um corpo esguio. Parece delicada, não o tipo de pessoa que se fosse considerar uma fera num tribunal, mas as aparências enganam. Se Ramirez diz que ela é boa, eu confio nele.

Ramirez pula do sofá para abrir a porta para ela. Fico de pé ao mesmo tempo que nossa nova advogada entra na sala segurando uma pasta. Enzo também se levanta e ouço o forte ruído quando ele dá um arquejo.

217

– *Oddio!* – exclama ele.

Nossa advogada não é uma defensora pública qualquer. Enzo sabe exatamente quem é essa mulher.

E, um segundo depois, eu também.

CINQUENTA

– Cecelia! – exclama Enzo.

No mesmo segundo em que ele diz o nome, sei exatamente quem é a moça: Cecelia Winchester. Meio que fui babá dela um tempo atrás. E Enzo também cuidou de Cecelia enquanto umas outras coisas estavam acontecendo na vida dela. Não a vejo pessoalmente desde que ela era uma menina de 10 anos. E agora ela tem...

Ai, meu Deus, ela tem *27 anos*. Estou tão velha!

Apesar de tudo, Enzo vai correndo até ela. Envolve-a nos braços, e ela retribui o abraço. Ele sussurra algo em seu ouvido, e ela sorri e assente. Não consegui entender o que ele falou, mas ouvi as palavras "sua mãe".

Atravesso a sala para dar uma olhada melhor na moça. Ela pode ter 27 anos, mas mesmo assim parece muito jovem. Eu acreditaria que tem 20 se alguém tentasse me convencer. Apesar disso, há algo de muito arguto e duro em seus olhos azuis. Ela tem os olhos de uma mulher vinte anos mais velha. Algo nesses olhos me leva a acreditar que tê-la do nosso lado talvez seja a melhor arma que possamos ter.

– Oi, Millie – diz ela.

Da última vez que escutei sua voz, ela soava aguda e infantil. Agora é precisa e profissional. Ela parece o tipo de mulher que está trabalhando até na mesa do jantar.

Consigo abrir um sorriso.

– Oi, Cece. É mesmo muito bom ver você.

– Igualmente. – Ela ajeita a lapela do paletó do terninho. – Queria que não precisasse ser nessas circunstâncias.

– Cecelia é uma defensora pública, então oficialmente nós dois somos inimigos mortais – diz Ramirez. – Mas admirei a paixão dela quando a vi em ação. Esbarrei com ela mais ou menos um ano atrás, num supermercado, quando estava comprando aquele bolo que você me pediu pra levar na festa de aniversário da Ada, e aí a gente começou a conversar. Quando eu disse pra quem estava comprando o bolo, acabou que ela conhecia vocês tão bem quanto eu. Então, quando vocês me ligaram hoje de manhã, telefonei pra ela na hora.

"Tão bem quanto eu" é um exagero. Somos amigos de Benny há anos, e, da última vez que vi Cecelia, ela era uma criança. Será que andou acompanhando a nossa vida?

Bem, se tiver feito isso, eu deveria me sentir grata. Ela é nossa única esperança nesse momento.

– Benny me passou todos os detalhes enquanto eu tentava atravessar a Long Island Expressway – diz ela quando estamos voltando para a sala. – A polícia está montando um caso e tanto contra você, Enzo.

Ele faz uma careta.

– Eu sei. Um horror. Cecelia, você precisa saber, eu não...

Cecelia se acomoda no sofá e cruza uma das pernas magras por cima da outra. Põe a pasta de trabalho no colo e a abre com um estalo. Pega um bloco amarelo pautado e tira a tampa de uma caneta esferográfica com um clique. Ela obviamente não quer perder tempo jogando conversa fora, algo que eu valorizo nesse momento.

– Pode ser que você não tenha matado, mas eles vão cair *com força* em cima de você – diz ela. – Isso eu posso garantir. Não ficaria surpresa se estivessem preparando um mandado de busca.

Enzo abre um sorriso de sarcasmo.

– Eles que procurem. Não vão encontrar nada.

Já eu não sinto o mesmo. Já tive a casa revistada pela polícia, e isso é a pior violação que sou capaz de imaginar. Eles reviram *tudo*. Viram sua vida inteira do avesso e não a colocam de volta no lugar.

– O que eles vão procurar? – pergunto a Cecelia.

– Uma arma do crime – diz ela sem hesitação. – Qualquer vestígio do sangue de Lowell.

Penso na camiseta ensanguentada que Enzo estava usando na noite anterior. Acabei nunca encontrando. Ele deve ter se livrado dela.

Mas, se fosse mesmo o sangue de Enzo, por que ele iria se livrar da própria camiseta? Não seria nada incriminador.

– Eles não vão encontrar isso – retruca ele com firmeza.

– Seria útil se vocês pudessem me contar tudo desde o início – pede ela.

E então ele faz o que ela pediu. Conta tudo enquanto ela toma notas em seu bloco sem dizer nada. Fala sobre a relação com Suzette, sobre as coisas que fez para ajudar Martha e por fim sobre como estava trabalhando no quintal dos Lowells enquanto Jonathan estava sendo assassinado.

– Eu não fiz nada – insiste ele. – *Nada*. Por que eles acham que eu teria matado o Jonathan?

É uma pergunta retórica, mas Cecelia parece de fato refletir a respeito. É óbvio que se tornou uma jovem muito racional. Fico pensando se Ada vai acabar ficando igual a ela.

É claro que, se o pai for trancafiado na prisão, isso vai traumatizá-la para sempre.

– Vou ser sincera com você, Enzo – diz Cecelia por fim. – Acredito que possa ter alguma coisa a ver com Dario Fontana.

Ao ouvir esse nome, toda a cor se esvai do rosto de Enzo.

– Como é que é? – diz ele.

– Pelo que entendi... – Cecelia olha para Ramirez, que assente – o investigador Willard vasculhou seu passado, antes de você vir para o país. E esse foi um nome que surgiu.

Nunca escutei esse nome na vida, de modo que é perturbador o homem com quem sou casada há mais de uma década ter uma reação tão visceral a ele.

– Quem é Dario Fontana? – pergunto para Enzo.

– Isso já faz muito tempo. – É tudo que ele consegue dizer.

A voz de Cecelia é firme e não deixa espaço para nenhuma mentira.

– Nem tanto assim.

– Enzo? – pressiono.

Ele está apertando tanto os próprios joelhos que os nós de seus dedos estão brancos.

– Dario era o marido da minha irmã.

O marido da irmã dele. Tá, agora faz sentido o nome ter deixado Enzo tão abalado. Antonia foi espancada pelo marido durante muitos anos, até por fim ele matá-la. Ele era também um homem com vínculos perigosos com a máfia, e, depois de se vingar, Enzo precisou sair imediatamente da Itália. Consigo entender por que ele nunca quis mencionar o nome do sujeito. Mas o que não entendo é por que Cecelia o trouxe à baila.

– Ele não era só isso – diz Cecelia. – Precisamos ser honestos em relação à situação com a qual estamos lidando.

Enzo me lança um olhar atormentado.

– Millie, você poderia nos deixar um instante?

Ele está de brincadeira comigo? Acha mesmo que vou *me retirar* agora?

– De jeito nenhum – retruco, incisiva. – O que é que você não quer que eu saiba?

– Enzo – diz Ramirez. – Conta a verdade pra sua esposa e pronto.

Enzo resmunga alguma coisa baixinho. Não existe a menor chance de eu sair da sala sem ter descoberto o que ele não quer que eu saiba.

– Enzo? – repito.

– Tá. *Tá bom.* – Ele cerra os dois punhos. – Eu trabalhava pra ele. Eu trabalhava para Dario Fontana. Tá bom?

Meu queixo cai. Esse é um pedaço do quebra-cabeça que nunca escutei antes. Enzo *trabalhava* para o cara que espancava a irmã dele? E não é só isso, porque pelo que eu tinha entendido o cara era um mafioso. Então, se Enzo trabalhava para ele...

– Eu era um *garoto* – argumenta ele. – Tinha 16 anos quando comecei a trabalhar pro Dario. Não sabia quem ele era de verdade. Quando percebi...

– Por quantos anos você trabalhou pra ele? – insiste Cecelia.

Enzo parece totalmente consternado por ser obrigado a ter essa conversa.

– Oito.

– E, quando trabalhava pra ele, o que você fazia?

Enzo fecha os olhos por um instante, em seguida torna a abri-los.

– Por favor, para. Eu... eu já entendi. A coisa tá séria. Já entendi.

O que Enzo fazia para esse tal mafioso?

– Tá bom – concorda Cecelia. – A gente não precisa falar sobre isso agora. Mas eu preciso que você entenda com o que estamos lidando. Se essa informação surgir num tribunal...

– Sim. Eu entendo.

– Eu vou brigar por você – afirma ela. – Mas, Enzo, não quero ouvir mentiras. Não posso fazer nada por você se mentir na minha cara. Você precisa me contar tudo. Precisa ser totalmente sincero para eu poder te proteger.

Ele a encara nos olhos com firmeza.

– Eu não matei Jonathan Lowell. Te dou minha palavra.

– Certo – diz ela. – Mas, se não foi você, quem foi?

– Suzette Lowell – deixo escapar.

Foi esse o pensamento que me veio à cabeça assim que vi o corpo morto estendido no chão. Suzette nunca pareceu respeitar ou mesmo gostar do marido. Meu primeiro instinto foi que ela finalmente o tinha matado.

– Mas como? – indaga Ramirez. – A tal vizinha, ela jura que a Suzette passou o dia fora.

– Ela tem um álibi?

– Não, um álibi, não. Mas não dá muito bem pra percorrer esta rua a pé. Ela precisaria ter voltado para casa de carro. Alguém teria notado.

– Tem outro jeito – diz Enzo.

Cecelia arqueia as sobrancelhas.

– Sou toda ouvidos.

– Tem um jeito de estacionar nos fundos da casa sem passar pela rua sem saída – diz Enzo. – Suzette me contou. Ela poderia ter parado lá atrás e entrado pela porta dos fundos, e Janice Archer nunca teria visto.

– E você não teria notado?

– Eu estava pra lá e pra cá entre o nosso quintal e o deles. Não teria necessariamente visto ela entrar.

– Tá, já é um começo. Deixa eu estudar o assunto. – Cecelia consulta o relógio de pulso. – Certo, minha tarde está cheia, então tenho que ir. Não vai ser nada fácil, mas prometo fazer tudo que estiver ao meu alcance para impedir que ponham isso na sua conta. Vou brigar por você.

Enzo franze o cenho enquanto ela se levanta. Quando foi que a pequena Cecelia Winchester aprendeu a andar com saltos tão altos?

– Você já defendeu casos como esse e ganhou? – pergunta ele.

Cecelia se esquiva com elegância da pergunta. Ponto para ela.

– Esse nós vamos ganhar.

Tomara que ela esteja certa.

CINQUENTA E UM

Quando Cecelia e Ramirez vão embora, falta meia hora para as crianças saltarem do ônibus escolar. Meia hora para extrair a verdade do meu marido.

– Enzo, a gente precisa conversar.

Ele abaixa a cabeça.

– Eu tô muito cansado, Millie. Tem que ser agora, neste minuto?

– Tem, sim. – Cruzo os braços em frente ao peito; dessa vez não estou disposta a deixá-lo escapar. – Faz onze anos que a gente é casado, e de uma hora pra outra parece ter muita coisa sobre você que eu não sei.

– Eu te contei tudo que era importante.

– E quem decide o que é importante é você?

Ele cambaleia de volta até a sala e se deixa cair no sofá.

– O que foi? Você precisa saber cada detalhe? Tudo que eu fiz desde o dia em que nasci?

Eu o sigo de volta até o sofá e me sento ao seu lado.

– Não, mas se você foi capanga de algum mafioso, sim, isso é algo que vale a pena contar.

– Eu não fui capanga dele.

– Então que tipo de trabalho você fazia pra esse cara?

– Nada. Pequenos serviços.

Lanço um olhar desconfiado a ele.

– *Pequenos serviços?* Tipo dar comida pro gato quando ele viajava e pegar a roupa dele na lavanderia? Era a isso que a Cecelia estava se referindo?

– O que você quer que eu diga? – Ele se senta ereto, mas não olha para mim. – Eu era só um garoto e cometi um erro terrível ao trabalhar para uma pessoa horrorosa. Quis parar, mas aí ele já estava namorando a minha irmã e não era mais tão fácil sair. Aí ele se casou com ela, e o que eu podia fazer?

– Então, o que você fazia? – pergunto. – Perseguia gente que devia dinheiro pra ele e quebrava os joelhos dessas pessoas?

Ele dá um muxoxo.

– Você vê filmes demais. Ninguém sai por aí quebrando o joelho dos outros. Que coisa mais ridícula.

– Nossa, não sabia que você tinha essa *experiência* toda – retruco.

– Millie…

– Tá, então ninguém quebra joelhos por aí. O que é melhor, então? O que você quebra quando quer que algum pé-rapado pague um dinheiro que deve, hein?

Ele passa um tempão calado, olhando para o próprio colo. Por fim, em voz baixa, diz:

– Dedos.

Ai. Meu. Deus.

– Millie. – Ele ergue a cabeça. – Eu não me orgulho disso. Acredita em mim. Foi culpa minha a Antonia ter morrido. Se eu não tivesse começado a trabalhar pro Dario quando era um garoto burro, ela nunca teria se casado com ele. Ainda estaria viva. – Ele engole em seco. – Tenho que viver com esse peso na consciência. E isso me corrói todos os dias. É por isso que… quando alguma outra pessoa precisa de ajuda… eu sou obrigado a…

Preciso morder a língua para me segurar e não dizer em voz alta o pensamento terrível que passa pela minha cabeça: que se ele extorquia dinheiro das pessoas e quebrava os dedos delas (ou coisa pior), talvez seu carma tenha voltado para assombrá-lo.

– Me diz uma coisa – digo. – Você alguma vez já matou alguém pra ele?

– Não. Nunca! Já te falei isso.

– Bom, você falou uma porção de coisas que no fim das contas não eram verdade.

Ele me encara com uma expressão magoada.

– Estava só tentando te proteger.

Até parece. Ele escondeu uma parte imensa do próprio passado, e não consigo acreditar que eu só esteja descobrindo tudo agora. Enzo teve várias oportunidades de me dizer a verdade. E ele sabe tudo sobre meu passado, que não é exatamente o de uma santa. Tenho vários esqueletos no meu próprio armário.

Ele poderia ter sido honesto. Poderia ter me contado tudo. Só que decidiu não contar.

– Eu nunca matei ninguém. – Sua voz falha. – Nunca faria isso. Não fui eu quem matou o Jonathan.

Eu o encaro nos olhos. Quando o conheci, não conseguia acreditar no quanto seus olhos eram escuros; isso me dava um calafrio na espinha. Mas aí, anos depois, quando ficamos lado a lado no cartório jurando nos amar até que a morte nos separasse, encarei esses mesmos olhos e não senti nada a não ser amor por esse homem. Eu confiei nele. Ele seria o pai da criança que eu estava esperando, e eu sabia, no fundo do meu coração, que ele cuidaria de nós. Que faria tudo que estivesse ao alcance dele para nos proteger.

Não sei como tudo deu errado.

Porque estou cada vez mais certa de que Enzo estava mentindo desde o começo.

CINQUENTA E DOIS

Depois de todo mundo ir para a cama dormir, decido ir até o quintal dos fundos dos Lowells com uma lanterna.

Espero as crianças pegarem no sono. Enzo também parece estar dormindo. Não faço ideia de como ele conseguiu pegar no sono depois de tudo que aconteceu hoje, mas, quando olhei para o lado na cama, seus olhos estavam fechados e ele roncava baixinho.

Não me dou ao trabalho de me vestir, porque vou só até o quintal dos vizinhos. Ponho uma calça de pijama e enfio os pés num par de pantufas. Deve bastar.

A fachada inteira do número 12 da rua está isolada pela fita da polícia e o interior da casa está às escuras – Suzette pelo visto encontrou outro lugar para ficar que não esteja todo sujo com o sangue do marido. Havia alguns poucos jornalistas zanzando pela rua, mas Enzo e eu ficamos dentro de casa, e eles acabaram se entediando e indo embora. Liguei para o trabalho para avisar que precisava tirar um ou dois dias de folga, e eles se mostraram muito compreensivos.

Enzo alega haver um jeito de entrar no quintal dos fundos sem parar o carro em frente à casa. Quero acreditar que ele tem razão, porque, caso contrário, ele é o único que poderia ter matado Jonathan Lowell. E quero muito acreditar que não foi ele.

O quintal dos fundos dos Lowells é imenso em comparação com o nosso.

Seria de se pensar que, se a nossa casa costumava mesmo abrigar os animais, pelo menos o quintal fosse gigantesco, mas ele é ofuscado quando comparado ao de nossos vizinhos. A grama foi cortada com esmero, cortesia do meu marido, e ele também plantou e moldou arbustos ao longo do perímetro. Além disso, isolou uma área que Suzette pelo visto queria reservar para começar uma horta.

É tudo igualzinho ao que ele disse.

Aponto a lanterna para as extremidades do quintal. Olhei um mapa antes de vir, mas não foi muito revelador. Há várias coisas que existem na vida real e podem não aparecer num mapa, mesmo um virtual. Por isso estou conferindo pessoalmente.

Mantenho a lanterna apontada para os arbustos. Enzo fez um ótimo trabalho com eles. Estão todos perfeitamente podados, sem nenhuma folha ou galho fora do lugar. Ele é muito habilidoso. Mesmo sem Suzette, ele teria conseguido ampliar o negócio em Long Island. Não precisava dela.

E se o que o investigador falou for verdade? E se Enzo e Suzette tiverem conspirado para matar Jonathan e feito um acordo para dividir a indenização do seguro de vida?

Não. Não consigo imaginar meu marido aceitando uma coisa dessas. Enzo às vezes se dispõe a burlar a lei, mas jamais mataria alguém por dinheiro. Só que tampouco consigo imaginá-lo quebrando os dedos de uma pessoa.

Enzo tem andado estressado com as prestações da casa. Elas realmente são sufocantes de tão altas. Quisemos muito essa propriedade, então é difícil reconhecer que ela estava um pouco acima das nossas possibilidades. Ele estava desesperado para proporcionar à família uma bela casa num ótimo bairro.

Mas não. Ele não teria matado para nos proporcionar isso. Não acredito nessa possibilidade.

Não consigo acreditar.

Quando chego ao extremo mais distante do quintal, ouço um barulho. Um farfalhar de folhas. Miro a lanterna na direção do som e vejo alguns dos galhos se moverem sozinhos. As sombras mudam de forma e se dobram.

Então me ocorre que, se alguém de fato tiver entrado pelo quintal dos fundos para matar Jonathan Lowell, essa pessoa continua tendo acesso à casa. E aqui estou eu, de pijama e pantufa de pelúcia, perambulando pelo quintal sem nenhuma arma para me defender exceto minhas mãos.

Por um segundo, imagino Enzo vindo da casa ao lado pela manhã e me encontrando degolada, caída numa poça de sangue no quintal.

– Oi? – sussurro, mirando o facho da lanterna direto nas folhas farfalhantes.

Cogito sair correndo. Nosso próprio quintal está a poucos metros de distância. Afinal, Nico conseguiu rebater a bola de beisebol do nosso quintal até aqui e quebrar uma janela. Se eu desligar a lanterna, quem quer que seja não vai mais conseguir me ver.

A menos que essa pessoa também tenha uma lanterna.

Meu coração dispara enquanto tento decidir o que fazer. E enquanto fico parada, petrificada, percebo que esperei demais.

O intruso já está aqui.

CINQUENTA E TRÊS

Dou um passo para trás, tentando decidir se deveria desligar a lanterna. Será melhor ter o elemento surpresa ou ver com quem estou lidando?

Antes de conseguir me decidir, uma silhueta entra no quintal. E meus ombros relaxam.

– Suzette?

Suzette Lowell está vestida do modo mais casual que já vi, com uma calça jeans e um cardigã fininho. Ela me olha de cima a baixo, meu pijama e meu cabelo preso num rabo de cavalo bagunçado, agarrada à lanterna como se minha vida dependesse disso. Ela dá uma risada, mas não é um som feliz.

– O que está fazendo no meu quintal, Millie? – pergunta ela em tom inquisidor.

– Eu, hã... – Arregaço a calça do pijama. – Ouvi um barulho.

Ela arqueia uma das sobrancelhas. É uma desculpa esfarrapada, e ela sabe.

– Não acha que sua família já me fez o suficiente?

Aperto a lanterna com mais força até meus dedos doerem.

– A gente não fez nada.

– Sério? – As sombras pintam olheiras sob os olhos dela. – O seu marido assassinou o meu ontem à noite.

– Isso não é verdade – rebato, embora no íntimo tenha lá minhas dúvidas.

– Tá de brincadeira comigo? – diz ela. – Janice o viu entrar na casa. Ele estava *lá dentro* quando o Jonathan foi morto. Está me dizendo mesmo que não foi ele?

– Por que ele faria uma coisa dessas?

Estou curiosa para ouvir a resposta de Suzette, porque tudo que escutei até agora envolve algum tipo de conluio entre ela e Enzo. Mas é óbvio que Suzette negaria uma coisa dessas, pois não iria admitir envolvimento.

– Millie, detesto ser eu a te dizer isso, mas o Enzo estava obcecado por mim.

– Obcecado por você? – repito, incrédula.

– Você acha que era eu quem chamava ele pra vir aqui a todo minuto? – Ela balança a cabeça. – Ele sempre tinha uma desculpa pra estar aqui. Vivia dando em cima de mim. E tinha um ciúme *fortíssimo* do Jonathan.

Chega a ser risível. Enzo não estava dando em cima dela. Eu podia ver com meus próprios olhos que a instigadora era ela. A essa altura da vida, consigo perceber quando uma mulher está se jogando em cima do meu marido.

– Você viu como ele não conseguiu me largar lá na praia. Acha que eu queria que ele praticamente me carregasse no colo até o carro? Eu não conseguia afastar ele de mim.

– Você não parecia estar se importando – comento.

– Bom, mas estava. – Ela funga. – E ele me disse que não estava feliz. Disse que tinha se sentido encurralado e obrigado a se casar. Porque você engravidou.

Como é que é?

As palavras dela finalmente acertam o alvo. Porque isso é inteiramente verdade. Enzo se casou comigo porque fiquei grávida de Ada. Sim, nós estávamos morando juntos, mas falávamos pouco em nos casar. Tá, não falávamos *nunca* em nos casar.

Com certeza nunca comentei com Suzette que Enzo e eu nos casamos porque engravidei. Ou seja, ele deve ter lhe contado. Por que Enzo contaria isso a ela? A menos que...

– Sinto muito que você precise ouvir isso de mim, mas o seu marido é um homem perigoso. – Ela inclina a cabeça para o lado. – Mas talvez você já saiba isso.

Uma súbita brisa fresca me causa um calafrio.

– Não tem nada pra saber. Enzo não faria mal a uma mosca.

Ela ri.

– Ah, Millie. Tenho certeza de que você não acredita nisso de verdade.

Acredito, sim. Meu marido nunca cometeu nenhuma violência com outra pessoa durante todo o tempo em que o conheço. Pode ter ameaçado, mas nunca o vi desferir um soco sequer.

Embora haja uma pequena chance de ele talvez ter quebrado alguns dedos. Ah, sim, e ele uma vez espancou um homem até quase matá-lo.

– Enfim. – Suzette sai do facho de luz da lanterna. – Preciso pegar umas coisas dentro de casa sem que os paparazzi saibam que estou aqui. Imaginei que fosse melhor entrar pelos fundos.

– Os jornalistas já foram todos embora.

– Sério?

Ela franze o cenho, claramente decepcionada com a falta de interesse da imprensa. Quer tenha matado Jonathan ou não, Suzette não parece tão abalada com a morte dele. É como se não estivesse nem aí. E conversar com ela não ajudou em nada. Mas descobri uma coisa muito importante.

Com certeza existe, *sim*, um jeito de alguém entrar pelos fundos da casa sem que Janice Archer consiga ver a pessoa do outro lado da rua.

CINQUENTA E QUATRO

Na manhã seguinte, somos acordados pelo barulho da campainha tocando lá embaixo e por luzes piscantes vermelhas e azuis em frente à casa. Sacudo Enzo para acordá-lo e na mesma hora ele fica alerta e vai se juntar a mim na janela.

– O que foi desta vez? – resmunga ele.

Será que existe uma chance de o investigador ter vindo prender meu marido? Não consigo sequer conceber essa possibilidade.

Visto depressa um jeans e uma camiseta e desço as escadas correndo descalça, quase tropeçando nos degraus. Nem tomei banho ou escovei os dentes, e meu cabelo está seboso, mas não se pode exatamente pedir à polícia que espere em frente à sua porta alguns minutinhos enquanto você toma uma ducha rápida.

Ao entreabrir a porta, dou de cara com Willard parado na varanda com um ar grave, usando uma camisa branca engomada e uma gravata apertada bem rente ao pescoço.

– Sra. Accardi – diz ele.

– Como… como posso ajudar?

– Tenho um mandado de busca.

Cecelia comentou que essa era uma forte possibilidade, mas mesmo assim fico chocada com a presença da polícia. Jonathan Lowell foi assassinado faz dois dias, e fico pensando que a essa altura já deveria haver alguns suspeitos mais plausíveis. O fato de continuarem interessados em Enzo me assusta.

– Posso acordar as crianças primeiro, por favor? – pergunto.

– Nós podemos começar aqui por baixo – sugere ele.

É o melhor que vou conseguir.

Quando subo, Enzo deu um jeito de vestir às pressas um jeans e uma camiseta. Ele ouve os agentes entrando na nossa casa e seu rosto é tomado pela preocupação.

– Eles vão revistar? Agora?

Assinto.

– Vai demorar um tempo. Fica aqui, eu levo as crianças de carro pra escola.

As crianças ficam um pouco assustadas e confusas em relação ao que está acontecendo, o que é compreensível. Digo aos dois que se vistam e corro para tomar uma chuveirada rápida e escovar os dentes. Como está cedo demais para a escola, talvez eu os leve para tomar café em alguma lanchonete. Não quero mesmo ficar em casa enquanto a revista estiver acontecendo.

Quando saio do banheiro, tanto Nico quanto Ada estão vestidos e prontos para sair. Estão ambos no quarto de Nico, e os rostos exibem a mesma expressão preocupada. Enzo está lá com eles, sentado na cama de Nico e falando com os dois baixinho. Fico parada alguns instantes ouvindo a conversa.

– Papai – choraminga Ada. – Por que estão revistando a nossa casa? O que eles estão procurando?

– Não sei – responde Enzo. – Mas não vão achar nada de interessante. Então a gente vai deixar terminarem, e aí tudo vai ter acabado.

– Você tá encrencado? – insiste ela.

– Não. – A voz dele é firme. – De jeito nenhum.

Ele então se dirige a eles em italiano, que os dois entendem, mas eu não. Não sei o que diz, mas, seja o que for, consegue arrancar de Ada um pequeno sorriso. Nico, por sua vez, continua apenas com uma cara preocupada.

– Certo, então! – Bato uma palma. – Quem quer sair pra comer panquecas com gotas de chocolate?

Houve um tempo em que Nico teria vendido seu Nintendo em troca de panquecas com gotas de chocolate. Agora, porém, os dois ficam apenas me encarando, sem entusiasmo algum diante da possibilidade de comer chocolate no café da manhã.

Antes de eu conseguir tirá-los de casa, Enzo me segura. Chega pertinho de mim e sussurra no meu ouvido:

– Não se preocupa. Tudo isso vai passar logo, logo.

Queria conseguir acreditar nele.

As crianças quase não falam nada no caminho até a lanchonete, e, mesmo que eu tenha pedido as obrigatórias panquecas com gotas de chocolate, os dois ficam apenas encarando os pequenos círculos marrons e empurrando a comida pelo prato de um lado para outro, aflitos. Ada tem olheiras sob os olhos, e Nico um pouco de saliva ressecada no canto dos lábios.

– Querem mais xarope? – pergunto a eles.

Ergo o vidro de *maple syrup*, pronta para inundar os pratos deles se for o necessário para fazê-los comer.

– Mãe – diz Ada. – A polícia acha que meu pai matou o Sr. Lowell?

– Não – respondo depressa.

– Então por que estão revistando a nossa casa? – pergunta Nico.

– Bom, eles estão revistando a nossa casa pra provar que ele *não* matou o Sr. Lowell.

– Não faz o menor sentido – rebate Ada.

Nico assente.

– Tá, tudo bem. – Era muito mais fácil quando os dois eram pequenos e aceitavam tudo que eu dizia. Ah, esqueci: isso nunca acontecia. – A questão é a seguinte: todos nós sabemos que o pai de vocês nunca machucaria ninguém. Só se precisasse proteger a gente, certo?

Sinto orgulho da rapidez com que ambos meneiam a cabeça para concordar.

– Então não importa que estejam revistando a nossa casa – concluo. – Porque o pai de vocês não fez nada de errado, então não tem como eles acharem nada.

Ao mesmo tempo que pronuncio as palavras, dou o melhor de mim para acreditar nelas. Se eu deixar minhas dúvidas transparecerem na voz, as crianças vão perceber. E nesse momento preciso que elas acreditem na inocência do pai.

– Vai ficar tudo bem – asseguro.

Na hora em que as palavras saem da minha boca, porém, sei que não são verdadeiras. E que as coisas estão prestes a piorar bastante.

CINQUENTA E CINCO

Depois de deixar as crianças na escola, faço uma parada no caminho de volta. Em parte por não querer chegar com a revista ainda em curso, em parte porque tem algo que preciso saber. Algo que está me assombrando e em que só vou conseguir parar de pensar depois de fazer isso.

Encontro o endereço que estou procurando na caixa de entrada do meu e-mail. Fica a umas duas cidades de distância, num bairro onde Enzo e eu visitamos algumas casas. Encontramos uma linda, que se encaixava mais no nosso poder aquisitivo do que a que acabamos comprando, mas o bairro era um horror. Pelo menos durante o dia é seguro. Na maior parte do tempo.

Estaciono em frente a uma casa branca castigada pelo tempo que parece implorar por uma pintura nova. Saio do carro tentando decidir se é seguro deixá-lo na rua. Tudo bem, não vou demorar.

Ando em direção aos degraus da frente, olhando em volta para checar se há um cão de guarda correndo na minha direção. Por algum motivo, esse parece o tipo de casa que teria como vigia um cachorro bravo – e, quem sabe, um homem armado com uma escopeta.

Bom, ainda assim prefiro estar aqui do que lá na minha casa com a polícia.

Subo decidida os degraus até chegar diante da porta. Pressiono o dedo na campainha, mas tenho quase certeza de que está quebrada. Então, em vez disso, bato na porta com o punho fechado. Quando ninguém atende, bato com mais força. Tem um Ford Pinto parado em frente à casa, então suponho que haja alguém lá dentro.

Por fim, ouço passos do outro lado da porta ficando cada vez mais altos. Uma voz áspera diz:

– Já vai, já vai, calma.

Um segundo depois, a porta é aberta com um puxão por um homem de 60 e poucos anos. Ele tem cabelo branco ralo e veias aparentes ao redor do nariz bulboso que lembram teias de aranha. Mesmo sendo de manhãzinha, fede a uísque.

– Ah, olá. – Abro um sorriso. – Estou procurando... Martha está?

O homem semicerra os olhos injetados.

– De onde a senhora conhece a minha mulher?

Por um segundo, me permito imaginar a mulher certinha e eficiente que passei a conhecer na minha casa casada com aquele homem. Não parece uma boa combinação, mas aprendi que as pessoas mudam muito depois de dizer o "sim". Como ela devia se sentir ao voltar para casa toda noite e encontrar aquele homem?

Não posso evitar sentir uma onda de empatia pela mulher que acusei de ter me roubado. Embora, para ser sincera, ela tenha *mesmo* me roubado.

– Ela, hã, ela fazia faxina na minha casa. – Amaldiçoo a mim mesma em silêncio por não ter uma história pronta. – E deixou um casaco lá, então queria devolver.

Pouco importa que eu não esteja carregando casaco algum. Estou contando com o fato de o cara estar bebum demais para reparar. Tudo que eu quero é falar com Martha para poder confirmar a história de Enzo. Preciso saber se ele estava dizendo a verdade.

– Pode ficar com o casaco – retruca o homem. – Porque aquela vagabunda me largou no começo da semana. Depois de tudo que eu fiz por ela...

Ele dá uma tossida carregada, e eu, um passo para trás.

– Ela se mudou, o senhor quer dizer?

– Bom, está vendo ela aqui em algum lugar? – grunhe ele. – Se vir, diz pra ela que vai ter que se explicar quando voltar se arrastando pra cá.

Pelo bem de Martha, para onde quer que Enzo a tenha levado, torço para que ela nunca se arraste de volta para cá. Espero que tenha sumido de vez.

O homem bate a porta na minha cara, e ando de volta até o carro, que por milagre não foi roubado nos dois minutos que passei longe dele. Só que agora meu passo está um pouco mais leve. Eu não tinha ficado de todo convencida com a história de Enzo sobre Martha, mas tudo parece ter se confirmado. Se ele foi até ali, devia estar preocupado. E, se ela atendeu à porta com o rosto cheio de hematomas, ele não teria conseguido ir embora sem tentar ajudá-la, porque não conseguiu ajudar a irmã a tempo e passou as duas últimas décadas sendo atormentado por essa culpa. Seu desejo de ajudar mulheres em perigo é algo que sempre amei nele e uma paixão que compartilho.

Quero confiar nele. Quero muito confiar no meu marido.

CINQUENTA E SEIS

A polícia passa horas revistando a nossa casa. Quando eles terminam, o lugar está de pernas para o ar. Como era de se esperar. Como nenhum de nós dois foi trabalhar hoje – eu pedi folga por motivos pessoais e Enzo encarregou seus funcionários de dar conta dos serviços –, começamos a rearrumar tudo. Só torço para conseguirmos terminar antes que o ônibus escolar traga as crianças de volta para casa. Se elas chegarem e estiver essa bagunça, vão entrar em pânico.

Enzo e eu ficamos limpando em silêncio. Estamos na cozinha agora, guardando as panelas e frigideiras que foram jogadas no chão. É quase como desempacotar nossa mudança outra vez.

Embora eu não devesse dizer nada, uma pergunta não para de martelar na minha cabeça, e, antes de conseguir me conter, disparo:

– Enzo, você falou pra Suzette que só se casou comigo porque eu engravidei?

O corpo dele se enrijece.

– Como é que é?

– Falou pra ela que me engravidou sem querer?

– Não, eu não falei. – Ele esfrega o maxilar. – Por que você acha que eu contaria isso pra ela?

– Porque ela sabia. E eu com certeza não contei. Então, como ela sabia?

– Ada tem 11 anos. A gente está casado há menos de doze. – Ele ergue um dos ombros. – Ela fez as contas?

Pode ser. É totalmente possível eu ter comentado que somos casados há onze anos. Deveria ter tomado mais cuidado com o que dizia na frente de alguém como Suzette. Ela com certeza estava analisando cada palavra.

Enzo olha para mim com os olhos semicerrados.

– Quando você falou sobre isso com a Suzette?

Não posso contar que saí de fininho na noite anterior e fui até o quintal da casa ao lado. Ele ficaria uma fera.

– Já faz um tempo. Me lembrei disso agora.

– Millie, pode acreditar: eu não saio falando com ninguém sobre nossos assuntos pessoais. – Ele franze o cenho diante da bancada da cozinha. – Eles quebraram três pratos. Sabia?

– Eu te avisei que eles não iam ser delicados.

– Pode isso? Eles quebram coisas e fica por isso mesmo?

Não sei o que dizer. O que podemos fazer? Chamar a polícia e reclamar?

– Sabe se eles acharam alguma coisa? – pergunto a ele.

– Não. Não acharam nada porque não tem nada pra achar. – Ele cerra os punhos de tanta frustração. – Quebraram uma caneca também! Que coisa mais ridícula!

– Enzo, por que não deixa que eu termino aqui na cozinha? Pode arrumar os quartos, que tal?

– Tudo bem – resmunga ele.

E sai pisando firme, me deixando sozinha para limpar a cozinha. O que é bom, porque tenho quase certeza de que eles quebraram muito mais coisa por aqui. Nos quartos tem menos coisas para quebrar.

Enquanto estou jogando fora os restos da louça quebrada, meu celular toca. O número tem prefixo 718, ou seja, não é de Long Island. Atendo.

– Millie?

É a voz de Cecelia; reconheço-a da noite anterior. Ainda não consigo me acostumar com o quão diferente é essa voz em comparação com a da menininha que ela era antigamente.

– Oi, Cecelia. Você... você deve estar sabendo o que aconteceu.

– Sim, falei com o Enzo hoje de manhã. Ele não estava nem um pouco feliz.

– É que a gente ficou surpreso. Estávamos torcendo pra não chegar a esse ponto, pra eles encontrarem outro suspeito.

– Ah, não – diz Cecelia. – Eles agora estão com uma mira a laser no Enzo.

– Você checou o quintal dos fundos da casa dos Lowells? – pergunto. – Dei uma olhada lá, e com certeza tem um lugar por onde dá para entrar sem passar pela frente da casa.

– Sim, consegui confirmar isso. Mas pode ser que não seja relevante.

– Como assim?

– Quando a polícia revistou a casa de vocês, eles encontraram uma coisa.

O quê? Enzo afirmou com muita ênfase que nada capaz de incriminá-lo seria encontrado.

Sinto um peso no estômago.

– Encontraram o quê?

– Não sei. – Ela dá um suspiro. – Estão criando muita dificuldade em relação a compartilhar qualquer informação no momento, mas consegui confirmar pelo menos isso com meus contatos. Eles estão fazendo uns testes agora, mas segundo meus contatos acham que é um "gol de placa".

Um gol de placa?

Ah, meu Deus, e se eles tiverem encontrado aquela camiseta ensanguentada? Enzo jurou que o sangue era dele, mas se a polícia está falando em gol de placa...

– Enzo tá sabendo? – pergunto.

– Está, acabei de falar com ele, mas queria avisar a você também, porque ele não parecia disposto a te contar. – Ela hesita. – Estou te contando em sigilo, claro. Supostamente eu não deveria ter essa informação, e com certeza não deveria contar pra nenhum de vocês. Posso confiar em você pra manter isso entre nós, Millie?

– Pode, sim – confirmo.

– Tanto Benito quanto eu estamos atentos a qualquer outra informação. – Apesar de o meu mundo estar desmoronando à minha volta, Cecelia não parece nem um pouco abalada. E a segurança dela me acalma. – Se ficarmos sabendo de alguma coisa sobre um mandado de prisão, eu te ligo na hora.

A ideia de meu marido ser preso é quase horrível demais para ser articulada. De repente, fico com a voz embargada e nem sequer consigo responder.

– Millie. – A voz de Cecelia é firme. – A gente vai resolver essa história. Eu prometo pra você. Acredita em mim?

– Mas... – consigo dizer. – Mas e se...

Não consigo sequer completar a frase. Além do mais, nem sei o que ia dizer em seguida.

E se o meu marido estivesse mesmo tendo um caso com Suzette Lowell?

E se o Enzo tiver mesmo matado Jonathan Lowell?

E se prenderem o Enzo? O que eu vou fazer da vida? O que vou dizer aos nossos filhos?

– Millie – diz Cecelia com sua voz segura e firme. – Você precisa confiar em mim em relação a isso. Porque eu confio em você. Confio no *Enzo*. A gente vai sair dessa.

– Tá bom – concordo. – Eu confio em você.

Mas como exatamente vamos sair dessa? Se tiverem encontrado aquela camiseta coberta com o sangue de Jonathan, Enzo está em sérios apuros. Preciso torcer para ele ter se livrado da camiseta. Para ter posto num lugar onde nunca vão encontrar.

Nem sequer me passa pela cabeça que encontraram algo muito pior.

CINQUENTA E SETE

Não comento com Enzo sobre minha conversa com Cecelia.

A verdade é que estou com medo de tocar nesse assunto. Quando ele entra na cozinha para me ajudar a pôr a mesa, abro a boca uma dúzia de vezes, mas as palavras não saem. Algo terrível está prestes a acontecer, e é quase como se falar a respeito disso fosse tornar a coisa toda real.

Quando as crianças chegam, agimos como se tudo estivesse normal. Agimos como se nossa casa não tivesse sido virada de pernas para o ar por policiais em busca de indícios de assassinato. Se houver uma chance de Enzo ser preso em breve, é mais uma razão para nos agarrarmos à normalidade enquanto ainda for possível. Ele consegue até convencer Nico a ir no quintal jogar um pouco de beisebol, a primeira vez desde o incidente na liga infantil.

No entanto, Enzo gasta muito mais tempo do que de costume na rotina de dormir das crianças. Eu ia deixá-lo ir primeiro, mas, depois de já ter passado meia hora com Ada, decido dar logo boa-noite a Nico. Está tarde o suficiente para que ele talvez pegue no sono antes de eu ir lá.

Só que, quando entro no quarto, Nico não está com cara de que vai pegar no sono tão cedo. Está sentado na cama lendo uma revista em quadrinhos. O viveiro de Kiwizinho continua ao lado da cama, só que vazio, lógico.

– Cama. – Pego a revistinha da mão dele e a coloco sobre a escrivaninha. – Hora de dormir.

– Não tô cansado.

– Aposto que está mais cansado do que pensa.

– E eu aposto que não.

Mas ele deita a cabeça no travesseiro, obediente. Mesmo após eu apagar a luz, o luar continua entrando pela janela ao lado da cama, porque as persianas estão levantadas, como Nico em geral as mantém. O branco de seus olhos quase parece cintilar à luz da lua.

– Mãe? – diz ele.

Eu me inclino na beirada da cama.

– Oi?

– Você acha que, se uma pessoa fizer uma coisa ruim, isso quer dizer que ela é uma pessoa má?

– Bom, que tipo de coisa ruim?

Os olhos dele se arregalam.

– Uma coisa *muito* ruim.

Ele deve estar pensando no pai. Deve ter sido muito perturbador para ele acordar de manhã com a polícia na nossa casa. O que vai pensar se prenderem Enzo?

Meu filho me observa, à espera da minha resposta. Depois de tudo por que passei na minha própria vida, tenho um ponto de vista especial em relação a isso. Já fiz algumas coisas ruins. Algumas coisas *muito* ruins. Já matei uma pessoa. Na verdade, mais de uma.

Só que Nico não sabe disso. Nunca contamos isso para nossos filhos. Um dia desses, é quase certo que eles vão descobrir. E fico apavorada com o pensamento de que, quando isso acontecer, eles passem a me odiar.

– Acho que alguém pode fazer coisas ruins e mesmo assim ser uma boa pessoa – afirmo. – Contanto que tenha feito a coisa ruim por um bom motivo.

– Dá para fazer coisas ruins por um bom motivo?

– Claro. Por exemplo, a gente sabe que mentir é errado, né?

Ele assente.

– Bom, e se a Ada cortasse o cabelo e ficasse feio, aí ela perguntasse pra você como ficou e você dissesse que ficou bonito para não magoar ela? Seria uma mentira, mas por um bom motivo. Faz sentido o que estou dizendo?

– Faz...

– Isso responde à sua pergunta?

244

– Na verdade, não – diz ele. – Porque mentir em relação a um corte de cabelo não é uma coisa ruim *de verdade*.

Um calafrio me percorre a espinha.

– Bom, em que tipo de coisa você tá pensando?

Onde você estava todas aquelas vezes que jurou estar com o Spencer?

Fico observando o rosto do meu filho, esperando para ver o que ele vai dizer. Mas ele apenas dá de ombros. O que quer que tenha feito, Nico não vai me contar.

Antes que eu consiga insistir, alguém bate na porta. É Enzo, pronto para sua vez de dar boa-noite ao filho. Ainda não sei muito bem sobre o que era a pergunta de Nico. É como se ele tivesse algo muito específico em mente, mas que pelo visto não vai me contar o que é. Talvez Enzo saiba responder melhor do que eu à pergunta dele.

CINQUENTA E OITO

É raro estarmos todos os quatro reunidos em volta da mesa do café da manhã.

Como as crianças não comeram as panquecas ontem, hoje estou preparando panquecas com gotas de chocolate outra vez. Não fica nada incrível. Estou usando a massa pronta de supermercado, e só o que preciso fazer é adicionar água e misturar. Então despejo pequenos círculos na frigideira com bastante óleo. Uso bastante óleo quando faço panqueca. Estou basicamente fazendo uma fritura de imersão, mas as crianças amam. Enzo também, para dizer a verdade.

Meu toque final são as gotas de chocolate. Ponho cerca de oito ou nove gotas em cada panqueca. Tento formar carinhas sorridentes com elas. Obtenho apenas um sucesso parcial.

– Que cheiro bom, Millie – diz Enzo.

A voz dele soa alegre, mas deve estar pelo menos um pouco apavorado por dentro depois do que Cecelia lhe disse ontem.

Por fim, levo à mesa quatro pratos generosos de panquecas. As crianças comem com mais gosto do que no dia anterior. Até onde sabem, aquela confusão com a polícia acabou.

– Está chovendo agora, mas à tarde vai parar – comenta Enzo. – Nico, a gente deveria jogar beisebol outra vez depois que eu voltar do trabalho.

– Você acha que eles me deixariam entrar de novo num time da liga infantil ano que vem? – pergunta Nico, com a boca cheia de panqueca.

Não tenho certeza em relação às regras, mas, depois de ter socado a barriga de outro garoto, pode ser que Nico esteja banido para sempre.

– Não sei... – diz Enzo. – Mas quem sabe no verão a gente possa treinar futebol americano? E fazer você ficar tão bom quanto no beisebol, que tal?

Nico assente.

– Tá!

É com esse momento em família calmo e perfeito que sonhei na primeira vez que vi essa casa. Nós quatro sentados em volta da mesa da cozinha tomando café, comendo panquecas. Se eu pudesse tirar uma foto em família, seria nesse exato instante.

E então a campainha toca e estraga tudo.

– Eu atendo. – Enzo pula da cadeira tão depressa que tenho medo de ele já saber quem está tocando. – Já volto.

Vou atrás dele, lógico. O que quer que esteja acontecendo, eu quero saber. A essa altura, tenho quase certeza de que nada de bom nos aguarda do outro lado da porta.

Quando chego no hall, Enzo já abriu a porta da frente. Cecelia está ali parada, com a calça do terninho encharcada e o cabelo louro grudado na cabeça por causa da chuva. Se estivesse com alguma maquiagem, estaria tudo escorrendo pelo rosto.

– Entra – diz Enzo. – Você tá parecendo um pinto molhado!

Embora esteja encharcada, Cecelia mal parece reparar nisso ao passar por nós e entrar no hall.

– Que bom que cheguei a tempo. A gente precisa conversar.

Olho para a cozinha a fim de me certificar de que as crianças não estejam paradas na entrada, escutando. Tenho a sensação de que não quero que elas escutem o que quer que Cecelia tenha a dizer.

– Você quer se sentar? – pergunto a ela. – Posso pegar uma toalha pra você ou...

– Enzo, a polícia está vindo pra cá te prender – diz Cecelia, me interrompendo.

Embora ela tenha me avisado ontem que as coisas estavam complicadas, essa revelação me deixa sem ar. Enzo parece igualmente abalado.

– A polícia me avisou hoje de manhã, por cortesia. – Ela afasta alguns fios do cabelo molhado do rosto. – Estão solicitando um mandado de prisão contra você, e imagino que cheguem aqui em breve. Vim o mais rápido possível para a gente poder conversar antes de isso acontecer.

– Por quê?! – exclama ele. – O que eles têm? Eles não têm nada.

– Benito conseguiu umas informações – revela ela. – A gente conversou enquanto eu dirigia até aqui. Como falei pra vocês ontem, a polícia encontrou uma coisa quando esteve aqui. Eles acreditam que seja a arma do crime.

– Que coisa mais ridícula! – protesta Enzo. – Arma do crime? O que foi? Uma das nossas facas de cozinha?

– Não, um canivete – diz ela. – Com as suas iniciais gravadas, E. A. Encontraram enfiado numa gaveta.

Viro a cabeça para encarar meu marido. Eu conheço esse canivete: é o que o pai de Enzo lhe deu. Ele sempre o carrega consigo.

– E o canivete parecia ter sido limpo, só que ainda tinha vestígios de sangue – acrescenta ela. – A polícia fez uma análise de DNA expressa que saiu hoje de manhã, com um resultado que bate com o DNA de Jonathan Lowell.

A boca de Enzo se escancara. Ele se encosta na parede, e suas pernas parecem prestes a ceder. De todos os indícios que a polícia tinha contra ele, esse é de longe o mais incriminador. Mas ele deve ter algum motivo. Deve haver um motivo para o canivete estar com o sangue de Jonathan Lowell. Preciso ouvir a explicação de Enzo.

Preciso ouvir agora.

– Enzo? – sussurro.

– Eu... – Ele pisca algumas vezes. – Eu pensei que tivesse limpado tudo. *Como é que é?*

Ele se endireita e inspira fundo, trêmulo.

– Sinto muito, Millie. Não fui honesto com você. Fui eu que matei o Jonathan.

CINQUENTA E NOVE

Fui eu que matei o Jonathan.

Na minha cabeça, vou ouvir meu marido dizer essas palavras até o dia da minha morte.

Até então, Cecelia parecia totalmente segura e no controle da situação, mas essa confissão a deixou abalada.

– Enzo, está dizendo que...

– Sinto muito – diz ele baixinho. – Fiz uma coisa horrível. Sinto muito por ter mentido sobre isso. Mas... mas agora vou fazer a coisa certa. Vou confessar.

– Que história é essa? – Estou quase guinchando e falo alto a ponto de as crianças ouvirem, mas não consigo me segurar. – Por que você faria uma coisa dessas?

Ele abaixa a cabeça.

– Sinto muito. Fiz isso pela gente... Por causa do dinheiro do seguro. A gente estava tão duro e...

Cecelia está sem palavras. Eu também, aliás. Tenho tantas perguntas... Se ele fez isso por causa do dinheiro do seguro, Suzette estava envolvida? Ela também vai ser presa? Não consigo sequer pensar em por onde começar, mas então a campainha toca, e percebo que não tenho tempo de fazer nem uma única pergunta.

Cecelia fica alerta de novo.

249

– É a polícia – anuncia.

O semblante de Enzo se enche de pânico.

– Millie, pode por favor levar as crianças lá pra cima? Não quero que elas vejam.

A campainha volta a tocar, seguida por murros na porta. Eu também não quero que as crianças vejam. Mas não pareço ter muito tempo.

Ah, Enzo, onde você estava com a cabeça?

Quase tropeço nos meus próprios pés no caminho até a cozinha, onde as crianças ainda estão comendo as panquecas. Meu Deus, como eu gostaria de poder deixá-las terminar. Só que não dá tempo.

– Pessoal, preciso que vocês dois subam pro quarto de vocês e fechem a porta. Agora.

Houve um tempo em que um pedido desses teria sido recebido com choramingos e objeções. Mas nessa hora eles entendem. Abandonam os pratos e sobem correndo. Duas portas batem em sequência.

Quando volto, Enzo e Cecelia ainda não abriram a porta, estão esperando o meu sinal verde. Enzo parece prestes a passar mal, mas se endireita e abre a porta da frente. Não é surpresa alguma ver o investigador Willard parado do outro lado, com aquela mesma expressão soturna no rosto que passei a desprezar.

– Enzo Accardi – diz ele. – O senhor está preso pelo assassinato de Jonathan Lowell.

Quando o investigador fecha as algemas ao redor dos pulsos do meu marido, fico muito aliviada com o fato de as crianças estarem lá em cima e não testemunharem a cena. Conheço a sensação de estar algemada. Eu me lembro do modo como o metal se crava na pele, e do desequilíbrio que se sente ao caminhar. Conheço a sensação de ser levada embora algemada pela polícia. Vejo essa mesma dor nos olhos de Enzo.

E ele tem muito mais algemas pela frente. Uma vida inteira.

– Eu te amo, Millie – diz Enzo para mim enquanto é levado embora.

Ele não inventa nenhuma desculpa. Não finge mais inocência. Tudo que ele tem a dizer em sua defesa são essas quatro palavras.

– Enzo! – grita Cecelia, pondo a cabeça porta afora debaixo da chuva. – Não fala nada pra eles antes de eu chegar! Ouviu bem? Nenhuma palavra! Te encontro lá!

Fico olhando o investigador conduzir meu marido até a viatura da polícia. Eles o empurram para o banco de trás, e algo dentro de mim simplesmente se rompe. Eu nunca mais vou chegar em casa e encontrar meu marido. Na próxima vez que o vir, ele vai estar preso.

Quase com certeza vai passar o resto da vida atrás das grades.

Cecelia fecha nossa porta da frente, apoia-se nela e balança a cabeça. Afasta dos olhos uma mecha molhada.

– Não acredito no que acabou de acontecer. Estou perplexa.

– É – consigo dizer.

– A gente está deixando passar alguma coisa. – Ela fica encarando atentamente pela janela o carro de polícia que leva meu marido para longe de nós, como se ele pudesse de alguma forma conter uma pista. – Ele não está contando tudo pra gente. Não iria matar alguém por dinheiro. Não acredito nisso nem por um segundo. Ele teve outro motivo.

– Pode ser...

Só que ela não sabe o quanto Enzo queria essa casa. Mesmo dez por cento abaixo do preço do mercado, ela não estava dentro do nosso poder aquisitivo, mas ainda assim nós a compramos. Comemoramos quando nosso financiamento foi aprovado... Agora eu queria que o banco tivesse nos rejeitado. Poderíamos ter continuado a procurar outra casa. Poderíamos ter encontrado algo tão bom quanto sem ter que viver numa luta constante para pagar as contas.

– Millie, não entra em pânico – diz ela para mim. – Eu vou cuidar disso.

Lanço um olhar para ela.

– Cecelia, meu marido acabou de confessar um assassinato.

É difícil avaliar qual a pior parte disso tudo. É uma situação terrível de todas as maneiras imagináveis. A parte mais difícil, porém, é imaginar Enzo fazendo aquilo com Jonathan. Afinal, Jonathan não levou um tiro dado por alguém do outro lado do cômodo. Enzo chegou bem perto dele com o canivete e cortou o pescoço de Jonathan de orelha a orelha. Que tipo de pessoa faz isso?

Só que tem muita coisa que Enzo fez na vida em que eu não teria acreditado. Nunca teria imaginado meu marido quebrando dedos a mando de um mafioso, mas na verdade isso também faz parte da história dele. Pelo visto, ele é, sim, o tipo de homem capaz de cortar a garganta de outro.

Afinal, de fato fez isso. Ele confessou.

Uma porta bate com força lá em cima. Uma das crianças deve ter saído do quarto para ver o pai sendo levado embora pela polícia. Agora vou ter que lidar com isso. Vou ter que contar aos dois o que aconteceu.

– É melhor eu ir para a delegacia – diz Cecelia. – Você vai ficar bem, Millie?

Com certeza não. Mas não há nada que ela possa fazer por mim agora.

– Vai lá.

Ela assente.

– Lembra: isso não acabou ainda. Eu vou ajudar o Enzo.

– Obrigada.

Mas o que ela pode fazer de verdade por nós a essa altura? Não foi legítima defesa. Foi homicídio, talvez até homicídio qualificado. Seja como for, Enzo perdeu a liberdade em definitivo.

Cecelia se despede de mim com um abraço e promete manter contato para me atualizar. Depois que ela sai, quando a casa fica em silêncio de novo, é que absorvo a realidade da minha situação.

Enzo foi embora.

E agora preciso contar isso para as crianças.

Quando estou subindo para o primeiro andar da nossa casa, fazendo os degraus rangerem, me dou conta de que não vamos mais ter como honrar as prestações do financiamento. A primeira coisa que vamos precisar fazer é colocar essa casa no mercado outra vez. Não sei onde vamos ter condições de morar só com o meu salário.

Sigo primeiro na direção do quarto de Nico, porque ele tem sido o mais problemático dos meus dois filhos, mas então ouço os soluços vindos do quarto de Ada. Ela é sempre muito sensível às coisas. E, na atual situação, não posso culpá-la. Bato na porta e, quando ela não responde, entro mesmo assim.

Ada está deitada na cama aos soluços, com a cara enterrada no travesseiro e os ombros magros sacudindo com violência. Na verdade, seu corpo inteiro está sacudindo. Ano passado, vi uma pessoa ter uma convulsão no hospital, e isso não me parece muito diferente. Ada sempre foi a queridinha do papai, e descobrir o que Enzo fez vai destruir seu mundo. O simples fato de vê-la chorar traz aos meus olhos as lágrimas que eu estava segurando.

Enzo, como você pôde fazer isso com a gente? Como pôde?

– Ada. – Eu me sento na beirada da cama e afago seu cabelo preto sedoso. – Ada, meu amor... Eu te disse pra não descer.

Ela diz alguma coisa contra o travesseiro que não consigo entender direito.

– Tá tudo bem. – Volto a afagar seu cabelo. – Vai ficar tudo bem.

Não sei quem estou tentando convencer. Se é ela, não está funcionando. E tampouco estou conseguindo me convencer disso. Eu deveria calar a boca e pronto.

Ada muda de posição na cama e se vira para me encarar com os olhos inchados e vermelhos.

– Eles acham que o meu pai matou o Sr. Lowell.

Meu instinto é mentir, mas de que adiantaria?

– É. Acham, sim.

Lágrimas escorrem pelas bochechas dela.

– Mas não foi ele!

Essa próxima parte vai ser difícil, mas ela vai ficar sabendo mais cedo ou mais tarde. Melhor ouvir de mim do que ler na internet ou escutar de alguma amiga.

– Ada, meu amor, ele confessou. Ele admitiu pra polícia que matou o Sr. Lowell.

– Mas ele não matou! – insiste ela. – Eu sei que não!

Tento pôr a mão no seu ombro, mas ela me afasta com um tranco.

– Como é que você sabe?

– Eu sei – diz minha filha – porque quem matou ele fui eu.

PARTE III

SESSENTA

ADA

Meu nome é Ada Accardi e tenho 11 anos.

Meu cabelo é preto e meus olhos na verdade são castanho-escuros, mas tem gente que diz que parecem pretos também. Tenho um irmão chamado Nicolas, de 9 anos. Sou fluente em duas línguas: inglês e italiano. Minha comida preferida é macarrão com queijo derretido, principalmente do jeito que minha mãe faz. Meu livro preferido é *Filhas de Eva*, da Lois Duncan. Meu sabor de sorvete preferido é cookies and cream.

Além disso, eu matei nosso vizinho da casa ao lado, Jonathan Lowell.

E mais uma coisa:

Não estou arrependida.

Como matar seu vizinho sinistro da casa ao lado – Um guia de Ada Accardi, quinto ano

Passo 1: Deixe para trás sua casa e tudo que você ama

Amanhã a gente vai se mudar.

Minha mãe e meu pai estão muito animados com a mudança. Principalmente meu pai. Ele não para de falar sobre como a gente vai morar numa casa nova incrível e que a gente vai adorar. Eles ficam agindo como se estivessem fazendo uma coisa maravilhosa pela gente, só que não quero me mudar. Eu gosto aqui do Bronx. Todas as minhas amigas moram aqui. Gosto até deste apartamento, que, segundo eles, é "pequeno demais". Mas, quando a gente tem 11 anos, não tem escolha. Se a mãe e o pai dizem que temos que nos mudar, temos que nos mudar.

Enfim, é por isso que não estou conseguindo dormir.

Passei a última hora acordada na cama, encarando o teto. Eu gosto do meu teto. A pintura está rachada em vários lugares, mas as rachaduras são conhecidas. Tipo, tem uma bem no meio que é igualzinha a um rosto. Eu chamei essa rachadura de Constance.

Vou sentir saudade da Constance quando a gente se mudar.

– Nico? – sussurro na escuridão.

Uma das coisas ruins da nossa casa, segundo nossos pais, é que Nico e eu temos que dividir o quarto. Como ele é menino e eu sou menina, não era pra gente dividir. Mas meu pai pendurou uma cortina no meio do quarto, então tudo bem. Eu não me importo de dividir o quarto com Nico. Gosto de saber que, quando vou dormir, ele está comigo, do outro lado da cortina.

– Quê? – sussurra Nico de volta.

Ele está acordado. Que bom.

– Não tô conseguindo dormir.

– Nem eu.

– Queria que a gente não tivesse que se mudar.

O colchão de Nico faz aquele barulho alto de chiado que sempre faz quando ele rola de lado.

– Eu sei. Não é justo.

Por algum motivo, o fato de Nico também não querer ir embora faz com que eu me sinta melhor. Porque nossos pais estão muito animados. Quem olha até pensa que a gente vai se mudar pra Disney.

Mas não é tão ruim para ele quanto para mim. Nico sempre fez amigos com mais facilidade do que eu. Todo mundo gosta dele de cara. Já eu sempre tive as duas mesmas melhores amigas desde o jardim de infância: Inara e Trinity. Além do mais, faltam só três meses para eu terminar o primeiro ciclo do fundamental, e vou perder a formatura. Em vez disso, vou me formar com um bando de crianças que eu nem *conheço*.

– Talvez seja horrível e mamãe e papai queiram se mudar de volta – diz Nico.

– Duvido. Acho que essa casa nova custou supercaro.

– É. Eles disseram que mal têm dinheiro pra pagar o faturamento.

– O financiamento, você quer dizer?

– Não é a mesma coisa?

Não entendo o que é um financiamento, mas sei que não é a mesma coisa que um faturamento. Tipo, tenho quase certeza.

– A gente vai ser obrigado a morar nessa casa nova até ir pra faculdade.

Ele fica calado do outro lado da cortina.

– Bom, talvez não seja tão ruim. Talvez a gente acabe gostando.

Não consigo imaginar isso. Não consigo me imaginar fazendo amigos inteiramente novos e me acostumando com uma casa grande e assustadora.

– Nico?

– Hum?

– Posso puxar a cortina?

A cortina que separa os dois lados do quarto, na verdade, é pra mim. Quando meu pai colocou, minha mãe me disse que estava fazendo isso porque "você agora é uma mocinha e precisa de privacidade". Mas de noite eu meio que sempre quero abrir a cortina.

– Tá – diz Nico, topando.

Desço da cama e afasto a cortina. Nico está com sua colcha do Super Mario Bros. puxada até o pescoço, o cabelo preto está bagunçado. Ele acena para mim, e eu aceno de volta.

Eu me lembro do dia em que minha mãe e meu pai trouxeram Nico pra casa do hospital. Minha mãe disse que eu não tenho como me lembrar porque tinha só 2 anos e meu cérebro ainda não era capaz de criar memórias, mas juro que me lembro. Ela trouxe Nico pra casa dentro de um carregadorzinho de bebê, e ele era bem pequeno. Nem acreditei no quanto ele era pequenininho! Menor até do que as minhas bonecas.

Perguntei se podia pegar ele no colo, e minha mãe falou que sim se eu tomasse muito cuidado. Então me sentei no sofá, e ela colocou ele no meu colo. Ela me disse que eu tinha que segurar a cabecinha dele, então fiz isso. Ele pareceu muito feliz por estar no meu colo, por mais que parecesse um velhinho. E então pus o dedo na boquinha minúscula dele, e ele chupou. Aí falei pra ele:

– Nico, eu te amo.

Vou sentir saudade de quando o meu irmão era meu companheiro de quarto.

SESSENTA E UM

Hoje é o dia da mudança.

Meu pai arrumou um caminhão grande, e praticamente vai fazer a mudança inteira com dois amigos que trabalham com ele. Minha mãe não para de gritar dizendo que ele vai machucar as costas e pedindo que ele tome cuidado, e ele só diz tá, só que ele nunca se machuca, então não sei por que ela fica tão preocupada. Dá pra perceber que ele também acha que é uma preocupação boba, mas ele em geral obedece quando ela fica tão chateada assim.

Minha mãe é uma mãe muito boa. É mais ou menos o tipo de mãe que, se você esquecer que era pra levar uma bandeja de quadradinhos de flocos de arroz com marshmallow pra escola no dia seguinte e estiver quase na hora de dormir, ela sai para comprar, prepara tudo pra você e garante que esteja tudo embalado e prontinho pra escola no dia seguinte. (Isso aconteceu com o Nico há pouco tempo, então eu sei que é verdade.) Ela é meio que nem qualquer boa mãe, que ama e toma conta da gente.

Já meu pai é diferente.

Ele basicamente é capaz de fazer qualquer coisa. Tipo, minha mãe saiu e comprou as coisas pra fazer quadradinhos de flocos de arroz com marshmallow e aprontou tudo pra levar pra escola no dia seguinte. Mas, se eu dissesse pra ele que preciso de quadradinhos de flocos de arroz, sei lá, da *China*, ele conseguiria pra mim. Não sei como, mas conseguiria a tempo de eu levar pra escola no dia seguinte.

Além do mais, ele tem uma caminhonete grandona e antes deixava eu andar na frente com ele, mas aí minha mãe descobriu e ficou brava. Então agora ele não deixa mais, porque diz que ela é superinteligente e, se ela fala que não é seguro que eu vá na frente, então não posso ir.

Meu quarto na casa nova é grande. Tem mais ou menos o dobro do tamanho do quarto que eu e Nico dividíamos antes. Meu pai me disse que posso escolher meu quarto primeiro porque sou a mais velha, então escolhi o do canto. Ele tem muitas janelas pelas quais posso ficar olhando enquanto leio.

Só que, quando estou no meio do processo de desempacotar os livros no meu quarto novo, começo a chorar.

Eu choro demais. Todo mundo diz isso sobre mim. Mas não posso fazer nada! Quando estou triste, eu choro. O que não entendo é por que as pessoas não choram com mais frequência. Até o Nico quase não chora mais.

Meu pai passa pelo quarto quando estou sentada na cama, chorando. Na mesma hora, ele larga a caixa que está segurando e vem se sentar do meu lado.

– O que houve, *piccolina*? Tá triste por quê?

Ergo a cabeça e olho pra ele. Já sou quase tão alta quanto minha mãe, mas ele é mais alto do que nós duas. Quando ele vai me buscar na escola, as outras meninas ficam dizendo que ele é muito gato. A mãe da Inara, inclusive, é a fim dele. Mas não penso nele assim.

– Quero voltar pra casa.

Ele franze a testa.

– Mas a sua casa agora é aqui. E é uma casa bem melhor.

– Eu detestei.

– Ada, você não tá falando sério.

Ele parece tão decepcionado que não repito que detestei. Não digo que, se eu pudesse estalar os dedos e voltar pro nosso apartamentozinho minúsculo, faria isso sem pensar duas vezes.

– Vamos fazer assim – diz ele. – Você dá uma chance pra nossa casa nova. Se daqui a um ano ainda estiver detestando viver aqui, aí a gente volta.

– Volta, nada.

– Volta, sim! Eu prometo pra você.

– Minha mãe não vai deixar.

Ele me dá uma piscadela e diz, em italiano:

– Aí a gente faz assim mesmo.

Não acredito nele, mas isso faz com que eu me sinta melhor. Além do mais, pensando bem, ele deve ter razão. Tudo vai estar diferente daqui a um ano. Talvez a essa altura eu já esteja adorando este lugar.

SESSENTA E DOIS

Passo 2: Tente *muito* se enturmar

Eu nunca fui a aluna nova da escola.

Sempre me senti mal pelos alunos novos, que tinham que ficar em pé na frente da turma e contar tudo sobre si mesmos. E agora é a minha vez. Estou de pé na frente de uma sala cheia de alunos do quinto ano, usando o vestido rosa desconfortável e piniquento que minha mãe separou pra mim. Na loja de departamentos tinha um vestido branco lindo e esvoaçante que eu queria comprar pro meu primeiro dia de aula, mas por algum motivo minha mãe nunca, jamais me deixa usar branco, então foi assim que acabei com este daqui. E agora não sei o que dizer.

– Vamos lá, Ada – diz a professora Ratner. – Conte um pouco sobre você para a turma.

Eu não gosto da professora Ratner. Minha professora antiga, a professora Marcus, era jovem e usava sempre uns óculos roxos fofos, e toda quinta--feira levava balas pra turma. A professora Ratner deve ter um milhão de anos, e acho que os músculos do sorriso dela talvez tenham passado da idade de funcionar.

– Meu nome é Ada e eu sou de Nova York – digo.

Olho para a professora Ratner com o objetivo de ver se isso é suficiente. Não é.

– Gosto de ler – acrescento. – E antes fazia aula de balé.

Não faço aula de balé desde os 9 anos, mas estou torcendo para isso ser suficiente.

Só que não é.

– Minha matéria preferida é inglês – continuo. – E o meu pai é italiano, então eu falo essa língua.

– Alguém tem alguma pergunta para a Ada? – indaga a professora Ratner para a turma.

Um aluno levanta a mão.

– Se o seu pai é marciano, por que você não é verde?

– Marciano, não. Ele é *italiano*.

– Você disse marciano.

Não sei como responder. Aí vem a segunda pergunta:

– Se você é da Itália, como é que a sua matéria preferida é inglês?

– O meu *pai* é da Itália – explico. – Eu sou daqui.

– Não é, não – diz outro aluno. – Você acabou de se mudar pra cá. Então como é que pode ser *daqui*?

– Eu quis dizer que sou de Nova York, que é aqui – respondo.

– Aqui não é Nova York – diz o primeiro garoto.

– O estado é.

– E daí?

A professora Ratner deixa os outros alunos passarem mais alguns minutos me fazendo perguntas. Algumas das coisas que eles perguntam são normais, tipo qual é o meu filme preferido ou o meu programa de televisão preferido. Mas eles fazem várias outras perguntas estranhas. Tipo: por que estou usando meias com um vestido? E o mesmo garoto que perguntou se o meu pai era marciano quer saber se eu acredito em extraterrestres e se algum dia já vi um.

Quando volto para o meu lugar, o menino ao meu lado está me encarando. Isso é bem chato, e eu acabo perguntando pra ele:

– Que foi?

– Se você é marciana, então é a marciana mais bonita que eu já vi.

Nem sei o que responder a *isso*. Mas aí a professora Ratner pede silêncio, então não preciso pensar no que dizer de volta.

Quando chega a hora do lanche, o menino que estava sentado ao meu lado me segue até o refeitório. Bom, eu meio que estou seguindo todo mundo, já que não sei para onde ir, mas sinto que ele está atrás de mim o tempo todo. E aí, quando entro na fila, ele aparece bem atrás de mim.

– Oi, Ada – diz ele. – Meu nome é Gabe.

– Oi – respondo.

Quando eu estava no jardim de infância ou no primeiro ano, todas as crianças da nossa turma tinham mais ou menos a mesma altura. Mas no quinto ano tem umas que são bem maiores que outras. Tipo, algumas batem no meu ombro, mas outras, como Gabe, são superaltas e meio que fazem com que eu me sinta pequena.

– E aí, o que tá achando da escola até agora? – pergunta ele.

Não estou gostando nem um pouco. Mas não posso dizer isso, então só dou de ombros.

– Legal.

– Por que você se mudou pra cá?

– Meus pais acham que é um bom lugar pra criar filhos, ou algo assim.

– Ah, não é, não. – Os olhos de Gabe ficam esbugalhados, e por um instante ele me faz pensar um pouco no louva-a-deus que o Nico quer ter. – Sabia que um menino desapareceu uns anos atrás? Tipo, um dia ele estava lá, e no outro, não.

Não sei do que ele está falando. Se esta cidade não fosse segura, meus pais não teriam feito a gente se mudar pra cá.

– Da sua escola?

– Não, ele morava a umas cidades daqui, mas todo mundo ia pra mesma colônia de férias. – Gabe parece animado além da conta ao falar sobre o tal menino desaparecido. – Ele era muito bom em arco e flecha, mas eu nadava melhor. O nome dele era Braden Lundie. E, como falei, um dia ele simplesmente não voltou da escola, e ninguém nunca entendeu o que tinha acontecido com ele.

– Dizem que costuma ser alguém da família.

Ouvi minha mãe dizer isso uma vez para o meu pai quando eles estavam assistindo ao noticiário e achavam que eu não estava escutando.

– Não foi, não – insiste Gabe. – Os pais do Braden estavam trabalhando com a polícia e tentando muito encontrar ele. Só que nunca encontraram. – Ele me lança um olhar sinistro. – A essa altura, ele já deve ter morrido.

– Vai ver ele fugiu.

– Ele tinha só 8 anos! Pra onde poderia ter ido?

265

Pensar num menino de 8 anos sumindo me deixa toda arrepiada. Preciso me certificar de ficar esperando o ônibus junto com o Nico. Se a gente estiver junto, não vai acontecer nada.

– Se você quiser, eu te acompanho até em casa – diz Gabe. – Assim nada vai acontecer com você.

– Eu volto de ônibus.

E, mesmo se não voltasse, *não quero* ficar perto de Gabe. Por mais que eu queira fazer alguns amigos, ele é esquisito. É alguma coisa no cabelo encaracolado, sei lá. Além do mais, ele cheira mal. Precisa tomar banho. Eu tomo banho toda noite, porque minha mãe diz que ser cheirosa é importante.

– Bom – diz ele. – Talvez você possa ir pra minha casa hoje depois da escola.

– Não posso. Preciso ir direto pra casa depois da escola.

– Quem sabe outro dia, então? – pergunta ele, esperançoso.

– Quem sabe.

Eu não quero a companhia de Gabe em dia nenhum, mas estou torcendo para ele simplesmente me deixar em paz se eu disser isso. Só que ele não deixa. Fica conversando comigo o tempo inteiro que passamos na fila, depois me segue até a mesa. Na verdade, não quero me sentar com ele, mas acho que é melhor do que ficar sozinha.

SESSENTA E TRÊS

Nico e eu voltamos juntos de ônibus da escola. Não é de se espantar que ele tenha feito uma penca de amigos novos hoje, mas mesmo assim ele se senta do meu lado.

– Como foi a escola? – pergunto.

– Bem legal – responde ele. – Tem vários meninos que gostam de jogar beisebol.

Eu queria ser boa em esportes igual ao Nico. Nado bem, porque meu pai me ensinou, mas natação não é uma atividade coletiva. Acho que nem existe um time de natação pra crianças da minha idade. A outra coisa que eu gosto de fazer é ler, que também não é uma atividade em grupo.

– Tem umas crianças que vão no parque no fim de semana jogar basquete – diz ele. – Quem sabe minha mãe deixa eu ir...

– Só toma cuidado. Sabia que um menino chamado Braden Lundie sumiu alguns anos atrás? E ele tinha mais ou menos a sua idade. Ninguém nunca soube o que aconteceu com ele.

– E daí?

– E daí?! *Alguma* coisa aconteceu com ele. Vai ver alguém matou ele.

– Nossa, Ada. – Nico revira os olhos. – Você se preocupa mais do que minha mãe.

Talvez ele tenha razão. Não sei por que me preocupo tanto com as coisas. Queria poder desligar minha preocupação.

– Se você tá preocupada, pode ir e ficar olhando – diz Nico.

Talvez eu faça isso, mas na verdade preferiria fazer coisas com gente da minha idade. Não fiz nenhum amigo hoje. Bom, fora o Gabe, e não quero fazer nada com ele fora da escola, não mesmo. Já é ruim o suficiente eu precisar vê-lo *na* escola.

– Você dormiu melhor no seu quarto sozinho ontem à noite? – pergunto a Nico.

Ele pensa por um minuto, então faz que não com a cabeça.

– Não, fiquei com medo. Senti sua falta.

Que bom que ele disse isso. Tive muita dificuldade para dormir na noite anterior, sozinha no meu quarto.

– Eu também senti a sua.

– Quem sabe a gente dorme no quarto um do outro um dia desses? – sugere ele. – Eu posso levar um saco de dormir e ficar no chão do seu quarto.

– Ou eu posso dormir no seu.

– A gente pode revezar – diz ele, alegre.

O ônibus chega na Locust Street, que é a rua sem saída onde a gente mora. Nico e eu saltamos, junto com aquele menino Spencer que mora do outro lado da rua. A mãe do Spencer está esperando e leva ele embora na mesma hora pra casa, mas nossa mãe espera a gente dentro de casa. Estou com as chaves na mochila, e ela falou que, se ainda não tiver chegado do trabalho quando a gente voltar, a responsável até ela chegar sou eu.

Quando passamos em frente à casa ao lado da nossa, reparo em alguém na janela. Deve ser nosso vizinho. É um homem mais ou menos da mesma idade do nosso pai, e, quando ele vê a gente, dá um aceno. Não sei por que esse homem está parado na janela olhando o ônibus escolar encostar.

Que coisa mais estranha de se fazer.

SESSENTA E QUATRO

Passo 3: Aprender a morar na nossa casa nova

Nico está se comportando de um jeito estranho.

Ele tem ido à casa dos Lowells depois da escola porque quebrou a janela deles jogando beisebol no quintal dos fundos e precisa pagar o vidro fazendo pequenos serviços lá. Enfim, ele parece ir lá todo dia, e só chega em casa logo antes da nossa mãe voltar. Perguntei que tipo de serviços mandam ele fazer, e ele falou que é só limpeza. Quando perguntei o que ele estava limpando, Nico não disse nada.

O que quer que estejam mandando ele fazer, é algo que deixa ele mal--humorado. Eles não têm nem um animal de estimação para sujar a casa. Será que estão mandando Nico tirar o lixo? Lavar a louça? Será que estão fazendo meu irmão subir uma montanha com uma pedra, e, assim que ele chega lá em cima, precisa descer tudo de novo, rolando a pedra até o chão?

Se fosse antigamente, quando a gente dividia o quarto, bastaria eu ter esperado a hora de dormir e perguntado pra ele. Só que agora Nico se fecha no quarto à noite e não conversa muito comigo.

Hoje à noite, durante o jantar, ele mal comeu. Mamãe fez purê de batata com bastante manteiga e sal, do jeito que ele gosta, mas ele só ficou fazendo uma grande pilha de purê e depois esculpindo a massa em diferentes formatos. Então, depois do jantar, vou até o quarto dele. Bato na porta, o que ainda parece esquisito depois de ter passado tanto tempo dividindo o mesmo quarto.

– Tô ocupado! – grita ele.

– Sou eu, Ada! – grito através da porta.

– Continuo ocupado!

Então tento girar a maçaneta, mas a porta está trancada. Por que um menino de 9 anos tem fechadura na porta? Não me parece uma coisa segura.

Ah, não, eu pareço mesmo a nossa mãe falando. Que ótimo, puxei ao mais chato dos pais. Não tenho sorte, mesmo.

Concluo que o melhor a fazer é perguntar pra ele na manhã seguinte, quando a gente estiver andando até o ponto do ônibus. Os poucos minutos em que vamos pro ponto e voltamos pra casa são os únicos momentos do dia em que ficamos sozinhos juntos. Mas, quando chegamos no ponto, a malvada Sra. Archer está lá parada, encarando nós dois com um olhar de raiva, especialmente meu irmão. Só que nos últimos tempos Nico não tem nem me esperado para andar até o ponto. Simplesmente sai correndo pela porta de manhã e mal me olha enquanto a gente espera o ônibus chegar.

Então hoje de manhã acordo ainda mais cedo para ter certeza de que ele não vai sair antes de mim. Quando desço, nem sinal de Nico. Imagino que eu só tenha tempo para comer rapidinho uma tigela de cereal no café da manhã, mas, ao entrar na cozinha, vejo Martha fazendo a faxina e não quero ficar atrapalhando. É muito esquisito ter uma mulher que vem na nossa casa limpar. Lá no Bronx, só os nossos amigos ricos tinham pessoas para fazer a faxina, e tenho quase certeza de que a gente não é rico.

– Quer tomar café? – pergunta Martha.

Faço que sim com a cabeça.

– Pode me passar a caixa de cereal?

Martha arregala os olhos.

– Cereal no café da manhã?

Não entendo por que ela parece tão horrorizada com isso. O que tem de tão errado em comer cereal no café da manhã? Quer dizer, não é para isso que cereal *serve*?

Mas, pensando bem, a Martha é estranha. Ela mal abre a boca e prende o cabelo num coque tão apertado que parece bem dolorido, e além do mais vive encarando a minha mãe. Tipo *sempre*. Não faço ideia do porquê.

– Posso preparar uma omelete com salsicha para você – diz ela pra mim.

– Isso, sim, é café da manhã de verdade.

Antes de eu poder dizer pra ela que não, que não dá tempo, ela abre a geladeira e pega a embalagem de ovos. Quando está com o braço esticado, a manga da blusa sobe, e reparo que ela tem vários hematomas roxos ao redor do pulso. Como se tivesse usado uma pulseira apertada demais.

– Você se machucou? – pergunto pra ela.

Ela fica paralisada com a embalagem de ovos nas mãos. Olha para o próprio pulso e puxa a manga para cobrir o hematoma.

– Eu... Não.

– Então que hematomas são esses? – pergunto, apesar de saber que isso não é da minha conta.

Ela pisca algumas vezes.

– É que... É que eu...

De repente ela parece muito abalada. Fico pensando se a Martha está encrencada de algum jeito e se talvez eu devesse tentar ajudar. Mas o que posso fazer? Tenho só 11 anos. Não consigo nem resolver meus próprios problemas.

Falando nos meus próprios problemas, enquanto estou tentando pensar no que dizer para Martha escuto a porta da frente bater. É Nico! Que droga, sabia que não deveria ter tentado comer a porcaria do café da manhã! Agora ele vai chegar no ponto de ônibus antes de a gente ter sequer um segundo pra conversar.

– Preciso ir – digo a Martha.

E ela parece tão aliviada que fico feliz por não ter falado mais nada. Além do mais, ela não iria querer contar seus problemas para uma criança.

SESSENTA E CINCO

Hoje meu pai vem me pegar na escola e me levar pra tomar sorvete.

Ele costumava fazer isso no nosso apartamento antigo. Como Nico precisa de muita atenção, meu pai disse que a gente deveria sair só os dois. Fiquei com medo de ele não querer fazer mais isso depois que a gente se mudasse, especialmente por estar focado em expandir a empresa na nova cidade, mas aí ontem ele me falou que vinha me buscar hoje na caminhonete. E agora estou esperando por ele em frente à escola.

Como ninguém nunca veio me buscar antes e eu só peguei o ônibus escolar, não sei muito bem onde ficar esperando. Acabo indo para trás da escola, porque lá tem um lugar para os carros encostarem. Mas aí todo mundo vai embora e o lugar fica muito tranquilo, e não consigo evitar de começar a pensar no tal menino Braden Lundie. Aquele que sumiu.

Pensar nisso me deixa realmente assustada. Porque, quando alguém some, o que acontece com a pessoa? Quer dizer, não é como se o menino tivesse simplesmente desaparecido da face da Terra. Ele não se desintegrou e pronto. Alguém *levou* ele embora.

– Ada?

No começo, fico feliz por ouvir uma voz de criança atrás de mim, até me virar e perceber que é Gabe. Basicamente a última pessoa que quero ver.

Desde meu primeiro dia na escola, algumas semanas atrás, Gabe não me deixa em paz. Encontrei umas meninas com quem me sentar durante o almoço, e ele sabe que não adianta vir tentar se sentar com a gente, mas sempre entra na fila atrás de mim no refeitório e depois me segue até o intervalo. Quase nunca falo com ele, então não entendo por que não para de me encher.

– O que você tá fazendo aqui? – pergunta ele. – Achei que voltasse de ônibus.

– Hoje vão me buscar. Só que não sei onde o meu pai está.

E agora, olhando em volta, percebo que não tem como chegar nessa ruazinha vindo da rua principal. Está tudo bloqueado. Ou seja, meu pai não tem como me encontrar neste lugar. Preciso dar a volta na escola e ver se consigo encontrar ele. E então dizer pra ele que preciso de um celular, porque preciso mesmo.

– Escuta, Ada – diz Gabe. – Queria te perguntar uma coisa.

Não quero que ele me pergunte nada.

– Foi mal, preciso encontrar meu pai.

– Tá, mas eu só preciso te perguntar uma coisa. – Gabe não sabe mesmo ouvir um não. É irritante. – Você acha que poderia querer sair comigo um dia desses?

– Eu não posso sair com meninos.

Essa não é uma regra oficial, mas tenho a sensação de que seria se eu perguntasse. Só que não vou perguntar, porque não quero sair nem com o Gabe, nem com ninguém.

– Bom, tudo bem se eu segurasse a sua mão?

Dessa vez, nem tenho chance de dizer não antes de Gabe estender a mão e agarrar a minha. A mão dele está suada e quente. É bem nojento tocar nela. Puxo a minha de volta, mas em vez de recuar ele agarra o meu pulso.

– Eu não quero ficar de mãos dadas – digo, apesar de ele não estar mais segurando a minha mão, e sim agarrando meu pulso.

Nem assim Gabe entende. Seus dedos compridos envolvem meu pulso e ele aperta com mais força.

– Só por um ou dois minutos, Ada. Por favor?

– Você está me *machucando* – digo entredentes.

– Estou, nada – insiste ele.

Tento puxar a mão de volta, mas ele está segurando com força demais. Começo a pensar em algo que minha mãe me disse, sobre como os meninos são muito sensíveis entre as pernas e que, se a gente chutar ali, eles deixam a gente em paz. Só que, antes de eu ter chance de testar isso na prática, somos interrompidos por um monte de palavras raivosas em italiano. A voz do meu pai então troveja:

– O QUE VOCÊ ACHA QUE ESTÁ FAZENDO COM A MINHA FILHA?

Gabe solta meu pulso na hora. Meu pai está correndo na nossa direção, e eu nunca vi ele tão bravo na vida. Tem uma veia grande e assustadora estufada no pescoço dele e a mão direita está com o punho cerrado. Dá a impressão de que ele quer pegar Gabe e partir ao meio. E tenho quase certeza de que seria capaz se quisesse. Quer dizer, meu pai é *superforte*.

– Eu... Desculpa – gagueja Gabe.

– Não! – Meu pai aponta para mim. – Pede desculpa pra *ela*!

Gabe está quase fazendo xixi na calça.

– Desculpa, Ada! Desculpa mesmo!

Meu pai mal parece estar conseguindo se conter para não moer Gabe de pancada. Ele chega bem perto do garoto, uma expressão aterrorizante nos olhos escuros. Os meus são da mesma cor, mas nunca ficam assim assustadores como os do meu pai às vezes podem ficar.

– Se você alguma vez encostar de novo na minha filha, vai entender o que significa se arrepender – sibila meu pai para ele. – Entendeu bem?

– Entendi! – exclama Gabe. – Quer dizer, não! Quer dizer...

Ele olha para mim e para o meu pai, e então, sem dizer mais nada, sai correndo o mais depressa que pode.

Meu pai parece muito abalado. Não sei se algum dia já vi ele assim tão bravo. No começo, fica respirando depressa, mas então se acalma e seu rosto assume uma expressão meio triste.

– Vem, Ada – diz ele pra mim. – A gente precisa conversar. Na caminhonete.

Será que ele está bravo comigo? Não fiz nada de errado. Ou fiz? Eu não queria dar a mão para Gabe. Mas vai ver papai não conseguiu ver que eu estava tentando me desvencilhar. Só que ele, na verdade, não parece bravo comigo. Parece só... chateado. Tipo, no geral.

A gente precisa voltar a pé até a caminhonete, que ele deixou no estacionamento da escola. Deve ter estacionado e depois saído pra me procurar. Ele fala para eu entrar, e, quando começo a subir no banco de trás, ele fala para eu me sentar na frente.

Quando estamos os dois no carro, ele não liga o motor. Fica só sentado no banco do motorista, sem dizer nada. Está olhando para o meu pulso, no ponto em que Gabe me segurou. O lugar onde os dedos dele estavam ficou bem vermelho. Fico pensando se vou ficar com um hematoma.

– Que susto, Ada – diz ele.

Faço que sim com a cabeça.

– Mas ficou tudo bem. Porque você apareceu.

– É isso que mais me assusta – diz ele. – Eu apareci. Mas da próxima vez pode ser que não apareça. Não vou estar sempre do seu lado.

Acho que ele tem razão, mas ao mesmo tempo é como se ele estivesse sempre do meu lado, *sim*. Toda vez que precisei dele, ele estava lá. Parece impossível chegar um dia em que eu precise do meu pai e ele não vá estar por perto para me ajudar. Tipo, Gabe estava me incomodando, e lá estava meu pai, surgido do nada para assustar o menino e me salvar.

– Eu disse pra minha irmã que estaria sempre do lado dela – murmura ele quase para si mesmo. – Mas aí…

Meu nome é uma homenagem à irmã do meu pai. Ela se chamava Antonia e morreu antes de eu nascer. Meu pai às vezes fala dela e diz como a amava, mas nunca contou como ela morreu. Deve ter sido de alguma coisa trágica, porque ela era muito jovem.

– Se algum menino estiver incomodando você, pede pra ele parar – diz. – Com firmeza. Pra garantir que ele entenda.

Faço que sim com a cabeça, séria.

– Só que tem uma chance de ele não parar. – As sobrancelhas escuras do meu pai ficam unidas e um vinco fundo surge entre elas. – E, se isso acontecer…

Ele passa alguns segundos calado, pensando em alguma coisa. Por fim, põe a mão no bolso e pega aquele canivete que carrega sempre pra todo lado. O que meu avô deu de presente pra ele, com as suas iniciais gravadas.

– Meu pai me deu isso aqui quando eu tinha a sua idade – diz ele. – Agora estou dando pra você.

– Pai! – exclamo. – Não posso andar por aí com um canivete! Vou ficar encrencada!

– Só se alguém souber – diz ele.

Olho para o canivete nas mãos dele. Embora não deva, estou me coçando pra pegar. Sempre gostei daquele canivete, porque ele me lembra do meu pai. Imaginei que ele um dia fosse dar de presente pro Nico, mas em vez disso está dando pra mim.

– É pra eu fazer o que com isso? – pergunto a ele.

– Nada. Carregar com você, mas nunca usar. Só se for preciso.

– Mas… – Abaixo a cabeça e olho para o canivete ainda na mão dele. A lâmina está fechada, mas aposto que é afiada. – Você acha mesmo que eu poderia…

– Só se for preciso, Ada – repete. Ele toca um ponto à direita do umbigo. – Você coloca a ponta bem aqui. E aí… – Ele dá um tranco com o punho. – Aí você *gira*.

Ergo os olhos para ele.

– Você já fez isso?

– Eu? – As sobrancelhas dele se erguem depressa. – Ah, não. É só… só uma precaução.

Ele me estende o canivete de novo. Dessa vez, eu pego.

SESSENTA E SEIS

Passo 4: Comece a suspeitar da verdade terrível

É sábado à tarde, e estou na cozinha tentando decidir se faço um lanche antes do jantar, quando Nico entra de fininho pela porta dos fundos.

Não vejo ele desde a manhã. Só que ultimamente isso não é nada incomum. Eu costumava passar quase o tempo todo do fim de semana com meu irmão, mas agora ou ele está treinando beisebol na liga infantil, ou está trancado no quarto. Consegui ir junto com ele algumas vezes até o ponto, mas não adiantou. Nico não quis conversar.

Então não é estranho ter passado o dia inteiro sem encontrar com ele. O estranho é que esteja entrando de fininho pelos fundos. E mais estranho ainda é a calça dele estar toda suja na frente com o que parece ser uma mancha de xixi.

Será que ele fez xixi na calça?

– Nico.

Ele tenta esconder a calça atrás da mesa da cozinha, mas eu já vi.

– Que foi?

– Tá tudo bem?

– Tá – diz ele. – Eu estava na casa dos Lowells e derrubei um pouco da água que estava bebendo na roupa.

Só que não acho que isso tenha acontecido. Porque, agora que ele está mais perto, também está cheirando a xixi. Ele percebe que não estou acreditando, então fica com um ar preocupado.

– Ada, não conta pra ninguém, tá?

– Pode deixar – prometo. – Mas... Quer dizer... Como...

Como é que um menino de 9 anos faz xixi na calça? Teve uma época, quando Nico tinha uns 4 anos, que ele costumava fazer xixi na cama, eu lembro, mas já faz muito tempo.

– Segurei por tempo demais, só isso – diz ele.

Continuo sem entender. Mas ele parece tão envergonhado que não vou ficar insistindo.

– Tá bom...

– Você jura que não vai contar pra ninguém?

– Juro.

– Porque, se contar, você é uma dedo-duro.

– Já falei que não vou contar!

Ele parece se dar por satisfeito, então sobe depressa até o quarto para se trocar. Mas não consigo parar de pensar no que aconteceu. Nico já anda se comportando de um jeito esquisito, e essa foi a coisa mais esquisita de todas. Queria que ele conversasse comigo. Queria que voltasse a ser como antes.

Queria que a gente nunca tivesse se mudado pra cá.

SESSENTA E SETE

Pelo menos, estou indo bem nas aulas.

Sempre fui boa aluna. Na minha escola antiga, sempre tirava *E* em tudo. *E* é basicamente a mesma coisa que um 10, mas esse era o sistema esquisito de notação que a minha escola usava pras pessoas não se sentirem mal por não tirarem 10. *E* quer dizer Excelente, e é o melhor conceito que se pode tirar. Eu tirava *E* em tudo, menos em educação física, em que ficava com *M* (na média).

A professora Ratner passa muito mais dever de casa do que a professora Marcus costumava passar, mas não me importo em fazer dever de casa. Quero ser pediatra quando crescer, então ainda tenho *muito* mais estudo pela frente. Que bom que gosto de fazer dever de casa.

Estou no meio do dever de matemática quando fico com sede e desço pra pegar um copo d'água. Só que, por mais estranho que pareça, quando estou no meio da escada vejo Nico desaparecer dentro da parede.

É isso mesmo, sério.

Eu não sabia, mas pelo visto a nossa parede tem uma porta secreta. Nico abriu essa porta e parece prestes a entrar por ela. Antes de ele conseguir fechar a porta, eu chamo:

– Ei!

Ele ergue o rosto com um movimento brusco e me vê. Não parece nada feliz com isso.

– Ah. É você.

Desço depressa o resto da escada para ver mais de perto.

– O que é *isso*?

Como a porta está parcialmente aberta, consigo ver lá dentro. É um quartinho minúsculo, mais ou menos do tamanho de um dos nossos banheiros, ou quem sabe um pouco maior. Não tem grande coisa lá dentro, só algumas revistas em quadrinhos. E está escuro também. Tem só uma lâmpada pendurada no teto.

– Ada, você não pode contar pra ninguém – diz Nico. – Esse aqui é o meu clubinho secreto.

Clubinho secreto? Sério?

– Não parece seguro.

– Ai! – exclama ele. – Você tá parecendo nossa mãe!

Ele fala como se fosse uma ofensa, se bem que talvez não seja tão ofensivo assim ser comparada à única pessoa totalmente normal e racional desta família. Mas detesto o fato de ele estar chateado comigo.

– Posso entrar? – pergunto.

Ele faz uma careta.

– O clubinho é meu, Ada. Não pode entrar menina.

Tenho certeza absoluta de que sou a única amiga dele por aqui, porque nos últimos tempos sempre vejo meu irmão sozinho no pátio durante o intervalo, então, se ele não quiser a companhia de meninas, não vai ter a companhia de ninguém. Não pode mais brincar com Spencer, embora nossos pais não saibam disso.

– Por favor?

Ele acaba assentindo. Entro atrás dele no pequeno cômodo quadrado, e ele fecha a porta depois de entrarmos. A porta faz um barulho de arranhão horroroso quando se fecha, e preciso tapar os ouvidos.

Uma vez que estamos os dois do lado de dentro, o quartinho parece *muito* pequeno. Já dava para ver que era pequeno olhando de fora, mas por dentro a sensação é ainda pior. É como estar num caixão. Ou como ser enterrada viva. Uma dessas duas coisas.

Além do mais, é sujo. O chão está coberto por uma camada de sujeira, então dá pra ver as pegadas deixadas por ele todas as vezes que entrou e saiu. E tem teias de aranha nos cantos, ou seja, tem aranhas também. Tem gente que diz que aranhas são tipo insetos do bem, mas não gosto de nenhum inseto. Já Nico gosta de insetos, então isso não incomoda tanto ele.

Não consigo deixar de pensar naquele menininho, Braden Lundie. Aquele que sumiu. Imagino ele trancado dentro de um quartinho igual ao que estamos, sem nada a não ser uma pequena pilha de revistas em quadrinhos.

– Você gosta mesmo de brincar aqui dentro? – pergunto. – É tão pequeno...

– Gosto, sim – responde ele, teimoso. – Se estiver odiando, pode sair.

Estou odiando mesmo. E quero sair. Mas faz tempo que não tenho uma conversa com meu irmão, e não quero que ele ache que sou uma medrosa com quem não possa brincar.

– Não. Quero ficar.

Olho pra porta e torço para que abra quando a gente quiser. E se não abrir? Como a gente vai sair? Será que nossos pais vão descobrir que estamos aqui dentro? De repente, sinto o pescoço frio e suado, mas mesmo assim me sento no chão ao lado de Nico. A gente não vai ficar preso nesse quartinho. Nosso pai vai dar um jeito, seja qual for, de tirar a gente desse lugar.

– Lembra que você falou que queria combinar de a gente dormir junto? – digo para Nico.

– Aham...

– Quem sabe nesse fim de semana agora?

Ele balança a cabeça.

– Não.

– Por que não?

– Porque eu não *quero*.

Sinto os olhos subitamente marejados. Não entendo o que aconteceu. Por que Nico está sendo tão cruel comigo? A pior parte é que ele percebe e franze o rosto.

– Você vive chorando – reclama ele. – Tem alguma coisa que *não* faça você chorar?

Enxugo os olhos com as costas da mão.

– Desculpa.

– Se vai chorar, então tem que sair.

Tento me conter, só que não é tão fácil. Queria poder simplesmente dizer pra mim mesma: *Ada, para de chorar,* e aí parar. Mas o Nico me passa uns quadrinhos, e aí me sinto um pouco melhor. Tento ficar só lendo a revista, sem pensar em mais nada. Apesar de ter muito dever de casa pra fazer.

Até que nosso pai descobre a gente escondido, e ele e a nossa mãe ficam bravos com a gente, então não podemos mais entrar no clubinho no fim das contas. Fico feliz, porque não gosto nem um pouco desse tal clubinho.

SESSENTA E OITO

Desde que meu pai gritou com Gabe, ele não me incomodou mais. Não me chamou mais pra sair. Ele nem respirou perto de mim.

Infelizmente, surgiu Hunter.

Três vezes por semana, temos um período dedicado à biblioteca. É uma das minhas aulas preferidas, porque a gente pode ir pra biblioteca da escola, escolher um livro e passar o tempo de aula inteiro lendo. Nem entendo por que isso é uma aula, porque pra mim parece só diversão. Mas vários alunos da minha turma reclamam.

Hoje escolhi um livro do Louis Sachar. Além da Lois Duncan, ele é meu autor preferido. Já li todos os livros que ele escreveu e agora estou relendo tudo, porque às vezes é mais divertido da segunda vez. Tipo, dá pra reparar em coisas que a gente não repara de primeira. Especialmente na série dele chamada *Wayside School*. Talvez essa seja a minha série favorita de todos os tempos, mais até do que *Harry Potter*. O primeiro e o segundo livro são muito bons. O terceiro é bom também, mas não é meu preferido. O terceiro de uma série em geral não é tão bom, então não é culpa dele.

Hoje estou lendo *Algum dia, Angeline*, que adoro, mesmo que me faça chorar. Estou só na metade quando Hunter se senta diante da mesa à minha frente.

– Oi, Ada – diz ele.

Respondo "oi" sem deixar de olhar para o livro.

– Adaaaa – diz ele. – Quer sair comigo?

Alguns amigos dele estão na mesa ao lado escutando e dando risadinhas da nossa conversa. Não sei o que ela tem de tão engraçada.

– Não, obrigada.

– Por que não?

– Não quero sair com nenhum menino.

– Se nunca sair com nenhum menino, o que você vai fazer? – pergunta ele. – Casar com um dos seus livros?

Os meninos da mesa ao lado parecem achar isso hilário.

Desse dia em diante, toda vez que tem biblioteca, Hunter vem na minha mesa e me chama pra sair. Não acho que ele realmente queira sair comigo, está só tirando uma com a minha cara. Ou vai ver é um pouco de cada coisa. Ninguém na minha escola antiga falava sobre sair junto, mas aqui isso parece ser *superimportante*.

– Pode, por favor, me deixar ler meu livro? – imploro.

– É só isso que você gosta de fazer – observa Hunter. – Ler livros. Se continuar lendo o tempo todo, não vai mais conseguir enxergar, sabia?

– Isso não é verdade.

– É, sim. Se você ler muitos livros, seus olhos vão cair.

Isso não é verdade *mesmo*. Minha mãe gosta de ler, e os olhos dela não caíram. Embora, verdade seja dita, ela não leia tanto quanto eu – a maioria das pessoas não lê. Às vezes, penso que é só assim que quero passar meu tempo. E queria que Hunter me deixasse em paz para fazer isso.

Penso no canivete que meu pai me deu. Está dentro da minha mochila neste exato momento. Enfiado bem no fundo, pra ninguém encontrar. Se algum dos professores descobrisse que estou com ele, eu ficaria muito encrencada. O mais inteligente seria deixar na minha escrivaninha de casa e pronto. Mas meu pai me disse que eu levasse aonde fosse, e a verdade é que gosto de andar com o canivete.

Só que nunca vou usar. Não consigo nem imaginar uma coisa dessas.

Embora, nesse momento, eu meio que esteja a fim de usar. Aposto que, se eu sacasse o canivete, Hunter iria embora bem depressa.

– Ada – diz ele. – Casa comigo?

Os outros meninos estão rindo outra vez. Estou cheia disso. Então pego minha mochila e vou ao banheiro, onde passo o resto do tempo escondida lendo meu livro sentada na privada.

SESSENTA E NOVE

Hoje a gente vai à praia.

Eu gosto de nadar, mas não gosto tanto assim da praia. Não gosto da sensação da areia na pele. Além do mais, depois de ir à praia, parece que fica areia em todo lugar. Entre meus dedos dos pés, nas dobras dos meus cotovelos e joelhos, e mesmo depois de tomar banho meio que ainda sinto ter areia lá.

– Eu sinto a mesma coisa! – responde minha mãe quando digo isso a ela antes de a gente sair. – Mas desde a mudança a gente não fez nenhum passeio em família, e acho que vai ser divertido. Enfim, você adora nadar, né?

– Acho que sim.

Ela sorri para mim.

– E pode levar um livro.

Estou com *Algum dia, Angeline* na mochila. A bibliotecária deixou que eu trouxesse o livro pra casa, porque não consigo muito tempo pra ler na escola e queria muito terminar. Hunter não me deixa em paz, e obviamente meu pai não está por perto para meter medo nele e fazer ele parar de me encher.

Fico pensando o que a minha mãe faria numa situação dessas. Ao contrário do meu pai, ela tem um jeito calmo e racional de lidar com tudo. Talvez tenha uma solução que me ajude a lidar com Hunter sem precisar sacar o canivete do meu pai, o que seria ridículo.

– Mãe – digo.

Ela está nesse momento revirando minha gaveta em busca de uma roupa de banho que ainda caiba em mim. Cresci muito no último ano, e em breve vou precisar de roupas de banho inteiramente novas.

– Hum?

– O que você faz quando um menino não está sendo legal com você?

Ela larga a roupa de banho que está segurando e vira a cabeça depressa.

– Tem algum menino que não está sendo legal com você?

O rosto dela ficou muito rosa. Não quero deixar ela chateada. Ouvi meu pai falando com ela sobre algum problema de pressão que ela tem. Não quero que aconteça nada com a minha mãe.

– Comigo, não – digo depressa. – Com uma amiga minha. Estou tentando ajudar.

– Ah. – Isso parece acalmar ela. – Várias pessoas que fazem bullying estão só atrás de atenção, então, se forem ignoradas, elas vão embora.

– E se ignorar não der certo?

– Bom, o importante é deixar bem claro que você não vai tolerar ser tratada assim. – Ela hesita. – Usando as *palavras*, claro.

É claro que ela vai dizer pra usar as palavras, enquanto meu pai vai me dar um canivete bem grande.

Vou pra praia e levo mesmo um livro, apesar de o dia estar muito bonito e a água, com uma cara ótima, então talvez eu acabe nem lendo tanto assim. Vai ser divertido brincar no mar com Nico, como a gente fazia quando era pequeno.

Só que quando a gente chega não é tão divertido quanto achei que seria. Minha mãe parece meio brava ou coisa assim. E Nico também está se comportando de um jeito esquisito.

– Oi, Nico. Oi, Ada – diz o Sr. Lowell.

Ele está de calção de banho e boné. É muito branco por baixo da camisa, igual à minha mãe.

– Oi – digo, mas meu irmão não responde.

Ele não parece chateado por Nico não ter respondido.

– Que dia ótimo para uma praia, hein?

– É – concordo, educada.

Nico continua sem responder, e não entendo direito por quê. Ele passou um tempo indo à casa dos Lowells para fazer pequenos serviços, até que eles disseram que não precisava mais, então imagino que conheça os dois melhor do que eu. E não acho que os serviços fossem tão ruins assim, já que Nico em geral detesta fazer coisas em casa, mas não reclamou nenhuma vez.

– Tá tudo bem? – pergunto para ele.

Nico e eu estamos andando em direção ao mar. A areia farfalha sob meus pés, e posso sentir os grãos entrando entre os dedos. Areia chata e nojenta.

– Tudo, sim – responde meu irmão.

– Por que você parece tão bravo com o Sr. e a Sra. Lowell?

– Por que você não vai cuidar da sua vida, Ada? – dispara ele.

Nico nunca falou assim comigo antes. Fico paralisada onde estou, chocada. Ele continua correndo rumo ao mar, e eu deveria ir também, mas se ele estiver bravo comigo não quero ir. Tem alguma coisa acontecendo e não entendo o que é.

Olho para trás, na direção onde colocamos nossas cadeiras na areia. Minha mãe está sentada em uma e o Sr. Lowell está do lado dela. Ela acena para mim. Aceno de volta.

Tá, não posso deixar isso me abalar. Não vou deixar meu irmão estragar o dia.

Sigo minha família até a água. Meu pai nada superbem e eu também, mas ele não gosta que eu vá tão longe a ponto de não poder me alcançar, só por garantia. Nado até onde me sinto segura, depois nado de volta. Quando estou voltando, reparo em Nico boiando na água. E é então que reparo também que a Sra. Lowell está do lado dele e os dois estão conversando. Nado até o mais perto que me atrevo para tentar ouvir o que estão dizendo, só que meus ouvidos estão cobertos pela água e é difícil escutar.

– Nem pensa... em contar pra ninguém – está dizendo a Sra. Lowell para Nico. – Você não se atreva... Sabe a encrenca em que vai se meter?

E Nico então diz, com uma voz miúda:

– Eu não vou contar. Prometo.

Ela estava... ameaçando ele?

Não sei sobre o que os dois estavam falando, mas não gostei do tom de voz dela. Ela estava ameaçando meu irmão. Tenho certeza.

Não paro de pensar nisso enquanto estou nadando, e vou ficando cada vez mais brava. Como ela pôde falar assim com meu irmão? E sobre o que eles estavam falando? Fico tão zangada que não consigo nem pensar direito. E então, quando estou nadando debaixo d'água, passo perto das pernas dela.

Nem sei por que faço o que faço a seguir. É que estou com muita raiva. Então, quando dou por mim, já agarrei uma das pernas magrelas da Sra. Lowell e estou puxando com a maior força de que sou capaz, puxando ela para o fundo. Ela é pega totalmente de surpresa.

Na mesma hora, me arrependo de ter feito isso. Ela não estava preparada para afundar, e fica claro que não consegue voltar à superfície. Fico sem saber o que fazer. Não sei como salvar ela.

E se ela se afogar por minha causa? Vou me meter numa baita encrenca!

Mas é claro que o meu pai aparece para fazer o salvamento. Ele agarra e puxa ela pra fora d'água, e no fim das contas ela está bem. Acabou que não fiz com que se afogasse.

SETENTA

Passo 5: Descubra a verdade

Estou detestando Long Island.

Não tenho nenhum amigo. Quer dizer, nenhum amigo de verdade. Tem as meninas com quem almoço, e elas são legais comigo, mas nada como minhas antigas amigas lá do Bronx. Hunter me chateia quase todo dia que a gente tem biblioteca. Nico mal me dirige a palavra e não para de se meter em encrenca na escola.

Eu não preciso de um ano inteiro pra decidir. Já estou detestando Long Island e vou detestar pra sempre. Fico pensando se vou ter que esperar o ano todo antes de pedir pra voltar.

Ah, quem é que eu estou enganando? A gente nunca vai voltar. Vamos morar aqui pra sempre.

Fico deitada no escuro do meu quarto, tentando pegar no sono. Teve uma época da minha vida, quando eu era pequena, em que era fácil dormir. Não me lembro de ficar acordada quando estava no jardim de infância. Mas agora parece que tenho problemas pra dormir toda noite. Toda noite fico só encarando o teto. E as rachaduras nem são interessantes; que saudade da Constance.

Por fim, saio da cama e vou até a janela. Uma coisa boa de morar aqui é que o céu é claro e bonito. Dá sempre pra ver a lua e várias estrelas. Mas nem assim vale a pena.

Quando olho pela janela, meu olhar recai sobre a casa ao lado da nossa. O número 12 da Locust Street. A casa está com as luzes apagadas, mas por algum motivo vejo movimento nas janelas. Não sei direito em que quarto é... No de dormir, será?

Não consigo parar de pensar no que aconteceu na praia. Tem alguma coisa esquisita acontecendo com a família da casa ao lado. Por que Nico odeia tanto os Lowells? Que coisa estranha.

Ouço um barulho atrás de mim. É uma batida na porta. Volto correndo pra cama, porque não quero que meus pais me peguem perambulando pelo quarto no meio da noite. Não sei direito se eu deveria fingir estar dormindo, mas eles provavelmente estão ouvindo eu me mexer, então digo:

– Entra.

A porta se entreabre devagar. Pisco no escuro, sem saber se estou vendo direito.

É Nico. E ele está com um saco de dormir na mão.

– Ada, posso dormir aqui hoje?

– Claro – respondo. – É claro que pode.

Deixo as luzes apagadas, mas tanto os olhos dele quanto os meus já se adaptaram ao escuro. Nico estende o saco de dormir no chão ao lado da minha cama e se deita lá dentro. Eu me deito na minha própria cama.

– Boa noite, Nico.

– Boa noite, Ada.

Só que não fecho os olhos. Olho para Nico no saco de dormir, e ele também está me olhando.

E é então que reparo que os olhos dele estão cheios de lágrimas.

– Nico?

Ele não responde na hora, porque não consegue parar de chorar. Mas, depois de alguns minutos, me conta tudo.

SETENTA E UM

– Você não pode contar pra ninguém – diz Nico pra mim antes de me contar a história toda. – Jura que não vai contar?

– Sim.

– Ada, diz que jura.

– Juro.

Ele me encara, inspira fundo, então começa a falar.

Começou logo depois de a gente se mudar pra cá, quando Nico quebrou a tal janela e foi fazer pequenos serviços para os Lowells. Na primeira vez que foi lá, foram coisas normais como lavar a louça ou passar pano no chão. Mas aí, da segunda vez, ele fez uma descoberta bizarra.

Os Lowells têm um quartinho minúsculo idêntico ao nosso, também escondido debaixo da escada.

Quando estava passando o aspirador, Nico reparou na bordinha da porta na parede, quase toda escondida atrás de uma estante, e – sendo meu irmão o encrenqueiro de sempre – decidiu afastar o móvel, abrir a porta e entrar. Só que, ao contrário do quartinho debaixo da nossa escada, aquele ali não estava vazio.

– Estava cheio de brinquedos – conta Nico. – Brinquedos legais. Coisas que a gente nunca teria como comprar. Então… Bom, não tinha ninguém por perto, aí pensei que eu podia brincar só um pouquinho com os brinquedos. Mas aí o Sr. Lowell me pegou no flagra quando eu estava

291

brincando com um caminhão Transformer bem legal, e eu deixei cair e o caminhão quebrou.

O Sr. Lowell disse pro Nico que os brinquedos eram peças de colecionador e que o caminhão que ele tinha quebrado custava supercaro. E que agora ele estava devendo milhares de dólares pra eles, além da janela de vitral que também tinha quebrado, já que estava brincando em vez de fazer os serviços na casa. Nossos pais vivem falando sobre como dinheiro é uma preocupação... Quer dizer, eles falam baixinho pra gente não escutar, mas a gente sempre escuta. Então o Nico ficou com medo de eles terem que pagar todo aquele dinheirão.

Só que o Sr. Lowell teve uma ideia. Ele disse ao Nico que estava pensando em construir ele mesmo uns brinquedos e que, se o Nico ajudasse brincando com vários deles e dizendo qual era o seu preferido, ele não faria nossos pais pagarem pelas coisas que o Nico tinha quebrado.

– Então era isso que eu fazia quando ia lá – explica Nico para mim. – Eu não fazia serviços na casa. Ficava brincando no quartinho. E o Sr. Lowell ficava olhando pela câmera.

O Sr. Lowell explicou que a porta tinha que ser mantida fechada quando ele estivesse lá dentro, porque a Sra. Lowell ficaria brava por ele estar deixando Nico brincar com os brinquedos, então ela nunca poderia saber. Ele gravava o que estava acontecendo lá dentro com uma câmera presa no teto e ficava assistindo. Mas aí, um dia, Nico ficou superapertado pra ir ao banheiro e não conseguiu sair do quartinho. Ele bateu na porta, e ninguém deixava ele sair. Então começou a entrar em pânico. Quando o Sr. Lowell finalmente abriu a porta, Nico tinha feito xixi na calça.

O Sr. Lowell tirou sarro da cara dele por ter molhado a roupa. Disse que iria contar pra todos os amigos do Nico, e meu irmão teve que implorar para que não fizesse isso.

Depois as visitas continuaram. Mesmo quando a Sra. Lowell descobriu e fez o Sr. Lowell dizer pra nossa mãe que não queriam mais que ele fosse lá, pro Nico, quando ninguém estava por perto, o Sr. Lowell falou que era para continuar indo, sim.

– E aí eu falei que não – sussurra Nico na escuridão do meu quarto. – Disse que não ia mais lá. Que não estava gostando e que estava cansado de brincar no quartinho. E além do mais, eu... eu estava com medo. Só que ele me disse que eu não tinha escolha.

O Sr. Lowell disse pro Nico que, se ele não continuasse indo lá, processaria nossa família não só por causa do brinquedo quebrado e da janela, mas por conta de todo o estrago que Nico tinha causado nos outros brinquedos enquanto brincava no quartinho. Disse que a gente ficaria sem ter onde morar e que os nossos pais iriam odiar o Nico. Isso funcionou por um tempo, mas aí, quando Nico disse que iria contar assim mesmo, o Sr. Lowell usou outra abordagem.

– Ele disse que, se eu contasse pra alguém sobre o quartinho, ia matar minha família inteira – diz Nico. – Primeiro nosso pai, depois nossa mãe, depois você.

E ele agora está aos prantos. Desço da cama e vou me deitar ao lado do meu irmão no saco de dormir. Passo os braços em volta dele. O mais estranho é que não estou chorando. Praticamente tudo me faz chorar, mas não estou chorando neste momento.

Estou com raiva.

– Nico, o Sr. Lowell nunca poderia machucar nosso pai – digo. – O pai é muito maior do que ele.

– Ele me disse que conseguiria, sim. Disse que já fez isso antes.

Não acho que seja verdade. O Sr. Lowell não é páreo pro nosso pai. Ninguém é. O Sr. Lowell não passa de um adulto que faz bullying.

– A gente precisa contar pra mamãe e pro papai – digo.

– Não! – soluça Nico. – Ada. Você prometeu que não ia contar pra ninguém! Você jurou!

– Mas isso é muito sério.

– Se você contar pra alguém, eu nunca, nunca mais vou confiar em você pelo resto da minha vida.

Os olhos escuros de Nico brilham à luz do luar. Ele parece estar falando sério. Mas ele tem só 9 anos. Mesmo se eu contar, um dia vai entender que eu fiz a coisa certa.

Não vai?

– Você prometeu que não ia contar! – lembra ele. – É melhor não quebrar a promessa, Ada.

– Tá bom – digo por fim. – Não vou contar. Não vou contar pra ninguém.

Nico me deixa ficar abraçada com ele, e depois de um tempo para de chorar e sua respiração normaliza. Ele dormiu. Mas eu continuo totalmente acordada.

Vou cumprir a promessa que fiz ao meu irmão. Não vou contar pra ninguém o segredo que ele me revelou.

Mas o Sr. Lowell precisa saber que Nico nunca mais vai pôr os pés na casa dele.

SETENTA E DOIS

Passo 6: Defenda seu irmão mais novo

Não entro na casa dos Lowells desde aquele jantar, assim que a gente se mudou pra cá. A casa é bem maior e bem mais legal que a nossa, mesmo eu achando de verdade que a nossa é grande demais. Espero para ir lá quando o Mercedes do Sr. Lowell chega e some dentro da garagem, assim sei que ele está em casa.

Não sei o que vou dizer. Mas ele precisa saber que estou a par do que está fazendo com meu irmão e que, se isso acontecer outra vez, vou contar pros nossos pais. E que não tenho medo dele.

Quando ele ouvir o que tenho a dizer, nunca mais vai incomodar Nico, e eu nunca vou precisar contar pros nossos pais. Só que, bem na hora em que estou saindo da casa, resolvo no último minuto pegar o canivete que meu pai me deu. Não que vá usar, mas me sinto mais segura estando com ele. Ponho o canivete no bolso da calça jeans, depois cubro com a camiseta para não ficar visível.

Agora me sinto melhor.

Pego o atalho e atravesso nosso quintal dos fundos para chegar no deles. Meu pai está lá, fazendo algum trabalho nos arbustos. Está com alguns dos equipamentos ligados, e o barulho é superalto. E, quando digo alto, quero dizer que sou obrigada a tapar os ouvidos. É igualzinho ao barulho de uma serra cortando metal, embora não seja isso que esteja acontecendo. Tão alto que ele nem me ouve andando até a porta dos fundos. Quase chamo ele, mas aí me dou conta de que, se me vir, vai perguntar o que estou fazendo, então na verdade é melhor não saber que estou aqui.

Bato na porta dos fundos, mas está tão barulhento que ninguém consegue me ouvir. Penso em dar a volta até a frente, mas aí tento abrir a porta e nem trancada ela está. Então entro.

Com certeza, escutei o carro do Sr. Lowell entrar na garagem, mas a casa está estranhamente silenciosa. Não ouço nenhum passo nem ruído vindos de cima. Parece não ter ninguém.

– Oi? – chamo.

Ninguém responde.

Não sei para onde ele foi, mas não parece ter ninguém ali. Talvez ele tenha saído de novo enquanto eu estava calçando os tênis. Ou vai ver está no chuveiro ou coisa assim. Acho que vou embora e volto mais tarde.

Mas então, quando estou atravessando a casa, passo pela escada. Tem uma estante apoiada na parede, no mesmo lugar onde fica a porta do quartinho na nossa casa. É igualzinho ao que Nico descreveu. Se eu afastar a estante, será que vou encontrar o quartinho secreto?

Agora que a ideia surgiu na minha cabeça, eu preciso ver o tal quartinho.

Como não tem muitos livros, a estante não está muito pesada. Apoio todo o meu peso nela e empurro com a maior força possível. Uma vez que ela começa a se mexer, consigo empurrar facilmente até o fim. E dito e feito: atrás dela está o contorno de uma porta estreita.

Essa porta aqui estava escondida pela estante em vez de ter sido coberta com papel de parede. Assim como a da nossa casa, ela parece abrir para dentro, mas tem um buraco de fechadura. A fechadura me deixa nervosa. Lembro que Nico contou da vez que tentou sair do quartinho, mas não conseguiu porque a porta não abria.

Então me ocorre que, se o Sr. Lowell tivesse trancado meu irmão no quartinho e posto a estante no lugar, ninguém iria saber que ele estava lá. Afinal, nossos pais acham que ele parou de ir na casa dos Lowells fazer pequenos serviços. Só Nico e o Sr. Lowell sabem a verdade.

Fico encarando o contorno da porta. Não sou uma pessoa curiosa. Não preciso saber o que existe por trás de cada porta. Esse é mais o estilo de Nico. O quartinho existe, é tudo que eu preciso saber. Né?

Mas, pensando bem, que mal faz dar só uma olhadinha?

Devagar, empurro a porta do quartinho e abro.

SETENTA E TRÊS

Não é o que eu esperava.

O quartinho debaixo da nossa escada era só um espaço vazio, já este está cheio de... *coisas.*

Consigo perceber por que Nico ficou atraído. É como se todos os brinquedos com que ele já tivesse brincado ou desejado ter na vida estivessem nesse lugar. Robôs Transformer, caminhões, carrinhos, bonecos. Pela aparência da maioria, alguém brincou com eles faz pouco tempo. E o quartinho é mais claro do que o que fica debaixo da nossa escada, iluminado por luzes de verdade, com um interruptor. Nico comentou que o Sr. Lowell tinha uma câmera presa no teto, porém examino os cantos lá em cima e não encontro nada. Vai ver ele tirou. Mas a parte mais estranha do quartinho é o que tem no canto mais afastado.

É uma cama.

Uma cama pequena, feita para uma criança talvez até um pouco menor do que Nico, só que mais ou menos da mesma idade. A armação é branca e o colchão bem fino, sem box. Mais parece uma cama de armar. Está coberta por uma colcha de retalhos, e cada um dos quadrados que formam a colcha tem um inseto diferente bordado no tecido.

Mesmo sabendo que não deveria, vou até a cama. Deslizo os dedos pela colcha, que me parece áspera, como se não fosse usada há muito tempo. Imagino que quando Nico viesse nesse lugar, ele brincasse no chão. Afasto a colcha e...

Ai, meu Deus.

Os lençóis brancos estão inteiramente cobertos por uma mancha marrom-escura. É mais escura no centro, mas tem respingos espalhados por todo o lençol. Não sei se o Nico alguma vez puxou a colcha e viu o que estou vendo. Se viu, talvez por isso tenha levado tão a sério a ameaça do Sr. Lowell.

– Ada?

Viro a cabeça de repente na direção da voz, atrás de mim. Como estava tudo em silêncio, pensei que não tivesse ninguém em casa. Fui muito burra mesmo. Vi o carro entrar na garagem. Deveria ter me dado conta de que o Sr. Lowell estava em casa. Ele devia estar no andar de cima, sei lá. Ou vai ver estava escondido. Esperando. De olho.

E agora ele está *aqui*. Dentro do quartinho... comigo.

Está usando uma calça cáqui e uma camisa social desabotoada no colarinho, além de uma gravata pendurada no pescoço. Tem a testa coberta por uma camada de suor que cintila à luz do teto. O cabelo no cocuruto é ralo, e cada um dos fios parece molhado.

Abro a boca para guinchar uma resposta, mas não sai nada. Minha intenção era dizer pro Sr. Lowell que ele tem que deixar meu irmão em paz. Dizer com toda a clareza que Nico nunca mais vai voltar nesse lugar. Minha intenção era impedir meu irmão de se meter em encrenca.

Só que agora talvez quem tenha se metido numa encrenca seja eu.

– O que está fazendo aqui, Ada? – O Sr. Lowell não parece exatamente zangado. Parece quase achar interessante a minha presença. – Você tirou a estante do lugar?

– É que... – Minha voz é só um chiado. – Desculpa. Achei que...

Por que estou me desculpando? Nossa, eu pareço a minha mãe. Ela vive se desculpando por coisas que nem fez errado, e agora *eu* estou fazendo igual. Quer dizer, acho que estou na casa dele sem autorização. Mas é *ele* quem vem trancando meu irmão nesse quartinho. E que manchas são essas nos lençóis, com uma aparência muito suspeita de sangue seco?

– Você estava bisbilhotando – observa ele.

Não respondo nada.

– Contou pros seus pais que estava vindo aqui? – pergunta.

– Contei – respondo.

Os lábios dele estremecem.

– Você está mentindo, Ada.

– Estou, nada!

– Eu sempre percebo quando as crianças estão mentindo. Vocês todas são muito óbvias.

Minha vontade é sair correndo, mas o Sr. Lowell está bloqueando a saída. Só que não tem como ele ter trancado a porta já que está aqui dentro comigo.

Né?

– Eu acho... – diz ele, dando um passo e chegando mais perto de mim. Ou seja, perto demais, porque o quartinho é super, superpequeno. – Acho que você não contou pra ninguém que vinha aqui.

Recuo um passo e esbarro na parede mais atrás. O olhar do Sr. Lowell se move depressa na direção do colchão. Das manchas de sangue nos lençóis.

– Ah, Ada – diz ele. – Queria mesmo que você não tivesse puxado essa colcha.

Minha respiração entala na garganta.

– Eu quero sair daqui agora – consigo dizer.

Ele inclina a cabeça para um dos lados.

– Quer, é?

– Quero.

– O problema é que não sei se posso confiar em você. Seu irmão sabe guardar segredos muito bem, mas tenho a sensação de que você, não.

Lembro como Nico chegou em casa com a calça toda molhada de xixi. E agora estou com medo de a mesma coisa acontecer comigo. Não sei se já senti um medo tão grande em toda a minha vida.

– Eu sei guardar segredo – respondo num guincho.

Ao contrário de mim, do meu irmão e do meu pai, o Sr. Lowell tem os olhos claros. Então posso ver quando a parte preta no meio fica maior.

– Acho que você não sabe – diz ele. – Ou seja...

Ele agora está perto o suficiente para eu sentir seu hálito rançoso. Eu me remexo, pensando se conseguiria passar por ele. Preciso sair desse lugar. O quartinho todo é muito pequeno, e a porta está muito perto. Se eu só...

– Não posso deixar você sair, Ada.

Eu me lembro de quando Gabe me contou sobre o tal menino desaparecido, Braden Lundie. Tinha imaginado ele preso num quartinho igual a esse. A ideia me deixou apavorada, mas, mesmo assim, aqui estou eu.

E, igualzinho ao que aconteceu com Braden, pode ser que ninguém nunca mais volte a me ver.

Só que eu tenho uma coisa que Braden não tinha.

Levo a mão ao bolso e meus dedos se fecham em volta do canivete do meu pai. Depois que ele me deu, fiquei treinando no meu quarto. Treinei abrir e fechar a lâmina depressa, do jeito que tinha visto ele fazer. Como o Sr. Lowell está encarando meu rosto, não vê quando tiro o canivete do bolso e abro a lâmina. Ele só vê o metal cintilar com as luzes do teto quando já cravei o canivete na sua barriga, no ponto exato onde o meu pai disse pra cravar.

E aí eu giro.

O Sr. Lowell uiva. Eu o acertei bem onde dói. Bom, como diz minha mãe, entre as pernas dói mais, mas eu não queria mesmo mirar nessa região. Enfim, desse jeito deu certo. O Sr. Lowell cai de joelhos, segurando a própria barriga.

– Sua vagabunda – diz ele, arfando.

Não tenho tempo pra pensar. Passo correndo por ele, abro a porta e aí, antes de ele conseguir se levantar outra vez, volto a fechar com um empurrão.

A fechadura está chamando minha atenção, mas não tenho uma chave. Não consigo trancar a porta. Então faço a única coisa que consigo fazer, que é sair correndo da casa o mais depressa que consigo.

Quando entrei, meu pai estava trabalhando no quintal. Só que ele sumiu. Não sei para onde foi. Talvez tenha voltado pra nossa garagem pra pegar algum outro equipamento? Não sei. Quero procurar por ele, mas também quero muito ir pra minha casa.

Ao entrar em casa, subo correndo a escada. Corro até o quarto dos meus pais à procura de um ou de outro, mas o quarto está vazio. Então, enquanto estou parada na soleira da porta, ouço passos atrás de mim. Passos cada vez mais altos.

Ah, não.

É o Sr. Lowell. Eu deveria ter dado um jeito de travar aquela porta. Ou enfiado o canivete nele outra vez, só pra ter certeza de ter terminado o serviço. Mas não: deixei ele lá feito uma burra. E agora ele me seguiu de volta até minha própria casa.

Ele vai acabar comigo.

Mas então me viro e meus ombros relaxam. Não é o Sr. Lowell. É Nico, em pé no corredor, de queixo caído.

– Ada? – Ele está com uma expressão horrorizada. – O que houve com você?

Pela primeira vez, olho para minhas roupas. Tenho algumas pequenas manchas de sangue na camiseta, mas minha mão direita está toda ensanguentada. O canivete também está todo sujo. Eu nem percebi.

– Ada? – repete Nico.

– Cadê... cadê nosso pai? – gaguejo.

– Na garagem, pegando algum equipamento, acho. – Nico franze a testa diante da minha mão ensanguentada, ainda segurando o canivete. – Ada, o que houve?

– Eu...

Não posso contar pra ele. Como posso contar pra alguém o que eu fiz?

– Ada?

– Eu... eu acho que pode ser que eu tenha matado o Sr. Lowell. – As palavras saem num jorro bagunçado. – Acho que pode ser que ele esteja morto.

– *Como é que é?*

Enxugo as lágrimas, sujando meu rosto de sangue. Estou só piorando a situação.

– Eu não falei pra ninguém o que você me contou... juro. Mas queria falar com ele. Dizer pra ele te deixar em paz.

– Ada...

– Ele não quis me deixar sair do quartinho. – Minha voz falha. – Então eu tive que...

Ambos olhamos para o canivete, que cintila com o sangue do Sr. Lowell. Ele com certeza morreu. Enfiei o canivete nele bem onde meu pai falou e girei. Vi seu rosto ficar pálido e ele desabar no chão.

Ai, meu Deus.

– Preciso falar com o papai – deixo escapar.

Nico arregala os olhos, em pânico.

– Você não pode contar pra ele. Não pode contar pra nenhum adulto. Você vai se encrencar muito.

– Papai não vai deixar nada de ruim me acontecer...

– Não depende dele. Você sabe o que acontece com crianças que fazem coisas ruins, não sabe? – Ele morde o lábio inferior. – Eles tiram você dos seus pais. Você tem que ir pra uma prisão de crianças chamada casa de coração. Meu amigo falou que o irmão dele teve que ir pra lá por ter roubado uma coisa. E isso foi só por roubar. Você *matou* uma pessoa.

Começo a chorar. Ele tem razão. Não posso simplesmente dizer pras pessoas que matei o Sr. Lowell e achar que não vou ser punida, mesmo que quem estivesse fazendo uma coisa errada fosse ele.

– Então o que eu faço? – pergunto.

– Alguém te viu lá?

Faço que não com a cabeça.

– Então ninguém vai saber que foi você, né?

Olho para o canivete na minha mão e percebo que ele tem razão. Posso lavar o sangue do canivete e enfiar no fundo de uma gaveta. Posso lavar o sangue da camiseta e esconder no meu armário. Ninguém vai saber.

Nada de ruim vai acontecer.

PARTE IV

PARTE IV

SETENTA E QUATRO
MILLIE

Minha filha matou um homem.

Minha filha de 11 anos esfaqueou um homem, e agora ele está morto. E depois de ouvir a história toda me pego querendo que ela não o tivesse matado, para que eu pudesse fazer isso com minhas próprias mãos.

Porque eu o teria feito sofrer de verdade.

– Desculpa, mãe. – Ela está chorando tanto que mal consegue falar. – Eu não queria fazer isso. Só precisava sair daquele quartinho.

Não estou brava com ela. Ela não me deve desculpa por nada. Sinto *náuseas* ao pensar no que estava acontecendo bem debaixo do meu nariz. Fui eu quem mandou Nico fazer pequenos serviços na casa dos vizinhos. Verdade seja dita, isso na época pareceu inocente e um bom jeito de ele assumir a responsabilidade por ter quebrado a janela. Jamais poderia ter imaginado que...

– Ada, nada disso é culpa sua. – Envolvo seu corpo magro num abraço. – Você fez o que precisava. Eu... eu teria feito o mesmo.

Para não dizer outra coisa.

– Cadê a camiseta que você estava usando? – pergunto a ela. – A suja de sangue?

Ela enxuga os olhos e atravessa o quarto para ir até sua cômoda cor-de-rosa. Passa alguns instantes remexendo lá dentro até pegar a camiseta azul-marinho que estava usando naquele dia e me entrega. Forçando a vista, enxergo com dificuldade a mancha, mas entendo como a polícia teria deixado passar. Eles não esperavam encontrar nada incriminador na gaveta de camisetas de uma menina.

– Eu lavei muito bem na pia – diz ela, embora, se a polícia a tivesse encontrado, com certeza teria identificado o sangue de Jonathan.

Aperto a camiseta na mão, sem saber muito bem o que fazer com ela. Serei mesmo capaz de denunciar minha própria filha por assassinato?

– Não quero ir presa – diz ela, fungando. – Mas também não quero que meu pai fique encrencado quando quem matou fui eu.

Enzo sabia. Ele entendeu que Ada devia ter sido a responsável por esfaquear Jonathan ao descobrir que o canivete que tinha dado a ela era a arma do crime. Por isso assumiu tão depressa a culpa. Eu o odeio por ter feito isso. Mas também o amo mais do que já amei na vida.

– Você não vai ser presa – garanto a ela. – Eu prometo. A gente vai ligar pra advogada do seu pai, e ela vai resolver tudo. Juro.

Preciso ligar para a Cecelia. Preciso lhe contar tudo antes que Enzo faça alguma outra coisa burra, como confessar um assassinato para proteger a filha.

Não quero que Ada ouça esse telefonema, mas também não quero deixá-la sozinha num momento em que está tão frágil. Por mais que a tenha tranquilizado dizendo que ela não fez nada de errado, ela continua inconsolável. Preciso ficar de olho nela, então saio do quarto e fico bem perto da porta, mantendo-a entreaberta para poder vê-la enquanto clico no número de Cecelia.

Felizmente, ela atende na hora.

– Millie? Tudo certo? Acabei de chegar na delegacia.

– Pois é – digo, numa expiração. – Mas eu fiquei sabendo de algumas informações extremamente interessantes.

Conto tudo o mais depressa que consigo. Ela fica calada durante quase a história inteira, embora em alguns momentos eu escute um arquejo rápido. É difícil repetir os detalhes que Ada me contou. Sinceramente, chego a ficar enjoada. Fico aliviada quando acabo de lhe contar o que preciso e posso parar de falar.

– Meu Deus do céu – sussurra Cecelia. – Mas que...

– Eu sei.

– Que droga, Enzo – resmunga ela consigo mesma. – É melhor ele não ter falado nada pra polícia na minha ausência. Preciso chegar lá o mais rápido possível e esclarecer as coisas.

– Ele precisa ouvir tudo – insisto. – Se achar que existe uma chance de a Ada ser punida pelo que aconteceu, vai querer assumir a culpa. Ele precisa saber que foi legítima defesa. Ela não fez nada de errado.

– E ela tem *11 anos* – lembra Cecelia. – Nenhum tribunal condenaria uma menina dessa idade como se fosse adulta. Enzo está se incriminando sem motivo.

– Por favor, Cecelia, não deixa ele fazer nenhuma besteira.

– Não se preocupa, Millie. Sou muito convincente.

Encerro a ligação para ela poder tomar suas providências, então fico sozinha com meus filhos. E tenho um trabalho bem grande pela frente para deixar tudo certo outra vez.

Não sei exatamente o que estava acontecendo naquele quartinho na casa dos Lowells. Se Jonathan tiver encostado um dedo no meu filho, eu vou... Bom, acho que matá-lo não posso mais, mas vou tacar fogo no túmulo dele, ou... vou até o mundo dos mortos para me vingar. Não consigo *acreditar* que Nico tenha passado meses indo àquela casa por medo de nós precisarmos pagar por uns brinquedos quebrados. Isso me parte o coração.

Quando essa história toda acabar, a família inteira vai precisar de terapia. Aquele homem fez uma coisa horrível conosco, e estou decidida a tirar meu marido da cadeia para podermos ajudar as crianças a começarem seu processo de cura.

SETENTA E CINCO

Enzo está nesse momento numa cela na delegacia. Segundo Cecelia, ele foi fichado, e colheram suas digitais e tiraram fotos. Amanhã vai haver uma audiência de custódia, mas não temos condições de bancar qualquer valor de fiança.

Estou desesperada para saber como ele está, mas tudo que consigo obter são as atualizações de Cecelia. Deixo as crianças em casa, sem ir à escola – a essa altura, já tirei tantas folgas por motivos pessoais que meus colegas devem estar furiosos –, e passo muito tempo conversando com elas sobre tudo que aconteceu. Sabia que estava acontecendo alguma coisa com Nico, mas por algum motivo a situação toda passou despercebida pelo meu radar. Achei que ele estivesse com alguma coisa errada no cérebro e que tudo se devesse à minha genética ruim, mas na verdade era tudo culpa de Jonathan Lowell.

– Meu pai vai voltar pra casa logo? – pergunta Nico num tom esperançoso quando estamos jantando os três.

Fiz macarrão com manteiga por cima. Nem tive cabeça para acrescentar queijo.

– Espero que sim. – É a minha resposta sincera.

– Mas ele não fez nada de errado – diz Ada com uma voz miúda. – Por que ele tem que ficar preso?

– Porque não dá simplesmente para dizer à polícia que não foi uma pessoa e eles vão lá e soltam – explico. – Mas não precisam se preocupar, porque ele está com uma advogada incrível. Já, já vai estar em casa.

Se eu repetir isso para mim mesma várias vezes até ser suficiente, talvez vire realidade.

Depois do jantar, ponho um saco de pipoca no micro-ondas. Por milagre, dou um jeito de não queimar tudo como da última vez e acomodo as crianças no sofá, assistindo a um desenho animado e comendo pipoca de micro-ondas. Logo depois que coloco um filme, o celular toca.

É o número da delegacia de polícia perto da nossa casa.

Pulo do sofá e cravo o polegar no botão verde para atender. Consigo chegar na cozinha quando o conhecido sotaque italiano se faz ouvir do outro lado:

– Millie?

Quase começo a chorar.

– Enzo! Ai, meu Deus… Não acredito que deixaram você telefonar…

– Tenho cinco minutos. E só.

Cinco minutos não bastam nem de longe para dizer tudo que eu preciso, mas é um começo.

– Sua besta. Por que você confessou?

– Pela Ada – diz ele baixinho, como se estivesse com medo de alguém estar escutando. – Eu faria qualquer coisa por ela e pelo Nico. Você não?

– Faria – admito. – Também faria.

– E por você também, Millie.

Isso basta. Meus olhos ficam marejados.

– Mas a gente precisa fazer você voltar pra cá. Por favor. Ela não vai se encrencar por causa do que aconteceu. Ela tem só 11 anos.

– Millie, ela degolou o cara com um canivete. Isso é encrenca certa.

É essa a parte que não me sai da cabeça. Jonathan Lowell foi esfaqueado duas vezes. Ada o golpeou na barriga para fazê-lo sair do caminho, mas de jeito nenhum tem altura suficiente para conseguir cortar a garganta de um homem que estivesse em pé na frente dela. Ela não me contou todos os detalhes, só disse que o esfaqueou para fazê-lo sair do caminho, e eu não quis pressioná-la porque ela já estava muito abalada.

De modo que posso apenas imaginar o que deve ter de fato acontecido. Encontrei Jonathan na sala, não no quartinho escondido, então o canivete na barriga não deve ter matado o homem na hora. Ele deve ter tentado ir atrás dela, aí desabado em seguida. E então ela voltou e cortou a garganta dele enquanto ele estava caído no chão. Só para ter certeza absoluta de que estivesse morto.

Que frieza. Até para mim isso é frio. No entanto, se ela acreditava mesmo que Jonathan tivesse machucado Nico e ele a estivesse perseguindo, então ela fez o que precisava fazer.

Ainda assim, é difícil argumentar que algo desse tipo possa ter sido legítima defesa.

– Não importa. Enzo, nós três precisamos de você aqui. A gente está perdido sem você. Por favor, diz a verdade e deixa a Cecelia cuidar de tudo.

– Eu não vou denunciar minha filha. Não. Nunca.

Detesto a teimosia dele. Mas, se fosse eu, faria a mesma coisa.

– Você confessou pra polícia? – pergunto.

– Ainda não – diz ele. – Cecelia não deixou. Mas amanhã...

– Por favor, não faz isso – imploro. – Sei que você acha que está ajudando a Ada, mas ela não vai ficar melhor com o pai na prisão. Isso vai destruir a vida dela. Você não entende? Precisa voltar pra casa, e depois a gente dá um jeito de lidar com o que aconteceu.

Uma voz está gritando com ele ao fundo. Ele já esgotou os cinco minutos.

– Millie – diz ele com urgência. – Por favor, fala pras crianças que eu amo elas. Aconteça o que acontecer.

– A gente também te ama – começo a dizer, mas tenho quase certeza de que sou cortada depois da primeira palavra.

A ligação fica muda.

Nesta noite, Enzo vai dormir numa cela fria e desconfortável. Na verdade, estamos no verão, então vai dormir numa cela quente e desconfortável. Talvez, depois de uma noite assim, ele se dê conta de que não quer passar o resto da vida desse jeito.

Pelo menos, é por isso que eu posso torcer.

SETENTA E SEIS

Mal consigo dormir. Pode até ser Enzo quem precisa passar a noite numa cela, mas quem fica se revirando na cama sou eu. Não consigo parar de pensar em quando estive presa. Apesar de cercada de gente, eu me sentia sozinha o tempo todo. Estava sempre com a sensação de que aquele não era o meu lugar. Acho que ninguém acha que aquele é o seu lugar.

Queria que Enzo entendesse o quanto é ruim estar preso. Talvez ele não se dispusesse a abrir mão da própria vida tão rápido.

Decido mandar as crianças para a escola na manhã seguinte, apenas para manter alguma aparência de normalidade. Levo os dois no ponto e não fico surpresa ao me deparar com Janice e Spencer na habitual coleira dele.

Janice bufa.

– Que surpresa ver *você* por aqui.

– Eu moro bem ali – observo. – Por que não estaria aqui?

Janice não acha nem um pouco de graça no meu comentário.

– Quer dizer, depois da coisa horrível que o seu marido fez. Você não tem vergonha de mostrar a cara?

Não consigo acreditar que ela disse isso bem na frente dos meus filhos. Tenho engolido muita coisa dela desde que me mudei para cá, só para manter a paz, mas estou farta. Afinal, tenho quase certeza de que, aconteça o que acontecer, nós não vamos mais morar aqui por muito tempo.

– Janice, o meu marido não fez nada. Você entendeu tudo errado.

Ela bufa mais uma vez.

– Acho que não. Um homem com uma aparência como a dele vai sempre se meter em encrenca.

Ela acha que o meu marido é um assassino por ser muito bonito?

– Enzo é um homem bom – digo com firmeza. – E eu não preciso de nenhuma vizinha fofoqueira pra me dizer o contrário. Então por que de agora em diante você não cuida da própria vida, hein, Janice?

A boca dela se escancara, como se ela não estivesse exatamente acostumada a ser tratada assim. Olho para as crianças, e pela primeira vez desde que o pai delas foi preso detecto um leve esboço de sorriso no rosto deles.

Uma vez que meus filhos embarcaram com segurança, volto para dentro de casa. Chego ao gramado da frente bem na hora em que um Dodge Charger preto que conheço muito bem encosta no meio-fio. A janela do motorista se abaixa, e o investigador Benito Ramirez espicha a cabeça para fora.

– Millie – diz ele. – Entra no carro.

Confio em Ramirez mais do que em qualquer outro policial no mundo, mas nem isso me anima a entrar no carro de um policial sem explicação.

– Preciso estar na audiência de custódia do Enzo daqui a duas horas.

– A gente precisa conversar – diz ele com uma voz grave.

– Sobre o quê?

– Millie, você pode entrar no carro? Por favorzinho? Vem. Quer voltar a tempo da audiência, não quer?

Ah, que se dane.

SETENTA E SETE

– Imagino que você esteja sabendo sobre a Ada – digo para Ramirez quando estamos sentados juntos no banco dianteiro do seu Dodge.

– Estou – diz ele. – Cecelia me contou tudo.

– Ela matou Jonathan Lowell – falo, embora parte de mim continue sem conseguir acreditar nisso.

Como a minha menininha pode ter degolado um homem?

– Pelo visto, aquele pervertido mereceu.

– Mesmo assim.

Ele dá de ombros.

– Tal mãe, tal filha.

Eu me retraio. Ada não sabe nada sobre meu histórico. Talvez se sentisse melhor se eu lhe contasse...

Não, não posso contar para ela. Não quero que ela perca o respeito por mim.

– Mas sobre o que você queria conversar comigo?

Ramirez me encara com um olhar firme. Seus olhos são tão escuros e sérios quanto os do meu marido podem ficar.

– É sobre Suzette Lowell. Tem uma coisa que preciso te contar sobre ela, e você não pode contar pra mais ninguém.

– Tá...

– Millie, tô falando sério. Ou perco o emprego.

Isso desperta o meu interesse.

– Não vou contar pra ninguém. Te dou minha palavra.

– Aquele quartinho debaixo da escada foi examinado – diz ele. – E adivinha o que encontraram?

Se ele disser que tinha uma ossada de criança lá dentro...

– Não sei se eu quero saber.

– Millie, eles encontraram as impressões digitais da Suzette.

Levo vários instantes para processar o que ele está me dizendo. Se as digitais de Suzette estavam lá...

Ela sabia da existência do quartinho. Sabia de tudo em relação a ele. *Por isso* não queria Nico na casa dela. Não por estar preocupada que ele fosse quebrar alguma coisa ou fazer bagunça. Ela não o queria lá porque sabia que o marido era um pervertido.

E o deixou ir lá mesmo assim. Como ela ousou fazer isso? E se Jonathan tivesse machucado Nico ou Ada? E se...

– Eu vou matar essa mulher – digo num arquejo.

– O que vai acontecer com ela vai ser bem pior do que isso – retruca ele. – A polícia encontrou mais uma coisa dentro daquele quartinho.

E ele então me conta uma coisa tão horripilante que minha vontade é vomitar bem em cima do estofado do carro.

– Ela está hospedada num hotel – conta ele. – A polícia pretende convocar a Suzette pra depor. Quis te contar primeiro.

Minha cabeça está girando com as revelações que Ramirez acaba de me fazer. Suzette sabia. Ela *sabia*. E agora vai ser indiciada como cúmplice das coisas terríveis que o marido fez. Se isso não é justiça, não sei o que essa palavra significa.

Só que isso não vai mudar o fato de que quem matou Jonathan foi Ada. Não vai mudar o fato de Enzo estar se recusando a incriminar nossa filha e de que ele vai passar o resto da vida preso para protegê-la.

E é então que me dá um estalo. Talvez haja um jeito de consertar essa situação.

– Benny – digo, com urgência. – Dá tempo de a gente falar com a Suzette antes de a polícia ir buscar ela?

As sobrancelhas grossas dele se erguem.

– Você tá de brincadeira, né?

– Eu preciso falar com ela.

– Não posso levar você comigo pra tratar de um assunto da polícia. Vou ser *demitido*.

– Tá. – Tamborilo os dedos no tecido da calça jeans que cobre meu joelho. – Então me leva até o hotel e deixa que eu mesma falo com ela.

– Nem pensar. Não vou deixar você sozinha com aquela mulher. As crianças não precisam que a mãe também seja presa por assassinato.

– Por favor – peço. – Você me deve uma, Benny.

– Na verdade, eu te devo no mínimo umas dez. – Ele coça a barba por fazer que lhe cobre o queixo. – Sobre o que você quer falar com ela, afinal?

Meneio a cabeça na direção do volante.

– Te explico tudo no caminho.

SETENTA E OITO

Ramirez dirige até um hotel chique nos arredores da cidade. Parece o tipo de hotel com um spa em cada quarto e nos quais as roupas de cama e banho são trocadas de hora em hora. Em outras palavras, um hotel que nem nos meus sonhos mais desvairados eu conseguiria pagar.

Um manobrista pega as chaves e vai estacionar o carro, e nós entramos juntos no hotel e nos aproximamos do balcão do concierge. Ramirez leva a mão ao bolso e saca o distintivo, deslizando-o por cima do balcão.

– Sou o investigador Ramirez, da polícia de Nova York. Estou procurando uma hóspede chamada Suzette Lowell.

O concierge pega o telefone e liga para o quarto de Suzette. Quando ele avisa que um investigador da polícia de Nova York quer falar com ela, somos autorizados a subir na mesma hora.

– Décimo andar, no final do corredor – informa o concierge.

Ando decidida em direção ao elevador, e Ramirez aperta o passo para me acompanhar. O elevador tem as paredes todas espelhadas, o que me dá um pouco de enjoo. Ou vai ver estou enjoada por estar indo visitar a esposa de um homem que ameaçou meus dois filhos com a conivência dela. Só Deus sabe o que Jonathan teria feito com Nico se Ada não tivesse intervindo.

– Não sei, não, Millie – diz Ramirez. – Prefiro fazer tudo como manda o figurino, quando ela estiver na delegacia.

– Por favor, me dá uma oportunidade de falar com ela – peço. – É a melhor chance que a gente tem de inocentar minha família. A gente precisa tentar.

Ele apenas assente.

O elevador emite um plim quando chegamos ao décimo andar. Saio da cabine e caminho a passos largos na direção do quarto de Suzette; Ramirez é obrigado a dar uma corridinha para conseguir me acompanhar. Só paro ao chegar em frente à porta. Ergo o punho para bater enquanto Ramirez suspira e balança a cabeça.

– Só um instante! – diz uma voz do outro lado da porta.

Um segundo depois, a porta do quarto de hotel se abre. Suzette está parada ali, usando um roupão com o nome do hotel bordado na lapela. Tinha conseguido abrir um sorriso agradável com os lábios pintados de batom, que desaparece ao me ver em pé no vão da porta aberta.

– O que *você* tá fazendo aqui? – sibila Suzette.

– A Sra. Accardi veio comigo, Sra. Lowell – diz Ramirez.

Ela olha alternadamente para nós dois, e por alguns instantes tenho certeza de que vai bater a porta na nossa cara. E seria direito dela.

– O senhor trabalha mesmo para a polícia de Nova York?

– Garanto à senhora que sim – responde ele. – E, se a senhora autorizar que eu e a Sra. Accardi entremos, gostaria de lhe fazer uma proposta que talvez no futuro venha a poupar todos nós de muitos problemas.

Ela leva a mão ao quadril.

– Me mostra a sua identificação.

Ramirez obedece e torna a levar a mão ao bolso para pegar o distintivo. Mostra-o para Suzette, e ela se demora alguns instantes inspecionando o documento, como se realmente soubesse a diferença entre uma identificação legítima e uma falsificada. Mas, se isso a faz se sentir melhor, ela que fique à vontade.

– Tudo bem – diz ela, tensa. – Podem entrar por um instante, mas eu estava prestes a ir tomar banho.

– Aposto que os chuveiros aqui devem ser ótimos – comenta Ramirez enquanto adentra o quarto de hotel. Suzette tem a oportunidade de bater a porta na minha cara, mas não a aproveita, e eu consigo entrar junto com ele. – Mas não tanto quanto os da sua casa.

– Obrigada – diz Suzette, rígida. – Não posso entrar lá agora, por motivos óbvios.

– Ah, eu sei. – Ele se detém ao chegar à gigantesca cama king-size. – Quer se sentar, Sra. Lowell?

– Não acho que seja preciso ficarmos muito à vontade.

Um dos cantos dos lábios dele se curva para cima.

– Justo.

– Então, investigador, sobre o que o senhor queria falar comigo?

– Bem – diz ele. – Na verdade, é sobre a sua casa. A polícia esteve lá, sabe.

Ela revira os olhos.

– Acho que é assim que funciona no caso de uma cena de crime.

– E viram cada pedacinho da casa.

Os olhos dela se semicerram, e detecto um tênue lampejo de medo.

– O que está querendo dizer com isso?

– Estou querendo dizer que eles viram o quartinho debaixo da sua escada – declara Ramirez.

Se eu não estivesse encarando o rosto de Suzette, não teria visto o modo como ela empalideceu. Juro por Deus: se Ramirez não estivesse de pé bem do meu lado agora, eu arrancaria os olhos dessa mulher com a unha. Arrancaria o coração dela do peito.

– Eu... eu não sei do que o senhor está falando – gagueja ela.

– Não? – Ramirez arqueia uma das sobrancelhas escuras. – Então não sabia que tem um quartinho debaixo da escada no térreo da sua casa, escondido atrás de uma estante?

Ela balança a cabeça devagar.

– Acho que vi algum tipo de depósito assim que nos mudamos, mas acabamos nunca chegando a usar.

– Que coisa mais estranha – pondera ele.

– Na verdade, não – diz ela. – Jonathan já tinha a casa quando nos mudamos pra lá, então nunca olhei a planta.

– Mesmo sendo corretora de imóveis, a senhora nunca olhou a planta da própria casa?

Ela dá de ombros.

– A casa já era nossa, e não estávamos pensando em vender. Por que eu deveria ter olhado? Isso por acaso é *crime*, investigador?

– Só que tem o seguinte. – Ramirez a encara com firmeza. – O quartinho estava repleto das suas impressões digitais. Então, se a senhora não sabia que ele existia, o que aconteceu exatamente?

Assim que entramos, ela declinou a sugestão de se sentar. Agora, porém, afunda no colchão com o semblante lívido. É gratificante ver o quanto está apavorada. Ela merece.

– Sabe o que mais a polícia encontrou naquele quartinho? – pergunta Ramirez.

Tudo que ela consegue fazer é balançar a cabeça.

– Encontramos sangue e DNA de um menino chamado Braden Lundie – diz ele. – Um menino que sumiu três anos atrás. A polícia está escavando seu quintal neste exato momento. Alguma ideia do que vão encontrar?

Suzette parece estar com dificuldade de respirar. Parece estar inteiramente sem palavras, bem parecido com o jeito como fiquei quando Ramirez me contou essa informação dentro do carro dele. Infelizmente para ela, não estou mais sem palavras.

– Suzette, você é cúmplice do assassinato de um menino – sibilo para ela. – Vai passar o resto da vida na cadeia. E você merece. – Um bolo se forma na minha garganta. – Você sabia que o seu marido tinha assassinado uma criança e não contou pra ninguém. Deixou seu marido continuar solto. Deixou meu filho entrar na sua casa! Como foi capaz de fazer isso? Qual é o problema com você?

Suzette enterra o rosto nas mãos por alguns instantes. Ainda não disse nenhuma palavra sequer.

– Sra. Lowell? – insiste Ramirez.

Quando Suzette ergue o rosto das mãos, suas bochechas estão riscadas de lágrimas.

– Eu só soube do Braden depois. Juro. Se eu tivesse descoberto...

– Mas a senhora *sabia* – diz Ramirez num rosnado baixo. – Sabia o que ele tinha feito e não chamou a polícia. Não contou pra ninguém.

– De que teria adiantado? Era tarde demais!

Sinto náuseas. Janice comentou sobre o menino que sumiu anos atrás, mas achei que ela estivesse sendo dramática, em especial depois de Suzette ter alegado que o menino fora encontrado. Na verdade, quem tinha razão era Janice. O fato de Suzette ter dito que era tarde demais significa que não vai haver um final feliz para essa família.

– Eu também detestava ele, sabe? – Ela enxuga as lágrimas dos olhos com as costas da mão. – Não conseguia nem suportar ficar na mesma casa que aquele homem. Mas continuei lá para poder ficar de olho nele e garantir que ele não fizesse nada... Sabe, que nunca mais fizesse nada *igual àquilo*. Eu impedi outras crianças de serem machucadas.

Eu a fulmino com o olhar.

– Uau, você é mesmo uma santa.

– Millie, se eu tivesse ligado pra polícia, você *sabe* o que teria acontecido com a minha vida? Eu teria sido a esposa de um assassino de crianças. Sabe como teria sido isso?

Balanço a cabeça.

– Suzette, você é desprezível.

Pelo menos, ela tem a decência de abaixar a cabeça.

– O investigador Ramirez veio aqui levar você pra delegacia – digo. – Mas eu convenci ele a não levar. Em vez disso, a gente vai te dar uma alternativa.

Suzette ergue o olhar para mim com um ar de surpresa. Olho para Ramirez, que assente para mim, então continuo.

– Você precisa confessar o assassinato do seu marido. Diz que matou ele porque descobriu o que ele estava fazendo naquele quarto e que por isso suas digitais estão por toda parte lá dentro. Pode alegar legítima defesa.

– Vocês querem que eu minta? – pergunta ela com um arquejo.

– A senhora tem outra opção – intervém Ramirez –, que é deixar Enzo Accardi ser condenado por um crime que ele não cometeu e então ser processada por ter conspirado para matar o menino. E, pode acreditar, vamos cair *com força* em cima da senhora.

Suzette fica nos encarando e balançando a cabeça.

– Mas eu não matei o Jonathan.

– Mas se tivesse matado ninguém iria te culpar, né? Você arruma um bom advogado, coisa que tem como bancar, e talvez nem chegue a ir presa. Mas, se te pegarem por causa do menino... Ou mesmo se as pessoas *acharem* que você teve algum envolvimento nisso, o que nós duas sabemos que vai acontecer...

Ela inspira fundo. Nós lhe demos duas alternativas terríveis. Por uma fração de segundo, quase sinto pena dela. Então me lembro do que ela fez.

– E o sangue no canivete do Enzo? – indaga ela. – A polícia me contou.

– Enzo deixou o canivete dele na sua casa. – Ramirez dá de ombros. – A senhora o usou para matar seu marido, depois tentou se livrar da prova devolvendo o canivete para ele.

Suzette olha para baixo e encara as palmas das próprias mãos. Seja qual for a decisão, a vida inteira dela está prestes a mudar para sempre.

– Posso pensar um pouco? – pede ela com uma vozinha.

Ramirez olha para o relógio.

– Pode, sim, mas vou logo avisando que o investigador Willard está a caminho daqui. Ele vai chegar a qualquer momento.

Ela puxa uma inspiração trêmula.

– Vocês se importariam em sair do meu quarto para eu poder me vestir?

Ramirez concorda em sair. Precisamos dar o fora daqui antes de o investigador Willard nos flagrar e descobrir o que estamos fazendo. Quando a porta bate atrás de nós, eu a encaro com fúria. Nunca gostei de Suzette Lowell, mas não fazia ideia do tamanho de sua depravação. Não fazia ideia de que ela era capaz de encobrir crimes tão horrorosos apenas para proteger a própria reputação. Quando olho para Ramirez, dá para ver que ele está pensando a mesma coisa.

– Só por você e pelo Enzo, Millie – diz ele. – Vou fazer tudo que eu puder para garantir que isso dê certo e liberte ele.

– Então estamos quites.

– Não, acho que ainda te devo algumas.

Aproximo o ouvido da porta para escutar os barulhos vindos do quarto.

– E se ela tentar se matar aí dentro?

– Ela não vai fazer isso. É uma lutadora. Dá pra ver que é.

– O que você acha que ela vai decidir?

Ele abre um sorriso triste.

– Ela vai confessar que matou o marido, tenho certeza. Não vai querer aquela outra acusação. E sabe que a polícia a pegou de jeito.

Torço para ele estar certo. Preciso do meu marido de volta. E preciso que esse pesadelo acabe.

Embora tenha a sensação de que ainda vai demorar muito tempo para acabar.

SETENTA E NOVE

Faz quase duas semanas desde que Suzette Lowell confessou o assassinato do marido, Jonathan Lowell.

Estamos os quatro tomando café na nossa cozinha, algo que duas semanas atrás parecia que nunca mais seria possível. Mas agora Enzo está em casa outra vez. Depois de Suzette confessar, todas as acusações contra ele foram retiradas.

Só nós sabemos da participação de Ada no assassinato.

– Eu adoro panqueca com gotas de chocolate – diz Nico enquanto ataca com alegria o prato de panquecas que eu preparei.

Enzo abre um sorriso do outro lado da mesa. Ainda parece cansado devido aos acontecimentos das últimas poucas semanas, mas está em casa, e é isso que importa. E a nossa família está se curando. Nico, em especial, vai precisar de muita terapia depois de tudo que aconteceu, mas tudo bem. Nós vamos dar a volta por cima.

Não vamos deixar que o que os Lowells fizeram nos destrua.

– Só mais uma semana de escola e vão começar as férias de verão – lembra Enzo às crianças. – Vamos viajar pra algum lugar, que tal?

– Pra onde? – pergunta Ada.

– É, para onde? – pergunto, porque é a primeira vez que estou ouvindo falar nessa suposta viagem.

– A gente decide – diz ele. – Acho que a gente precisa sair daqui.

Ele tem razão. Precisamos sair daqui. No verão, vamos vender a casa. Depois de tudo que aconteceu, não consigo mais nos imaginar morando neste lugar. Precisamos encontrar algo mais barato, assim vamos parar de nos estressar por causa de cada conta. Talvez seja preciso mudar para um lugar totalmente diferente. Um novo começo seria bom.

– Eu quero ir pra Disneylândia – diz Nico.

– Eu também! – exclama Ada.

– Na Flórida faz muito calor no verão – lembro a eles.

– Lá é a Disney*world*, mãe – corrige Ada. – Na Califórnia é onde fica a Disney*lândia*.

Califórnia? Ela está falando sério? Estava pensando mais em algo como uma ida ao litoral de Nova Jersey. Olho para Enzo, que dá de ombros. Não acho que iremos à Califórnia neste verão: quatro passagens de ida e volta para o outro lado do país não cabem exatamente no nosso orçamento. No entanto, nesse momento, me falta coragem para destruir os sonhos da Disneylândia das crianças.

Como o ônibus escolar vai chegar em breve, acompanhamos os dois até a porta para eles chegarem ao ponto com alguns segundos de antecedência. Bem na hora em que o ônibus está se afastando, o conhecido Dodge Charger preto encosta na nossa rua sem saída. Embora ver nosso amigo sempre me deixe feliz, não posso dizer que não sinto uma onda de ansiedade ao ver um policial estacionando em frente ao meu gramado.

Enzo, porém, não parece nem um pouco preocupado. Ele acena para Ramirez ao vê-lo descer do carro.

– *Buongiorno*, Benny!

Ramirez acena de volta, então vê minha expressão e diz depressa:

– É só uma visita social, Millie. Tá tudo bem.

Graças a Deus.

– Quer entrar? – pergunto.

– Não dá. Estou com a manhã cheia. Mas como estava por perto só queria dar uma passada pra ver como vocês estavam. Tudo caminhando direitinho?

– A gente tá bem – diz Enzo. – Obrigado por tudo.

– E as crianças? – pergunta Ramirez. – Estão lidando bem com tudo que aconteceu?

– Estão – respondo, mas com hesitação.

– Millie tá preocupada com a Ada – intervém Enzo.

Ele tem razão. Detesto reconhecer isso, mas desenvolvi uma obsessão pelo que a nossa filha fez. Reconheço que Jonathan Lowell era uma pessoa horrorosa e que merecia morrer, mas não consigo parar de lembrar dele caído no chão com o pescoço cortado.

Foi minha filha quem fez isso.

– Ada vai ficar bem – assegura Ramirez. – Olha aqui, Millie, ela fez o que foi preciso. Você entende isso, não?

– Acho que sim.

– Foi culpa minha – diz Enzo. – Eu dei o canivete pra ela. Meu pai me deu quando eu tinha a mesma idade, e achei que estivesse tudo bem. Só quero que ela fique segura. Só que a gente agora vive num mundo diferente.

Mas não posso culpar Enzo. Foi o canivete que salvou a vida de Ada. Se ela não estivesse com aquele canivete, só Deus sabe o que teria lhe acontecido.

Só estou atormentada pelo que ela fez com o canivete. Ainda não falamos sobre como ela degolou Jonathan.

– Enfim – diz Enzo. – Se você tá ocupado agora pra entrar e tomar um café, vem jantar hoje à noite, que tal?

– Na verdade... – Ramirez puxa a gravata. – Hoje tenho um encontro.

Por um instante, sou afastada das minhas preocupações com Ada e um sorriso se espalha pelo meu rosto.

– Um encontro? *Sério?*

Ramirez retribui com um sorriso que é uma combinação comovente de empolgação e nervosismo.

– Acreditem ou não, a Cecelia me apresentou à mãe dela. É só nosso segundo encontro, mas a gente tem se falado bastante por telefone e... sei que ainda é cedo, mas gosto muito dela. Ela é mesmo especial.

Quase caio na gargalhada ao escutar o que com toda a certeza é o eufemismo do século.

– Ela é mesmo – concordo.

– Quem sabe agora você se aposenta? – provoca Enzo, na brincadeira.

– Nunca – retruca Ramirez.

Mas, se existe alguém capaz de convencer esse homem a finalmente se aposentar, essa pessoa seria Nina Winchester.

– Enfim, preciso ir andando – diz ele. – Mas, qualquer coisa que precisarem, é só chamar.

Ramirez torna a entrar no carro e ficamos olhando enquanto se afasta.

Também preciso sair para o trabalho, mas ultimamente tem sido difícil me concentrar. Fico feliz que meu marido tenha sido solto, mas me sinto consumida pela preocupação com meus filhos. Especialmente Ada.

– Millie – diz Enzo. – Você precisa deixar essas preocupações pra lá. Isso faz mal pra sua pressão.

– Minha pressão agora vai bem, obrigada.

E vai mesmo. Tenho medido todos os dias, e na última semana estava ótima.

– Então vamos manter assim. – Ele me dá um beijo na bochecha. – Ada vai ficar bem. A mãe dela ficou bem, e ela também vai ficar.

Ele tem razão. Basta eu ficar repetindo isso para mim mesma. Ada não fez nada de errado. Na minha opinião, ela é uma heroína.

Mas eu sou mãe dela, e é minha obrigação me preocupar. Então vou continuar a observá-la e a me preocupar.

OITENTA
ADA

O período de biblioteca está quase no fim. Estou sentada diante de uma das mesas perto das janelas, lendo um livro incrível chamado *Rebecca*, escrito por Daphne du Maurier. É um livro antigo, mas muito assustador. Sinto arrepios durante a leitura. Só falta uma semana de aula, e torço para conseguir terminar a tempo.

Mas, se eu não conseguir, vai ser por causa do tal do Hunter.

Ele me deixou em paz por um tempo, mas hoje voltou com força total. Senta na minha frente no começo da aula e a primeira coisa que me diz é:

– Ada, quer sair comigo na sexta à noite?

– Não, obrigada – respondo, rígida.

– E no sábado à noite?

– Não.

– E no domingo? E na segunda?

Enfio o nariz de novo no meu livro. Vou ignorá-lo e pronto. É o que se deve fazer com meninos iguais a ele. Se eu não der atenção, eles vão embora. Pelo menos, é o que a minha mãe diz.

– Ada – diz ele com uma voz melodiosa. – Alguém já fez uma música sobre você?

Não olho para ele. Não respondo nada.

– Eu vou fazer uma música sobre você agorinha – diz. Então começa a cantar. – Adaaa. Deixa eu ser seu amigooo. E depois sai comigooo.

A bibliotecária ouve Hunter cantando e nos lança um olhar incisivo.

– Ada, Hunter, silêncio, por favor!

Se ela achar que a gente está fazendo bagunça, vai tirar nossos livros e fazer que nos sentemos no canto. E eu quero mesmo acabar o livro que estou lendo.

– Para com isso, por favor. Você vai meter a gente em encrenca. Só quero ler meu livro.

– Quer nada! – diz ele, alto demais. – Está só fingindo gostar do livro e se fazendo de difícil. Foi o que o meu pai disse.

– Seu pai tá errado.

– Meu pai nunca tá errado. E pelo menos ele não foi preso por ter matado ninguém.

Fico brava por ele dizer isso. Meu pai não matou o Sr. Lowell. Mas, depois de voltar para casa, ele me disse que, se tivesse descoberto o que o Sr. Lowell estava fazendo com o Nico, teria feito exatamente a mesma coisa que eu.

A polícia continua com o canivete do meu pai, aquele que usei para esfaquear o Sr. Lowell. Queria ainda ter ele comigo. Provavelmente nunca vou conseguir recuperar, o que é triste, porque eu adorava aquele canivete.

Mas, pensando bem, não preciso de um canivete.

Largo meu exemplar de *Rebecca*. Saio do meu lugar e vou me sentar ao lado de Hunter. Por essa ele não esperava, e suas sobrancelhas se erguem depressa.

– Hunter, preciso que você saiba de uma coisa.

Ele sorri para mim.

– O quê? Você finalmente vai mudar de ideia?

– Não. – Encaro ele bem nos olhos e sustento o olhar. – Se você não me deixar em paz agora mesmo, hoje à noite eu vou entrar de fininho no seu quarto enquanto você estiver dormindo. – Aguardo um instante, observando sua reação. – E aí, quando você acordar de manhã, vai abrir as cobertas e encontrar seu saco todo ensanguentado jogado no lençol ao seu lado.

Ele ri.

– Como é que é?

– Você ouviu bem. Se alguma vez você voltar a encher o meu saco, ou a encher o saco de qualquer outra menina, eu vou te castrar enquanto você estiver dormindo.

"Castrar" é uma palavra que aprendi num livro que estava lendo. Acho que estou usando do jeito certo. Significa cortar fora os testículos de alguém.

Gosto da maneira como toda a cor se esvai do rosto dele. Fico observando enquanto ele tenta se recompor.

– Você... você não conseguiria fazer isso – gagueja.

– Humm, talvez não – digo. – Mas, na verdade, acho que eu conseguiria, sim. Quer pagar pra ver?

Pela expressão do seu rosto, acho que ele não gostaria de pagar pra ver, não. Ele se levanta com um pulo e se afasta de mim.

– Você é uma psicopata.

Só faço dar de ombros e sorrir para ele.

Ele se afasta da mesa cambaleando e quase tropeça nos próprios pés de tanto que quer se afastar de mim. Não acho que vá voltar a me incomodar. Gostaria de pensar que nunca mais vai incomodar *nenhuma* menina.

Pego meu livro para retomar a leitura, mas antes de fazer isso olho pela janela ao meu lado. Está nublado o suficiente do lado de fora para eu praticamente conseguir ver meu reflexo no vidro. Engraçado, porque sempre me achei quase idêntica ao meu pai, com meu cabelo e olhos escuros. Agora, ao me ver refletida nessa janela embaçada, me dou conta de que, conforme fui ficando mais velha, os traços do meu rosto se tornaram bem mais parecidos com os da minha mãe. Só reparei nisso neste exato instante.

Estou a cara dela. Que coisa mais engraçada.

EPÍLOGO
MARTHA

Estou hospedada num hotel de beira de estrada longe de Long Island.

Jed não veio atrás de mim desde que saí de casa, então estou, enfim, começando a me sentir segura. Ele me disse que, se algum dia eu tentasse deixá-lo, iria me caçar e arrancar meu couro, mas ainda não me encontrou. Caso apareça, estou com aquela arma que Enzo me deu. Ela me dá segurança.

Estou preocupada com dinheiro, porém. Como Jed ficou com todos os meus salários, tudo que me restou foi o que consegui guardar, mais uma pequena quantia que Enzo conseguiu me dar. Posso tentar trabalhar por fora, embora seja difícil encontrar empregos informais num lugar novo sem recomendações boca a boca. Vai levar tempo, mas sou trabalhadora e estou disposta a provar meu valor. Esperei muito tempo para conseguir me libertar daquele monstro.

E, quando os Accardis se mudaram para a casa ao lado, eu soube que aquela seria a minha chance de sair daquela situação.

Muitos anos atrás, quando ainda era jovem e cheia de esperança em relação à vida, eu trabalhava para uma família rica. Eles tinham um filho adolescente, aquele tipo de rapaz que acha que tudo que quer tem que ser seu. Eu antipatizava muito com ele, especialmente depois de ver uma menina sair correndo aos prantos do quarto dele. Depois disso, ele riu quando eu estava trocando os lençóis de cama manchados com o sangue dela.

Três meses depois, ele estava morto.

A primeira vez que ouvi falar em Wilhelmina Calloway, a menina que viria a se tornar Millie Accardi, foi quando ela estava sendo acusada pelo assassinato do filho dos meus patrões. Eu não tinha a menor dúvida de que ele merecia a justiça feita por Millie, mas não foi essa a decisão do júri. Ela foi presa pelo assassinato.

Reconheci Millie quando ela foi visitar a casa no número 14 da Locust Street com o marido bonitão. Ela estava bem mais velha, claro, mas eu a reconheci na hora. Havia algo nela que era difícil esquecer. Algo em seus olhos. Uma busca rápida na internet confirmou que ela era mesmo quem eu pensava que fosse.

Nessa hora, tive certeza de que Millie seria a única capaz de me ajudar a fugir de Jed. Só precisava que ela se mudasse para aquela casa.

Só que as casas do bairro eram sempre vendidas por valores exorbitantes. Estava claro que os Accardis não poderiam bancar uma disputa de propostas. Então eu os ajudei. Puxei papo com compradores interessados e comentei sobre o telhado cheio de goteiras ou o mofo no sótão. Um a um, eles foram desistindo, e os Accardis compraram a casa por uma pechincha, exatamente como eu esperava que acontecesse.

Quis muito contar tudo a Millie assim que ela se mudou. Vivia olhando pela janela, de olho na casa dela, à espera de um momento em que conseguiria encontrá-la sozinha e contar tudo. Quando comecei a trabalhar para ela, porém, nunca consegui encontrar o momento certo. Toda vez que eu tentava, ficava petrificada.

No fim das contas, quem acabou me ajudando não foi Millie. Foi o marido dela, Enzo. Ele foi muito gentil comigo. Ofereceu mais do que tinha para dar, e não me deixou dizer não.

Mesmo assim, tive medo de que minha reserva de dinheiro não fosse suficiente depois que eu tivesse fugido, e foi por isso que, logo antes de sair do hotel onde estava escondida e iniciar a etapa seguinte da minha viagem, fui à casa de Suzette Lowell uma última vez. Estacionei nos fundos, assim aquela vizinha enxerida não contaria para Suzette que eu estivera lá. Suzette tinha uma tonelada de joias e outros objetos que eu poderia empenhar.

Eu me sinto culpada ao dizer isso. Não sou uma ladra. Sempre levei a vida de um jeito honesto e íntegro. Foi meu marido quem me transformou nisso. Tomara que eu nunca mais o veja.

Meu plano era passar quinze minutos revirando as joias de Suzette. Eu sabia quais peças ela usava com frequência e de quais jamais daria por falta. Ela tem muitas joias, todas muito caras. Três ou quatro peças teriam bastado para me sustentar por um tempo.

Só que, quando cheguei, o Sr. Lowell já estava em casa. Como eu não esperava que ele estivesse lá durante o dia, fiquei surpresa ao descer a escada após ter pegado três dos colares de Suzette e encontrá-lo no meio da sala, ofegante e apoiado numa estante encostada na parede junto à escada, como se estivesse tentando deslocá-la com o peso do corpo. Ele deu um gemido alto, então se encolheu ao mesmo tempo que segurava a barriga. Fiquei pensando por que estaria tentando mudar aquela estante de lugar. Era óbvio que estava se machucando ao fazer isso, porque, ao dar um passo, ele fez uma careta.

– Cadê ela? – balbuciou baixinho. – Onde aquela vagabundazinha se meteu?

Antes de eu conseguir atinar de quem diabos ele estava falando, ele ergueu o olhar, e foi então que me viu. Sabia que eu não estava agendada para trabalhar lá nesse dia, e na mesma hora a desconfiança anuviou seu semblante.

– Você – rosnou ele. – O que tá fazendo aqui?

– Estou... fazendo faxina – gaguejei, embora não estivesse segurando nenhum material de limpeza.

Talvez não tivesse sido tão ruim se eu não estivesse com aqueles colares na mão esquerda. Tudo teria sido diferente se eu tivesse entrado na casa de bolsa e conseguido guardar os colares num lugar em que ele não os visse.

– Você tá roubando a gente! – exclamou ele. – Eu sabia! *Eu disse* pra Suzette que era por isso que as joias dela sumiam! *Eu disse* que era pra ela te mandar embora!

– Não – respondi, atarantada. – Eu não...

Mas o Sr. Lowell estava uma fera. Não parava de vociferar e me xingar de ladra desgraçada. Disse várias coisas horríveis sobre chamar a polícia, e que iriam me prender. Passou o tempo todo segurando a barriga. Mas tudo em que eu conseguia pensar era no que Jed faria comigo se eu fosse presa por roubo.

Ele provavelmente me mataria com as próprias mãos.

Não sei em que momento reparei no abridor de cartas em cima da mesa de centro ao nosso lado. Para ser sincera, tudo aconteceu depressa demais.

Peguei o abridor, e na verdade só queria que ele parasse de falar. Que parasse de dizer que iria chamar a polícia. Mas, quando dei por mim, ele estava caído no chão, com sangue esguichando do pescoço e empoçando tudo ao redor do seu corpo sem vida.

Eu precisava fugir. Com certeza não dava tempo de limpar nada. Principalmente quando ouvi Millie bater na porta.

Quando saí pela porta dos fundos, Enzo estava no quintal da casa ao lado. Tive medo de ele me ver, mas ele parecia ter cortado feio a mão em alguma coisa e tentava estancar o sangue com a camiseta. Estava distraído. Não me viu correr de volta pelo espaço aberto até onde eu tinha estacionado o carro.

Depois, vi no noticiário que Enzo tinha sido preso. Fiquei arrasada com isso, principalmente depois de tudo que ele fez por mim. Ele andava bem apertado de grana, mas mesmo assim me ajudou. É um homem muito bom, e não merecia ir pra cadeia por causa do que eu tinha feito. Por um triz, não liguei para a polícia e confessei ter matado Jonathan Lowell. Mas, antes de eu conseguir fazer isso, saiu uma notícia na imprensa que me deixou chocada.

Suzette confessou ter matado o marido.

Não entendi direito, mas não fiquei nem de longe tão arrasada em relação a Suzette Lowell ser presa. Ela realmente é uma pessoa bem horrorosa.

Passei as duas últimas semanas certa de que a verdade viria à tona. Tive certeza de que a polícia iria aparecer e bater na porta do meu quarto de hotel com um mandado de prisão pelo assassinato de Jonathan Lowell em mãos. Só que isso não aconteceu. Ninguém veio me prender. Ninguém veio sequer me interrogar.

Acho que ninguém nunca desconfia da empregada.

AGRADECIMENTOS

Uau, que viagem incrível desde a publicação do primeiro livro da série A Empregada, em abril de 2022. Mal posso acreditar que o meu livrinho entrou na lista de mais vendidos do *The New York Times* e que milhões de pessoas o leram. Depois dessa acolhida espetacular, era muito natural eu querer dar continuidade à história de Millie em *O segredo da empregada*, e agora mais uma vez em *A empregada está de olho*.

Quero agradecer à Bookouture por ter dado vida a essa série, em especial a Ellen Gleeson, por suas incríveis e espetaculares sugestões tanto em relação ao meu estilo quanto a Millie. Um agradecimento enorme à minha agente literária, Christina Hogrebe, e também a todo o time da Jane Rotrosen Agency, que sempre acreditou em mim e me apoiou. Obrigada à equipe da Sourcebooks por seu trabalho incansável para colocar *A empregada está de olho* no mundo e nas mãos de mais leitores. Fico muito agradecida por isso!

E obrigada a todos que leram o manuscrito durante o processo de edição: minha mãe, Pam, Kate e Val. Sei que é cansativo eu viver aparecendo com um manuscrito e dizendo "Foi mal, ainda devo ter que mexer um pouco no texto", então saibam o quanto sou grata a vocês.

Por fim, obrigada um milhão de vezes a meus incríveis leitores que tanto me apoiam! Isso tudo é por vocês! Vocês pediram um terceiro livro da Empregada? Bom, aqui está!

CONHEÇA OS LIVROS DE FREIDA MCFADDEN

O detento

SÉRIE A EMPREGADA
A empregada
O segredo da empregada
O casamento da empregada (apenas e-book)
A empregada está de olho

Para saber mais sobre os títulos e autores da Editora Arqueiro,
visite o nosso site e siga as nossas redes sociais.
Além de informações sobre os próximos lançamentos,
você terá acesso a conteúdos exclusivos
e poderá participar de promoções e sorteios.

editoraarqueiro.com.br